Le retour à la terre
de Marie-Ève Casgrain

Catalogage avant publication de Bibliothèque et Archives nationales du Québec et Bibliothèque et Archives Canada

Titre : Le retour à la terre de Marie-Ève Casgrain / Martine Labonté-Chartrand
Nom : Labonté-Chartrand, Martine, 1985- , auteure
Identifiants : Canadiana 20210054956 | ISBN 9782897835880
Classification : LCC PS8623.A263 R48 2021 | CDD C843/.6–dc23

Illustration de la couverture : Géraldine Charette

Les Éditeurs réunis bénéficient du soutien financier de la SODEC et du Programme de crédit d'impôt du gouvernement du Québec.

Financé par le gouvernement du Canada | Canada

Édition
LES ÉDITEURS RÉUNIS
lesediteursreunis.com

Distribution nationale
PROLOGUE
prologue.ca

Imprimé au Canada

Dépôt légal : 2021
Bibliothèque et Archives nationales du Québec
Bibliothèque et Archives Canada

MARTINE LABONTÉ-CHARTRAND

Le retour à la terre de Marie-Ève Casgrain

LES ÉDITEURS RÉUNIS

De la même auteure
chez Les Éditeurs réunis

Sous le charme de ses yeux trop bleus, 2021

Party de bulles, 2020

Méchantes menteuses, 2020

Il était une fois dans la friend zone, 2019

Cherche homme marié pour mieux le piéger, 2019

Pour en finir avec mon ex, 2018

Fantasmes d'une femme mariée – Le retour de l'amant, 2018

Miss best-seller, 2018

Lune de miel accidentelle, 2017

Fantasmes d'une femme mariée, 2017

Nos voisines, ces espionnes, 2017

Jamais trop tard! – Marion réoriente sa vie, 2016

Rester jeune – Le défi ultime de Lucy Tremblay, 2016

Ma vie en horoscope, 2015

1

Les deux pieds sur mon pouf, emmitouflée dans ma doudou chaude, un bol de *popcorn* posé près de moi, j'assiste à la finale émouvante de l'émission *L'amour est dans le pré.* Qui aurait cru que l'impétueuse Jenny accepterait de suivre Alexis le rêveur dans leur nouvelle aventure sur la ferme ? Bon, ça reste de la romance assez prévisible, mais qui m'a tout de même tenue en haleine de longues heures. Je regarde les nouveaux amoureux s'éloigner sur leur tracteur, leurs fesses posées sur le même siège. Le tout se termine par un gros plan sur leurs mains scellées en signe d'un amour grandissant. Les joies de la télé à son meilleur. J'éteins la télévision et je pige dans mon bol de *popcorn*, songeuse. Quelle belle histoire, quand même ! Difficile à croire que ces paysages magnifiques se trouvent au Québec, tout près de chez moi. Je sors de mon état contemplatif lorsque j'entends le bruit d'une clé dans la serrure. Mon amie Judith entre en coup de vent et se jette sur le divan juste à côté de moi.

— Dis-moi que tu ne l'as pas déjà écoutée, s'il te plaît. Tu m'as attendue, hein ?

— Désolée, ma belle, j'ai déjà écouté la finale.

— Ah ! rugit-elle. Je savais que j'aurais dû partir plus tôt. J'ai été prise dans un bouchon infernal. Comment peut-il y avoir autant de trafic un soir de fin de semaine ?

— C'est Montréal. Peu importe le moment, il y a de la circulation.

— Tu aurais pu avoir pitié de moi et m'attendre, ça n'aurait rien coûté.

— J'avais trop hâte de savoir. Si tu veux, on peut la réécouter ensemble. Je ne me tanne pas de voir le beau Alexis.

Contente, Judith s'installe confortablement en tirant un bout de couverture et pige dans le bol de maïs soufflé. Je redémarre l'émission, me concentrant davantage sur les images à couper le souffle que sur l'épisode en tant que tel. Après quelques minutes, je me lève et je vais fermer la fenêtre, dérangée par les rumeurs montant de la rue. Mon condo est situé en plein centre-ville et mon quotidien est agrémenté de coups de klaxon, de sirènes d'ambulances – l'hôpital n'est pas très loin –, ainsi que d'un paquet d'autres bruits ambiants qui me forcent généralement à garder les fenêtres fermées. Dommage, ce soir, la petite brise était juste assez rafraîchissante. J'attends que l'émission prenne fin pour enfin jaser avec ma copine.

— Pas mal, hein ?

— Oui, c'était super. Mais je t'avoue ne pas trop aimer Jenny. Elle n'arrête jamais de chialer. Je parie qu'elle ne fera pas long feu sur la ferme. Elle est bien trop urbaine pour ça. Il suffit qu'elle se casse un ongle pour que sa journée soit gâchée.

— Mais non, tu exagères. Elle est avec Alexis, c'est tout ce qui compte, maintenant. Elle va vite apprécier le rythme de la campagne. Et elle a été très claire : elle conserve son emploi malgré tout. Ça ne changera pas grand-chose à son quotidien.

Nous voilà à débattre de la vie de parfaits inconnus. Ça a été le cas tout le temps qu'a duré la série. Judith et moi avons des opinions bien différentes dans bien des domaines, mais cela ne nous a jamais empêchées d'être de bonnes amies pour autant.

— Tu n'aimerais pas ça, toi, t'installer à la campagne ? demandé-je, en reprenant place sur le divan.

— Pouah ! Non ! Il y a des souris, là-bas.

— En ville, il y a des rats, c'est bien pire. Oublie les souris, et pense à tout ce que la vie sur une terre pourrait offrir : tu cultives tes propres légumes, tu soignes tes animaux, tu vis au rythme des saisons et de la croissance de tes plantes. Nos ancêtres y arrivaient très bien et étaient heureux.

— À d'autres ! Ils se levaient à cinq heures tous les matins, toute leur vie. Ce n'est pas la perception que j'ai de ce qu'est le bonheur. En plus, ils étaient dépendants de leurs cultures ; ils ne pouvaient pas se tourner vers l'épicerie ou les restaurants et acheter des sushis. Ils n'ont absolument rien connu.

Je lui tapote la main en souriant. Elle a beau suivre l'émission, elle n'a pas l'étoffe pour emménager à la campagne, et c'est bien correct comme ça. Ce n'est pas comme si être agriculteur était fait pour le premier venu.

Le lendemain, dimanche, je profite de mon après-midi pour arroser mes plantes et m'occuper de mon petit jardin intérieur. Chaque année, je cultive des semis dans mon condo. Je suis assez limitée question espace et mes cultures prennent beaucoup de place, mais ça en vaut la peine. J'aime avoir des fines herbes et des légumes que je peux consommer. C'est agréable, ça sent bon, et ça me rapproche de la nature. Je jette un coup d'œil par la fenêtre. Il y a beaucoup de circulation en bas. Normal, il fait beau et les gens se rendent au centre-ville pour profiter des terrasses et des magasins. Un dimanche comme les autres. Pourtant, les bruits extérieurs me dérangent aujourd'hui. J'aspire seulement à un peu de paix avec mes cultures ; il me semble que ce n'est pas trop demander. Je reste quand même là, à regarder dehors, jusqu'à ce qu'on frappe à la porte. Tiens, je ne m'attendais pas à avoir de la visite aujourd'hui. Je regarde dans l'œil magique et me recule vivement. C'est ma mère. Et je n'ai pas particulièrement envie de la voir. Déjà que les bruits de la circulation me dérangent, je ne peux pas ajouter à cela le son de la voix de ma chère maman.

— Je sais que tu es là, Marie-Ève. Ouvre la porte.

Je ne bouge pas d'un poil, mon petit arrosoir toujours à la main. Comment peut-elle savoir que je suis à la maison ? Elle ne peut pas m'avoir entendue.

— J'ai vu ta voiture en bas.

Flûte ! Trahie par mon propre véhicule. Je n'ai pas le choix. Je me colle un sourire sur le visage et j'ouvre.

— Salut, maman. Quelle surprise…

Elle me regarde quelques secondes et hausse un sourcil.

— Tu es comme ton père, une piètre menteuse.

Malgré ce commentaire, elle passe près de moi et va s'installer au salon.

— Fais comme chez toi, maugréé-je.

— Tu as refait la déco ?

— Non.

— Ah, alors ça doit être plus propre que d'habitude. Ça fait changement.

Je sens l'irritabilité me gagner. J'étais bien, seule avec mes plantes. Pourquoi a-t-elle débarqué à l'improviste ? Ce n'est pas que je n'aime pas ma mère. Je dirais plutôt que je l'aime plus quand elle ne me tourne pas autour. À distance ! Je l'observe quelques secondes : faux ongles, faux cils, rouge à lèvres pétant, mise en plis parfaite, grand sac Louis Vuitton, talons hauts vertigineux. Je me demande toujours comment elle arrive à marcher avec ça aux pieds, ou même à conduire sa Jaguar. Elle est très prospère dans le domaine de l'immobilier et ne s'en cache pas. Mes amies la qualifient de flamboyante. De mon côté, je trouve plutôt qu'elle en met trop et elle a cette manie agaçante de vouloir se faire passer pour ma sœur. Ça m'énerve. Ajouté à cela, elle s'obstine constamment avec René, mon père. J'aurais cru que leur séparation mettrait un terme à ces conflits, mais non ! Ils se parlent toujours aussi fréquemment et se chicanent au même rythme. Difficile à vivre pour moi !

— Je prendrais bien quelque chose à boire. Tu as du vin ?

Je regarde l'horloge : il est quinze heures. Un peu tôt pour l'alcool. Je parie qu'elle va me sortir son « il est bien seize heures… ».

— Il est bien seize heures quelque part ! Un petit blanc me ferait du bien.

Comme un automate, je me rends à la cuisine et je sors une bouteille de mon cellier.

— Tu sais, ce n'est pas en parlant à tes plantes tout l'après-midi que tu feras des rencontres intéressantes.

Le liège sort de la bouteille dans un « pop » légèrement agressif. C'est parti ! Ça ne fait même pas cinq minutes qu'elle est là qu'elle aborde déjà ma vie sentimentale, qui est au point mort depuis de longs mois.

— Si tu sortais plus, comme moi, tu verrais tes chances de trouver un homme augmenter.

— Maman !

— Clémence, rectifie-t-elle.

Je roule les yeux. Comme si ce prénom la faisait paraître plus jeune.

— Clémence, tu te rappelles quand nous avons établi la liste des sujets que nous n'aborderions plus en présence l'une de l'autre ? Ma vie sentimentale en faisait partie…

À son tour de rouler les yeux. Voilà, chaque fois qu'on se voit, je dois lui remémorer cette fameuse discussion où nous avons mis les points sur les *i*.

— Très bien, comment ça va, alors ? Du nouveau dans ta vie ?

— Hum, non. Ah oui ! J'ai commencé à faire du pain. Et je pense aussi essayer de faire des confitures maison. J'ai vu une recette qui avait l'air vraiment bonne. Je viens aussi de finir un casse-tête de deux mille morceaux. Un réel défi !

Elle pince les lèvres et je crève d'envie de lui dire que ce mouvement la fait paraître plus vieille, mais je tiens ma langue. C'est clair, elle n'aime pas mes nouveaux passe-temps : confitures et pain maison. Il est vrai que si l'on compare nos rythmes de vie respectifs, c'est moi qu'on devrait appeler maman.

— Et toi, Clémence, rien de nouveau ?

— Eh bien, comme d'habitude, il y a René qui n'arrête pas de me harceler.

Je prends une gorgée de vin. Finalement, ce verre était une bonne idée pour m'aider à passer à travers cette discussion pénible qui, j'en suis convaincue, s'amorce.

— Pourquoi donc ? demandé-je poliment.

— Des trucs de notaire. Il m'a dit qu'il s'occupait d'une succession complexe. Une fermette dans un village qui s'appelle Saint-Limoge. Tu connais ?

Je tente de voir si mon expérience de visionnage de *L'amour est dans le pré* me permet de situer Saint-Limoge sur une carte du Québec. Rien ne me vient à l'esprit.

— En tout cas, je sais de source sûre que ce coin de pays deviendra très bientôt en vogue. J'ai donc gentiment demandé à ton père de me confier la vente de la maison, mais il a refusé.

Elle s'exprime avec la même intensité qu'une enfant capricieuse à qui l'on ne veut pas céder.

— Le vieux têtu n'en fait qu'à sa tête, comme toujours.

— Attends. Tu dis qu'il te harcèle, mais ce n'est pas plutôt l'inverse ? C'est toi qui veux la vente de la maison, non ? Ce n'est pas lui…

— Peu importe, c'est du pareil au même. Il tente de toujours mettre un frein à ma carrière. Je pense qu'il est jaloux. Il est de la vieille école. Pour lui, une femme ne peut pas obtenir plus de succès que son mari.

Je pense à mon père, cet homme si gentil et généreux, toujours présent pour moi et qui m'a encouragée à persévérer et à me rendre le plus loin possible dans mes études. J'ai du mal à l'imaginer sous les traits de ce personnage vil et aigri que ma mère me décrit.

— Papa t'a toujours encouragée dans ta carrière, maman.

— Clémence !

— Oui, bon. Je suis certaine que s'il ne te laisse pas la vente, c'est parce qu'il ne peut pas, tout simplement. Tu as parlé de succession. Il est fort probable que la fermette ne puisse même pas encore être mise sur le marché.

Elle balaie ma remarque du revers de la main. Je pourrais me froisser, mais elle a réussi à piquer ma curiosité avec son histoire.

— Parle-moi donc de cette propriété. Pourquoi t'intéresse-t-elle autant ?

— Ce n'est pas tant la maison, mais plutôt son emplacement qui est intéressant. Elle est située en plein cœur des Cantons-de-l'Est. Elle est entourée de vignobles et d'autres terres agricoles. L'endroit n'est pas au goût du jour, mais quiconque a les fonds nécessaires pourrait le transformer en un petit bijou. Il y a assurément un bon coup d'argent à faire avec ça.

— Donc, quel est ton plan ? Acheter la fermette, la rénover et la revendre ?

— Acheter, vendre, peu importe. Je sais qu'il y a un moyen de faire de l'argent avec ce petit bout de terre, et René me met des bâtons dans les roues.

Je décide de ne pas répondre à ce commentaire.

— Tiens, continue-t-elle, regarde les photos que j'ai trouvées.

Je la regarde pianoter sur son téléphone, fascinée par la longueur de ses ongles. Je prends ensuite l'appareil. La maison n'a rien de bien extraordinaire, mais il faut dire que la photo est prise par Google Street View. L'endroit a l'air rustique et charmant. Ce qui me frappe, ce sont les champs autour et les arbres majestueux. J'ai de la difficulté à décrocher mon regard de cette image.

— À qui appartenait cette fermette ?

— Une vieille dame qui a cassé sa pipe récemment.

— Elle ira à ses héritiers, alors.

Je tends le téléphone à ma mère, déçue de quitter le paysage féérique.

— C'est ça, le fameux hic dont ton père parle. Il lui a fallu du temps pour régler les termes de la succession parce que la fameuse bénéficiaire est une vieille amie de la défunte, qui est très réticente à accepter la succession. Elle ne veut pas d'une terre à trois cents kilomètres de chez elle. C'est là que je rentre en jeu ! Je lui propose de la vendre pour elle. Mais René m'a interdit de la contacter. Il ne veut pas que je lui mette de pression. Pfff. Comme si je mettais de la pression sur les autres, moi.

Là encore, je ne réponds rien. Pauvre papa, je me demande comment il a pu rester marié avec elle aussi longtemps.

— Qui s'occupe de l'endroit en attendant qu'elle prenne sa décision ?

— Aucune idée. Qu'est-ce que ça change ? On peut engager des gens pour tout nettoyer avant les visites. Rien de bien compliqué là-dedans.

Je l'écoute bavarder ainsi pendant la demi-heure qui suit, me contentant de hocher la tête de temps à autre. L'image de cette fermette tourne en boucle dans ma tête. Je souhaiterais que ma mère s'en aille pour que je puisse appeler mon père et connaître sa version de l'histoire. Pour une raison que j'ignore, l'endroit me fascine. À quand remonte la dernière fois où j'ai mis le pied à la campagne ? Je ne m'en souviens pas.

— Tu m'écoutes ?

— Pardon ? Oui, évidemment.

— De quoi parlais-je ?

— Hum… du marché immobilier.

Je tente ma chance. Clémence n'a que trois sujets à la bouche : l'argent, le marché immobilier et son ex-mari. J'ai misé juste. Elle sait bien que je ne l'écoutais pas, son rictus en témoigne. Elle se lève et finit sa coupe de vin d'une traite.

— Bon, ce n'est pas que je m'ennuie, mais j'ai une visite dans le quartier dans quelques minutes. On se reprend bientôt, et j'espère que tu auras des nouvelles concernant ta vie sentimentale d'ici là.

— J'espère.

— Et appelle donc René. Dis-lui gentiment que tu connais une bonne agente pour la fermette. Montre-toi insistante. Fais-le sentir coupable de me faire perdre une vente. Ça fonctionne toujours quand ça vient de toi.

— Maman !

— Clémence.

— Ahhh ! Je ne veux pas me mêler de vos affaires. Quand papa pensera que la terre est prête à être vendue, il te fera signe, j'en suis certaine.

Elle réussit tout de même à m'arracher la promesse que je lui passerai un coup de fil dans la semaine pour lui glisser un mot à propos de son projet. Je ferme la porte derrière elle, légèrement essoufflée. Ses visites me font toujours le même effet. Tiens, il est seize heures. Un autre verre de vin sera le bienvenu.

À minuit, je fixe encore le plafond. Moi qui m'endors généralement en posant ma tête sur l'oreiller, je n'y arrive pas, ce soir. L'image de la campagne flotte devant mes yeux. Je suis officiellement tombée sous le charme de Saint-Limoge, et ce, grâce à quelques photos seulement. Je ne serais pas étonnée que ma mère ait raison et que le marché s'enflamme dans ce coin. Clémence a bien des défauts, mais elle a du flair en ce qui concerne les possibles flambées immobilières. Ce sera assurément un coup d'argent rapide pour elle.

N'en pouvant plus d'être dans mon lit, je me lève et je vais me faire un lait chaud. Pendant que ma boisson chauffe, j'ouvre mon ordinateur et je fais une recherche sur Saint-Limoge. C'est assez près de Montréal, environ une heure. Le site Internet de la ville m'apparaît bien sympathique au premier coup d'œil: de jolies bâtisses, des kiosques permettant la promotion des produits de la région, un petit centre-ville doté d'un hôtel de ville vieillot, mais somme toute charmant. La sonnerie du micro-ondes me ramène à la réalité. Mon esprit part en vrille. Avant toute chose, je ferais mieux de parler à mon père pour faire la lumière sur cette succession. Même si Clémence ne le tient pas en haute estime, il reste une sommité dans son domaine. Je suis certaine qu'il pourra m'en dire plus sur cette charmante fermette et sa future propriétaire.

2

Je me lève plus tard qu'à l'habitude. Ce n'est pas tellement grave puisque je travaille de la maison depuis près d'un an. Il y a des avantages et des inconvénients au télétravail. Ce matin, c'est un avantage. Pendant que je déjeune, je continue ma recherche sur les Cantons-de-l'Est, m'attardant sur les attractions touristiques telles que les vignobles. Un en particulier attire mon attention à cause de sa propriétaire, qui pose fièrement tout près de ses vignes. La blonde sulfureuse dégage une confiance en elle hors du commun. Ça se voit sur la photo. Je n'aimerais pas me frotter à elle ! Mon téléphone sonne et je souris en reconnaissant le nom de mon père. Fidèle à lui-même, il prend de mes nouvelles le lundi matin.

— Salut, papa !

— Bonjour, ma grande ! Tu as passé une belle fin de semaine ?

— Oui, tranquille, j'ai fait des trucs ici et là.

J'hésite un moment. Je n'ai pas particulièrement envie de faire référence à ma mère, mais je n'ai pas tellement le choix.

— Maman est passée me voir hier.

Silence au bout du fil.

— Ah oui. Ça s'est bien passé ?

— Eh bien, tu sais comment elle est…

Il n'y a rien à ajouter. Il a été marié avec elle pendant vingt-cinq ans, c'est évident qu'il sait comment elle est. Mais contrairement à ma chère mère, il ne dit jamais rien de mal contre son ancienne épouse. Pas un mot ne dépasse l'autre.

— Elle m'a parlé de cette fermette qu'elle aimerait vendre.

— Ah oui ? Elle t'a bien spécifié que l'héritière ne sait pas encore si elle souhaite accepter les termes de la succession ? Il me semble avoir été très clair avec elle. Je préfère qu'elle ne se mêle pas de cette histoire pour le moment. C'est encore trop complexe.

Je note son ton exaspéré, ce qui me laisse croire que Clémence n'a pas attendu que je communique avec lui pour elle-même le relancer. Chère maman, incapable de voir son petit bijou lui glisser tranquillement sous le nez.

— Oui, c'est ce que j'avais cru comprendre, ajouté-je. Je ne doute pas du tout de la difficulté du processus. J'étais juste curieuse de savoir qui prend soin de l'endroit pour le moment.

— Oh ! Eh bien…

Je l'entends fourrager dans ses papiers. Je l'imagine sans peine installé à son grand bureau en acajou, ses lunettes de lecture posées sur le bout de son nez. L'image me fait sourire. Je garde de bons souvenirs des années où je travaillais comme adjointe pour lui pendant les vacances d'été. J'étais étudiante au baccalauréat en administration à l'époque. On croirait qu'un siècle s'est écoulé depuis ce temps.

— Voilà, j'ai trouvé le dossier. C'est le voisin qui s'occupe des animaux.

— Des animaux ? Il y en a plusieurs ?

— Je n'en sais strictement rien.

— Et le voisin, il est payé pour ce travail ?

— Non. Il s'occupe des bêtes bénévolement. Cependant, il y a un budget hebdomadaire établi pour l'entretien de l'endroit. Cet argent est prélevé à même le compte de la défunte. Toutes les transactions transitent par ici. Pourquoi tu veux savoir ça ?

— Je suis curieuse, c'est tout. Maman m'a montré des photos et je trouve ça vraiment beau. Ça m'a marquée.

Je jette un regard nostalgique à mes petits pots remplis de terre et de futurs légumes. En ce moment même, je paierais cher pour les apporter avec moi à Saint-Limoge, et démarrer un vrai grand jardin.

— Marie-Ève, tu es toujours là ?

— Oh ! Oui, excuse-moi. Je réfléchissais. Tu sais, maman a raison dans un sens. La personne qui va emménager là-bas va hériter d'un très beau coin de terre. Si j'avais la chance de le faire moi-même, je crois que je n'hésiterais même pas une minute.

— Vraiment ? Toi, à la campagne ? Tu m'étonnes.

— Pourquoi pas ? Je commence à en avoir marre de la ville, de tout le bruit, de la pollution. Il me semble que ça me ferait du bien de déménager dans un endroit où tout est calme, où je peux vivre au rythme du jour et de la nuit.

J'ai l'esprit poétique, on dirait.

— Eh bien, je suis très surpris d'entendre ça. Bon, écoute, je ne te dérangerai pas plus longtemps. Je prenais seulement des nouvelles.

— Oui, merci, papa. Oh ! Une dernière chose : comment maman a su pour la succession ? Ce n'est pas toi qui lui en as parlé, hein ?

— Pfff ! Elle est entrée au bureau sans s'annoncer et Sébastien était justement en train de me parler de l'affaire. Elle a entendu les mots « succession » et « fermette », puis elle a cuisiné Sébastien alors que j'étais au téléphone avec des clients. Pour le reste, elle s'est débrouillée toute seule.

— Je vois très bien le genre. Passe une belle journée !

— Bye, ma grande.

Je raccroche et je fixe le vide quelques secondes. Bon, c'est bien beau, toutes ces histoires de terre, mais encore faudrait-il que ce soit réaliste.

Je tente de me mettre à la tâche, mais ce n'est pas facile. Je suis distraite autant par mes fines herbes que par les images de la campagne que ma mère m'a montrées hier. À plusieurs reprises, je prends mon cellulaire et j'ouvre Google Street View pour voir les lieux. Je regarde même les alentours grâce à l'option trois cent soixante degrés. Il semble y avoir une autre fermette un peu plus loin sur le chemin, mais on ne la voit pas très bien puisqu'elle est moins près de la route. Le voisinage m'importe peu. Je me mets à rêvasser, m'imaginant développer un jardin à plus grande échelle. Ici, je n'ai pas d'espace, mais je sais que j'ai le pouce vert. Je lève les yeux, surprise qu'il soit déjà l'heure de dîner. Je me prépare un sandwich fait avec un pain maison que j'ai cuit la veille. J'ai encore du chemin à faire si je veux qu'il soit aussi bon que celui de la boulangerie, mais je suis quand même fière d'avoir participé à la production d'une partie de mon repas. Tout en mâchonnant mon en-cas, je me place devant la grande fenêtre. Pas que j'aime particulièrement manger debout, mais j'en ai marre d'être assise, alors c'est le mieux que je puisse faire. J'observe les voitures qui circulent en bas. Comme la veille, je remarque à quel point c'est bruyant. Les klaxons, les voitures, un camion de poubelles qui passe tout près. J'imagine que la vie à la campagne est bien plus paisible. La sonnerie de mon téléphone interrompt ma réflexion. C'est Judith.

— Salut ! Je m'en vais au bord du canal Lachine en fin d'après-midi. J'ai emprunté les patins à roues alignées de ma cousine. Apparemment, il y a plein de beaux gars qui en font là-bas. Ça te dit de m'accompagner ? propose-t-elle.

— Hum, non, pas tellement. Un, je n'ai pas de patins, deux, j'ai vraiment du retard dans mon travail.

— Comment ça ? On est lundi. Tu pars la semaine en force, d'habitude.

— Je sais, mais je peine à me concentrer. J'ai l'esprit qui s'embrouille.

Je lui parle de la fermette et de l'intérêt qu'elle suscite chez moi.

— Je n'arrête pas de penser à ça depuis hier. Ça m'obsède.

— Minute ! Tu voudrais emménager à la campagne ? Voyons, Marie-Ève, tu n'as même pas de bottes de pluie.

Je me demande en quoi ce détail ferait de moi une mauvaise gestionnaire de fermette. Elle, elle n'a pas de patins à roues alignées et elle ne s'empêche pas d'aller en faire pour autant.

— Et en plus, continue-t-elle, tu devrais prendre soin des bêtes. Tu te souviens de ce qui s'est passé la dernière fois qu'on t'a confié un animal ? Ce n'était pas joli, joli.

Je pince les lèvres, n'en revenant pas qu'elle me remette cette histoire datant de dix ans sur le nez. Ce n'était pas ma faute ! Notre copine Synthia m'avait demandé de garder son furet pour la fin de semaine. N'étant pas tellement familière avec ce genre de bestiole, mais voulant lui rendre service parce qu'elle était vraiment mal prise, j'ai accepté. L'expérience s'est avérée désastreuse. Le furet s'est sauvé de sa cage et a mangé une plante toxique qui l'a tué. Quel choc ! Je me souviens encore du petit corps tout raide que j'ai trouvé derrière mon divan. Je frissonne juste à y penser.

— Tout le monde peut faire des erreurs, clamé-je. Je n'étais pas mal intentionnée à la base. Pourquoi tu sors toujours cette histoire-là ? Tu pourrais l'oublier.

— Jamais ! Ça reste un élément de distraction que je garde dans ma petite poche. J'ai hâte de la raconter le soir de ton mariage.

— Ouf, on est loin d'être rendues là… Peu importe, je vais chasser cette maison de mon esprit. Ce n'est pas comme si j'avais la possibilité d'y emménager de toute façon.

— Fais comme dans *L'amour est dans le pré* et trouve-toi un chum agriculteur. Peut-être que le beau Alexis est déjà tanné de Jenny et qu'il cherche une autre candidate.

— Pour être avec Alexis, je serais prête à tout ! blagué-je. Oublions cette histoire, ce n'était qu'un rêve absurde. Je te laisse, je retourne au boulot.

— OK, fais-moi signe si tu changes d'avis pour cet après-midi.

Je raccroche et me réinstalle devant mon ordi. Je jette un dernier coup d'œil à la maison, me promettant que c'est la dernière fois, et je ferme le navigateur. Bon, où en étais-je ?...

Quand j'éteins mon ordinateur, le soleil se couche à l'horizon. Je meurs de faim et me demande ce que je vais manger pour le souper. Je consulte un menu en ligne sur mon cellulaire quand celui-ci sonne. C'est mon père. Deux fois dans la même journée ! Je devrais peut-être m'inquiéter. Je décroche, fébrile.

— Salut, papa !

— Bonsoir, ma grande, tu as passé une belle journée ?

— Correct. J'ai eu de la difficulté à avancer. J'avais la tête ailleurs. Et toi ? Quelque chose ne va pas ?

— As-tu soupé ?

— Non, en fait, je m'apprêtais à commander un truc.

— Que dirais-tu de m'accompagner à mon restaurant habituel ?

— Oh ! Je dirais oui, avec grand plaisir.

— Parfait. On se dit dans trente minutes ?

— Oui, super, à tantôt.

Je raccroche, contente de ce plan improvisé. Mon père avait un ton très joyeux. On croirait qu'il vient d'avoir une bonne nouvelle. Je me prépare rapidement et je file jusqu'au restaurant à pied. Ce n'est qu'à une dizaine de minutes de marche de chez moi.

Trente minutes plus tard, je suis attablée au *steak house* préféré de mon père. Il y vient pratiquement chaque semaine et tous les serveurs le connaissent. Le maître d'hôtel m'a reconnue avant même que j'ouvre la bouche et m'a conduite à la table habituelle. Je sirote un verre de vin en attendant mon compagnon. Mon cellulaire sonne ; c'est encore ma mère. Je décide d'ignorer l'appel. Je dépose mon téléphone, l'écran contre la table. Mon père arrive quelques minutes plus tard.

— Désolé du retard, dit-il en posant un baiser sur ma joue avant de s'installer de son côté de la table et de prendre le large menu.

Le serveur s'est déjà approché, prêt à prendre sa commande.

— Nous allons commencer par séparer une assiette de calamars frits, décide-t-il. Et ce vin, ajoute-t-il en indiquant mon verre. Apportez la bouteille. On va fêter !

Mon cellulaire vibre de nouveau. Je me doute de l'identité de l'appelant. Je l'ignore encore.

— Alors, raconte-moi tout. Je suis drôlement curieuse. Qu'est-ce qu'on fête ?

— Eh bien, j'ai de bonnes nouvelles. Te souviens-tu des Lavoie ?

— Non. Je devrais ?

— Ils habitent en Abitibi. Quand on allait voir grand-maman, ils vivaient dans la maison à côté. Mme Lavoie avait neuf enfants.

Je réfléchis un instant, c'est vague dans mon esprit.

— Le plus vieux fils de Mme Lavoie, Gilles, était un bon ami à moi quand j'étais jeune.

— Hum, hum…

J'observe l'un de mes ongles et je m'arrache une petite peau qui dépasse. Où veut-il en venir avec cette histoire ?

— Gilles s'est marié avec Gisèle, la fille de Jeanne Meunier, qui habitait de l'autre côté de la rue. Jeanne était une bonne amie de Mme Lavoie.

— Je devrais noter tout cela quelque part ? demandé-je.

— Eh bien, peux-tu croire que Jeanne Meunier est la fameuse héritière de la fermette dont nous parlions aujourd'hui ?

Mon intérêt monte soudain en flèche.

— Ah oui ?

— La propriétaire de la terre était sa cousine, une autre résidente de Sainte-Gertrude se nommant Lucille Lanthier. Elle habitait tout près de chez nous quand j'étais jeune, puis elle a emménagé à Saint-Limoge, là où se trouve la terre, quand elle s'est mariée. Elle portait jadis le nom de Potvin. Je n'arrive pas à croire que je n'ai pas fait le lien plus tôt.

Pas étonnant. Tout cet enchevêtrement de personnes est loin d'être clair.

— Ça fait quand même près de cinquante ans. On te pardonnerait cette erreur. Mais dis-moi, cette Mme Meunier ne doit plus être une jeunesse si elle a une fille de ton âge.

— Tu as raison. Elle doit avoir dans les quatre-vingts ans avancés. En tout cas, elle est toujours aussi lucide, je lui ai parlé aujourd'hui. Pauvre Jeanne. Trois de ses quatre enfants sont morts, dont Gisèle, et son dernier, Mario, est en prison.

— Quoi ? Il y a des criminels qui ont vécu sur ta petite rue tranquille en Abitibi ? Je n'y crois pas.

— Il est en prison pour fraude.

— Oh !

— Enfin, pour le moment, Jeanne ne sait pas encore ce qu'elle compte faire de son bien. Déjà qu'elle était surprise d'apprendre la mort de sa vieille amie, et encore plus de découvrir qu'elle était son héritière. Ça lui fait beaucoup de nouvelles en même temps.

— Évidemment. En plus d'avoir un fils en prison, elle doit gérer la mort de son amie, un bien immobilier et des animaux. C'est très triste.

— Bien entendu, continue mon père, elle est trop vieille pour reprendre la terre et, à part Mario, elle n'a personne.

— C'est très triste, répété-je.

Je ne sais pas trop quoi dire d'autre.

— Enfin, nous avons discuté un peu des possibilités qui s'offraient à elle. Par exemple, la vente de sa terre. Je pense qu'elle veut attendre que Mario sorte de prison pour prendre une décision. Et en attendant, il faut bien que quelqu'un s'occupe des animaux.

— J'espère qu'elle ne choisira personne qui réside dans son quartier. Il y a de la graine de criminel là-bas, blagué-je.

— Arrête ! Ce n'est pas drôle, pauvre Jeanne. Mais non, je lui ai parlé de toi et elle est prête à te confier les rênes de l'endroit.

Je reste figée un moment. Pourquoi une femme que je n'ai jamais rencontrée me laisserait sa terre ainsi ?

— Tu n'es pas sérieux ?

— Bien sûr que je suis sérieux. Tu m'as mentionné ce matin que tu aimerais un changement d'environnement. Ça tombe juste à point, non? Le voisin ne pourra pas prendre soin des animaux pour toujours. Il faut quelqu'un sur place, une personne de confiance. Quand j'ai dit à Jeanne que tu pourrais être une candidate intéressante pour t'occuper de l'endroit, elle a tout de suite été emballée.

— Même si elle ne m'a jamais rencontrée?

— Elle est comme de la famille pour moi. Je la connais depuis toujours.

Je trouve notre «lien familial» légèrement tiré par les cheveux: la mère de l'épouse du voisin, ça sonne comme «le frère du cousin de mon ami». Ce n'est pas très sérieux. Pourtant, je sais que mon père ne blaguerait pas avec ça. Et les liens qu'il entretient avec les voisins de son enfance sont indéfectibles.

— Alors, tu es contente? Tu peux emménager quand tu veux.

— Un instant, ça va vite! Il y a cinq minutes, je tentais de choisir ce que je voulais manger pour le souper et me voilà à planifier mon déménagement à la campagne. Laisse-moi reprendre mon souffle.

Le serveur arrive et dépose une assiette de calamars frits devant nous. Mon père plonge dedans pendant que je continue ma réflexion. Je me sens vraiment mitigée.

— J'ai un doute, vois-tu. C'est bien beau en pensée ou en image, tout ça, mais, dans la vraie vie, ça risque d'être plus compliqué. J'ai mon emploi, je ne peux pas tout abandonner.

— Il y a du wifi, là-bas. Ce n'est qu'une fermette. On ne parle pas d'une exploitation agricole qui nécessite un engagement constant vingt-quatre heures sur vingt-quatre. La femme qui en prenait soin avait quatre-vingts ans. Bien sûr, ses voisins l'aidaient, mais tu ne vas pas me faire croire que tu ne peux pas abattre le même travail qu'une femme de quatre-vingts ans.

À bien y réfléchir, ce serait humiliant de dire que j'en suis incapable. Pourtant, cette histoire me chicote.

— Mais les animaux… Tu sais bien que je suis nulle avec eux. Quand j'ai gardé le furet de mon amie Synthia, il est tombé raide mort dans l'heure.

— Si ma mémoire est bonne, il avait mangé une plante toxique. Ce n'était qu'un accident, pas de quoi s'en faire. Il n'y a que des poules et peut-être une ou deux autres bêtes. Rien de plus simple. Tu apprendras bien vite comment t'en occuper.

— Et la maison ! Elle n'est plus toute jeune. Je vis dans un condo neuf, ultramoderne. S'il fallait que la tuyauterie tombe en morceaux, ou que le toit s'effondre sur ma tête, je serais responsable. Je n'ai pas d'argent pour payer les réparations si ça arrive.

— Si tu as besoin d'argent, tu sais que je vais t'aider. Mais de toute façon, il y a un fonds de roulement prévu pour l'entretien. Tu n'auras pas à sortir les sous de ta poche.

Il s'adosse à son fauteuil capitonné et prend un calamar. Il le mâche tranquillement en m'observant. Je prends une gorgée de vin sans arriver à en apprécier le goût.

— Si tu n'en as pas envie, c'est correct aussi.

— Non, ce n'est pas ça.

— Bon, c'est là que vous vous cachez !

Je me tourne, éberluée. Ma mère se tient près de notre table, les yeux rivés sur son écran de cellulaire. Comment nous a-t-elle retrouvés ? Elle doit avoir un super pouvoir.

— Clémence, qu'est-ce que tu fais ici ? s'informe poliment mon père.

Je vois qu'il est tendu. C'est généralement le cas quand son ex-femme est dans les parages.

— Qu'est-ce que vous complotez là, tous les deux ? réplique-t-elle en s'installant près de moi sur la banquette.

Elle saisit mon verre et trempe ses lèvres dedans, avant de faire la grimace. Elle fait signe au serveur, qui accourt, et lui commande un sauvignon blanc. S'ensuit un bref moment de silence pendant lequel son regard passe de l'un à l'autre.

— Qu'est-ce qu'il y a ? Je peux bien profiter, moi aussi, de cette petite soirée. Je ne suis pas une étrangère, quand même. Et vous savez que j'ai toujours adoré ce restaurant.

— Rien ne t'empêche d'y venir seule…, réplique son ex.

— Je n'ai pas envie d'être seule. Alors, que se passe-t-il pour que vous improvisiez un souper en tête-à-tête un lundi soir ?

— Comment nous as-tu trouvés ? demandé-je.

— Facile, j'ai utilisé l'application Localiser mes amis.

— Attends, tu as utilisé une application pour me retrouver ? Bonjour, la vie privée ! Maman, j'ai trente-deux ans, tu ne peux pas faire ça. Imagine si j'avais été à un rendez-vous galant! Tu aurais débarqué comme ça et tu aurais bu dans mon verre en tendant la main à mon compagnon?

— Voyons donc, Marie-Ève, tu sais bien que je n'aurais jamais fait ça.

En fait, j'ai un sérieux doute.

— J'ai bien vu où tu te trouvais. Il n'y a qu'avec René que tu viens ici, mais si on ne veut pas de moi…

Elle fait mine de se lever, les lèvres pincées. Bien entendu, son ex tombe dans le panneau.

— Mais non, Clémence, tu es la bienvenue, évidemment. Ne pars pas, ton vin arrive. Nous n'avons même pas encore commandé, en plus.

Il est si résilient, et patient avec elle… J'ai du mal à comprendre comment il fait pour encore l'endurer depuis toutes ces années, même s'il n'y est plus obligé, selon les termes de la loi. Enfin. Je croque un calamar à mon tour pendant que Clémence prend la barre de la discussion. Cela me permet de réfléchir à la nouvelle qui vient de tomber. Moi, Marie-Ève Casgrain, trente-deux ans, je pourrais réaliser l'exploit de m'installer sur une fermette et d'entretenir ma propre terre. Je n'aurais jamais cru cela possible. Mon attention est rapidement ramenée vers la discussion.

— On ne peut pas la vendre pour le moment, je t'ai déjà expliqué pourquoi, dit mon père calmement. La propriétaire n'a pas décidé ce qu'elle souhaite faire de l'endroit. En attendant, c'est Marie-Ève qui va s'en occuper.

— Marie-Ève ! Marie-Ève qui ?

— Tu as beaucoup de femmes dans ton entourage qui s'appellent Marie-Ève, maman ?

— Quoi, toi ? Toi, tu vas t'occuper de cette fermette ? Elle est bonne, celle-là !

Elle sourit derrière sa coupe, ce qui a l'effet immédiat de me mettre en rogne.

— Tu penses que j'en suis incapable ?

— C'est l'évidence même. Cet endroit est bien au-dessus de tes capacités. Tu habites dans un logement neuf. Changer une ampoule est l'équivalent de faire de la rénovation pour toi.

— Voyons donc. Je suis super habile de mes mains. Je faisais plein de travaux à la maison quand j'étais jeune. Tu ne t'en souviens pas ?

Elle hausse les épaules et prend une autre gorgée de vin.

— Et c'est sans parler des bêtes, les poules et, peu importe, continue-t-elle, tu ne connais rien aux animaux. On n'a pas déjà retrouvé un rat mort chez toi, que tu gardais, justement ?

— C'était un accident ! Le furet a mangé une plante toxique. On ne va pas ressasser cet événement encore et encore. Il n'y a rien de bien compliqué avec les poules. On les nourrit et on ramasse les œufs.

— Et les travaux de la terre ! Tu n'as même pas une paire de bottes de pluie dans ta garde-robe.

Ma mère et ma meilleure amie connaissent toutes les pièces manquantes à ma garde-robe.

— J'en achèterai une paire. Tu sais, pour une fois, tu devrais peut-être me faire confiance. Non, je ne suis pas fermière dans l'âme, mais…

— En effet, la dernière fois que tu as visité une ferme, tu t'es effondrée dans un tas de merde. Tu t'en souviens, René ? Son pantalon empestait tellement dans la voiture ! Ça a senti pendant des semaines.

Mon père laisse échapper un petit rire avant de redevenir sérieux lorsqu'il croise mon regard noir. Je me souviens de cette sortie que nous avions faite, mes parents et moi, lorsque j'étais jeune. Nous avions visité une coopérative agricole et j'avais aidé les fermiers à conduire les vaches jusque dans leur enclos. J'avais ressenti une grande joie lorsque la dernière bête était entrée et que j'avais refermé la clôture derrière elle. Puis, j'ai glissé dans la boue et je suis tombée sur les fesses, directement dans une bouse de vache. Un garçon avait ri de moi en me pointant du doigt et s'était mis à crier que je sentais la merde de vache. Je pince les lèvres. J'avais complètement oublié cet épisode humiliant. Je ne me ferai pas avoir de la sorte, cette fois.

— Je suis certainement capable de prendre soin de l'endroit. Et je le ferai avec plaisir si ça peut aider Mme Meunier. Je n'ai peut-être jamais géré des animaux, mais c'est à la portée de n'importe quel idiot. Et s'il y a quelque chose que je ne suis pas, c'est bien une idiote.

Il n'y a rien de bien glorieux dans mon discours. Pourtant, je m'en sens fière. Je poursuis :

— C'est décidé et rien de ce que tu diras ne me fera changer d'avis. Je déménage à la ferme !

3

De retour chez moi, après un bon steak et plusieurs coupes de vin, je me sens un peu *groggy*, et comme dans un rêve. Même si ma mère a usé d'arguments tous plus convaincants les uns que les autres pour me dissuader d'aller vivre à la campagne, je suis impliquée à fond dans mon nouveau projet, qui se concrétisera bien plus rapidement que prévu. En effet, je compte emménager le samedi suivant. Ça arrivera bien vite et j'ai beaucoup de choses à faire d'ici là.

La première étape consiste à décider de ce que je veux apporter. Je ne vais certainement pas engager des déménageurs ni louer un camion. Je suis capable de me limiter au strict minimum. Après tout, la maison est meublée. Je me promène de pièce en pièce, identifiant les items qui me sont assurément indispensables. Quand j'arrive dans la cuisine, ma machine à espresso semble briller dans son coin. Hum… est-ce indispensable ? J'hésite. Une image de moi tentant de la caser entre le banc avant et la banquette arrière de ma voiture me traverse fugitivement l'esprit. Puis, je me dis que si je dois me lever à l'heure des poules là-bas, il me faut absolument cette machine. Ouf ! Je vais avoir besoin d'un camion pour stocker l'essentiel. Heureusement, je sais vers qui me tourner.

Je dors très mal, trop excitée par mon projet, mais aussi anxieuse. Je rêve toute la nuit de troupeaux de vaches et de poules qui me lancent leurs œufs. On dirait même que j'ai une odeur de bouse dans le nez à mon réveil. Quand je sors de la douche, je découvre Judith dans la cuisine, se coulant justement un café. Il est rare qu'elle se pointe aussi tôt le matin, mais je l'ai prise par surprise avec mon projet de déménagement lorsque je lui ai téléphoné hier soir.

— Tu es matinale, lancé-je.

— Je voulais être bien certaine d'avoir compris ton histoire. Après une bonne nuit de sommeil, la raison t'est peut-être revenue…

— Je suis tout à fait à l'aise avec ma décision.

— Vraiment, tu veux t'exiler à la campagne ? Pourquoi ?

— Je veux seulement quitter la ville quelque temps et expérimenter autre chose. Un peu comme si je partais faire un voyage humanitaire.

— Tout le monde sait que les gens qui partent en voyage humanitaire y vont uniquement pour bien paraître sur les réseaux sociaux et non parce qu'ils en éprouvent réellement l'envie.

— Je pense que tu généralises un peu. Je ne fais rien de bon, ici.

— Eh bien, merci !

— Tu sais bien que ça n'a aucun lien avec toi. Ne me dis pas que ça ne t'est jamais passé par l'esprit d'essayer un nouveau mode de vie.

Elle hésite.

— Oui, mais certainement pas à la campagne. Je me verrais plus dans une villa au bord de la Méditerranée.

— Évidemment. On ne peut pas tous avoir les mêmes rêves.

— Savais-tu que le taux de suicide est vraiment élevé chez les fermiers ? lance-t-elle.

— Tu es toujours aussi positive, à ce que je vois.

— Tu ne voudrais pas te fragiliser mentalement.

— Ne t'inquiète pas pour ma santé mentale. C'est si je reste ici qu'elle va se détériorer. Sans blague, je n'en peux plus de mes quatre murs. J'ai envie de changer d'air, de voir du nouveau monde…

— Deux semaines dans un tout-inclus auraient le même effet.

— On croirait entendre ma mère. Elle a passé la soirée d'hier à tenter de me convaincre que je n'avais pas les capacités nécessaires pour réaliser ce projet. Je pense, au contraire, que le moment est opportun pour tenter ma chance. Je suis célibataire, je peux quitter mon condo sans tracas, et Saint-Limoge n'est pas très loin ; je serai seulement à une heure d'ici. Tu pourras venir me voir quand tu veux.

— Bof, moi, tu sais, la campagne, les moustiques et l'odeur de merde, je m'en passe aisément.

— Bon, bon, comme s'il n'y avait que ça. Pense au calme, à l'air pur, et il y aura peut-être de beaux agriculteurs dans le coin. On ne sait jamais.

Là, je parle le même langage qu'elle. Malgré tout, elle se gratte la tête, sceptique. À croire qu'elle ne reconnaît plus sa meilleure amie.

— Tu pourrais m'accompagner dans ce projet. Découvrir avec moi la fermette et, du même coup, emprunter le camion de ton père pour m'aider à déménager.

— Ha ! Je savais que ton appel d'hier cachait quelque chose.

— Je sais à quel point tu es dévouée. J'ai fait le tour de mon condo et c'est impossible que je réussisse à entrer tout ce que je veux apporter dans ma voiture. J'ai besoin d'un véhicule plus gros.

— OK, je vais le lui demander. Il ne devrait pas y avoir de problème. Mais c'est plate. Si je prends le camion, on ne pourra pas faire la route ensemble.

— C'est vrai. Laisse-moi réfléchir à la question.

— Tu vas avoir besoin de quelques items pour agrémenter ta garde-robe. Tu veux que je m'en occupe ?

— Eh bien oui, si tu as le temps. Tu penses à quelque chose en particulier ?

Je vois une lueur briller dans ses yeux. Elle a un plan, c'est évident. Est-ce que ça va me plaire ? Il n'y a rien de moins sûr.

— N'achète pas trop de choses, ajouté-je, par mesure de prudence.

— Tu crois qu'il y a un matelas décent, là-bas ? Je te connais, quand tu dors mal, tu es irascible.

— La maison est meublée, je devrais être bien. Puis, si je suis d'humeur exécrable, je suppose que les poules sauront s'en contenter. Allez, file, je dois commencer ma journée et planifier le déménagement de mon bureau à la campagne.

— Oui, moi aussi, j'ai du boulot. Je vais appeler mon père pour le camion. Je te tiens au courant. On se reparle.

Je m'installe devant mon ordinateur, mais mon esprit dérive. Je peine à me concentrer sur mes dossiers en cours, ce qui me porte à réflexion. Avec ce nouveau projet, vais-je avoir le temps de m'approprier les tâches sur la fermette – me les approprier correctement – et de faire mon boulot ? Je n'en suis pas sûre. Mon père a beau dire que je vais abattre le même travail qu'une femme de quatre-vingts ans, celle-ci avait tout de même bien plus d'expérience que moi sur sa terre. Il me faudra sans doute du temps pour arriver à tout maîtriser dans les règles de l'art. Une seule option se présente donc à moi : prendre congé. J'ai cinq semaines que je comptais disperser ici et là pendant l'année, plus plusieurs journées accumulées. C'est un bon départ. Quand je fais le calcul, je compte sept semaines au total. Ça me semble très généreux. On est loin des cinq mois avant la sortie de prison de Mario, mais ça me donnerait tout de même la latitude pour m'approprier les rudiments de la terre avant de conjuguer le tout à mon horaire professionnel. Alors que je réfléchis à cela, mon ordinateur se met à sonner. Il s'agit de mon patron, qui souhaite probablement tenir avec moi une réunion virtuelle. Une coïncidence ?

— Bonjour, Marc.

— Bonjour, Marie-Ève. Je voulais te parler d'un dossier.

Il se lance dans le descriptif du dossier, mais je peine à suivre ses propos. Il s'en rend compte quand il me lance un : « Qu'en penses-tu ? » et que je ne réponds rien. Je dois avoir l'air d'une biche effarée devant les phares d'un véhicule en pleine nuit.

— Est-ce que tout va bien, Marie-Ève ?

— Oh oui, je suis désolée. Je n'ai pas toute ma tête, aujourd'hui.

— Quelque chose t'ennuie ? Puis-je t'aider ?

— Je…

Mon patron est un homme de confiance. Je le vois davantage comme un ami que comme un supérieur. Je peux bien lui parler de mon projet.

— En fait, il y a de la nouveauté. Je compte déménager sur une fermette pendant quelque temps.

— Oh, c'est intéressant.

— Oui. Seulement, si je veux m'installer correctement et apprendre les rudiments de la terre, je pense qu'il serait judicieux que je prenne quelques semaines de congé.

Il reste silencieux un instant. Je ne sais pas si c'est bon signe.

— Tu sais, je me sens mal de m'en aller comme ça, sans avertissement, continué-je, mais l'occasion se présente et j'aimerais vraiment tenter l'expérience. Je suis consciente que ça implique plus de travail pour mes collègues...

Encore un silence. Je me sens de plus en plus nerveuse.

— En fait, je connaîtrais quelqu'un qui pourrait te remplacer pendant ce temps, m'apprend-il.

— Ah oui ?

— Ma nièce se cherche justement un milieu de travail pour faire un stage afin d'obtenir les derniers crédits pour son diplôme universitaire. Ce stage doit durer huit semaines. Sous ma supervision, elle pourrait s'occuper de tes dossiers. Qu'en penses-tu ?

— C'est vrai que ce serait intéressant pour elle comme pour moi. Je pourrais prendre mes vacances, plus les quelques jours que j'ai accumulés. Pour le reste, ce sera à mes frais.

— Le hic est que si elle commence son stage, elle doit le continuer jusqu'au bout. Je ne peux pas l'éjecter en plein milieu si tu décides de reprendre ton poste, tu comprends ?

Je perçois son malaise. Il prend un risque en offrant la place à sa nièce, puisque je pourrais changer d'avis à n'importe quel moment.

— Je pense que tu peux offrir le stage à ta nièce sans problème. Je ne suis pas du genre à revenir sur ma parole.

— Oui, je le sais bien. Bon, prends donc le reste de la journée pour y réfléchir.

— Merci, Marc.

Nous discutons encore quelques minutes, puis je rabats mon écran. Les événements s'enchaînent rapidement. Hier, je poursuivais ma petite vie tranquille dans mon condo, et voilà que les pions se mettent en place facilement pour me permettre d'emménager à la campagne. C'est un signe !

Un peu plus tard en fin de journée, je reçois un appel de Judith. Je m'apprête à lui faire part des développements dans mon projet d'emménagement sur la fermette, mais elle m'interrompt.

— Valérie a passé au feu.

— Quoi ?

Valérie est sa cousine, une de nos bonnes amies. Judith a longtemps vécu en colocation avec elle, ce qui fait que nous avons passé bien du temps ensemble dans les dernières années.

— Qu'est-ce qui s'est passé ?

Elle me raconte ce qu'elle sait, c'est-à-dire pas grand-chose, mais conclut en expliquant que sa cousine est maintenant à la recherche d'un logement temporaire. Judith a accepté de l'héberger pendant un moment, mais son appartement est minuscule.

— Propose-lui de venir vivre ici, lancé-je à brûle-pourpoint. Je m'en vais de toute façon. Je serai absente au moins huit semaines. Ça lui laissera le temps de trouver autre chose. Et entre nous, je préfère que l'endroit soit habité.

— Oh, je n'y avais même pas pensé. C'est vrai que tu t'en vas. Tu as réussi à obtenir un congé ?

Je lui fais part de la discussion que j'ai eue avec mon patron et des décisions qui en ont découlé. Sa nièce me remplacera. J'aurai donc l'esprit tranquille pendant ce temps.

— Parle à ta cousine. Elle pourra s'installer dès dimanche.

— Elle m'a dit que les assurances allaient la dédommager. Elle pourra certainement te payer un loyer.

— On en reparlera. Appelle-la. Ça va peut-être la soulager de savoir que je lui offre un endroit où emménager.

— Merci, Marie-Ève, de tout cœur.

Je raccroche, satisfaite d'avoir pu aider quelqu'un de mon entourage, mais aussi légèrement nauséeuse. Je viens de mettre une croix sur mon travail et sur mon logement pour les semaines à venir. J'espère que cette nouvelle vie à la fermette sera à la hauteur de mes attentes.

4

La semaine file à vive allure et les items que je souhaite absolument emporter s'empilent dans le salon.

Le samedi matin, alors que je m'habille, j'ajoute mon nécessaire de toilette, mon oreiller – un indispensable, évidemment – et quelques couvertures chaudes, au cas où. Je regarde mon salon encombré, dépitée. Même si le camion du père de Judith est grand, nous n'arriverons probablement jamais à y faire entrer tout ça. La clé qui tourne dans ma serrure me sort de ma contemplation. C'est Judith qui entre, suivie de sa cousine. Valérie me serre dans ses bras et me remercie de lui laisser mon condo pour les prochaines semaines.

— Elle va nous aider à faire entrer tous tes bagages dans le camion, m'apprend Judith.

— Oh, c'est gentil de ta part, Valérie.

— C'est la moindre des choses. Si ça te va, je m'installerais cet après-midi. Et ne t'inquiète pas, je serai une locataire exemplaire.

— Je n'en ai jamais douté. Bon, alors allons-y, dis-je gaiement. J'ai hâte de découvrir ma nouvelle maison. Oh, j'ai parlé à mon père, ajouté-je en me tournant vers elle. Il m'a dit qu'il viendrait me porter ma voiture cet après-midi, en compagnie de ma mère. Peux-tu croire ça ?

— Et ils vont faire la route du retour ensemble ? s'étonne-t-elle.

— Euh, oui, je suppose, ou l'un d'eux peut monter avec toi.

— Bien sûr.

— En fait, je pense que cette solution est mieux. Pas pour Clémence, mais plutôt pour mon père. Pauvre lui, pris dans la voiture avec elle pendant une heure complète, sans possibilité d'évasion.

— Tu exagères, ils ont quand même été mariés pendant de longues années. Ils doivent être en mesure de s'endurer un peu sans se prendre la tête.

Je n'en suis pas si certaine.

— Bon, on commence à emballer si on veut partir, déclare Judith. Dis donc, tu y vas habillée comme ça ?

Je regarde mes vêtements : pantalon de yoga et chandail de sport. Je me suis assurée d'être bien.

— Qu'est-ce qui ne va pas avec l'ensemble que j'ai choisi ?

— Ça ne fait pas très rural, tout ça. Tu cries : « Je viens de la ville ! » à tue-tête.

— Et alors ? Je viens de la ville.

— Oui, mais si tu veux vivre l'expérience en profondeur, tu dois t'immerger complètement. J'ai bien fait de te préparer des vêtements exprès pour ton arrivée là-bas.

Elle me tend un grand sac que je n'avais pas remarqué.

— Garde ça près de toi. Tu pourras les enfiler juste avant notre départ. Maintenant, on se lance si on veut partir.

J'ai rarement vu Judith aussi enthousiaste. À croire qu'elle s'apprête à vivre elle-même l'aventure.

Durant l'heure qui suit, nous remplissons le camion et je suis surprise par le talent de Valérie, qui devait être un maître incontesté du jeu *Tetris* dans sa jeunesse. Tout rentre. À la fin, nous posons sur le dessus les végétaux que je souhaite emporter afin de les planter là-bas. J'hésite avant de refermer la porte du camion. Toutes mes pousses ont été placées dans des bacs en plastique. Ça semble solide, mais je n'aimerais pas que toute la terre se renverse sur mes effets personnels. Judith coince les bacs du mieux qu'elle peut, puis elle ferme la porte.

— Tu ne penses pas que ça pourrait glisser et se renverser ? demandé-je.

— Au pire, ça va s'accoter sur la porte. On fera attention en ouvrant tantôt.

— OK, tâchons de ne pas l'oublier.

— Va te changer, on part tout de suite après.

— Très bien.

Je monte en vitesse, et j'enfile rapidement les vêtements sélectionnés pour l'occasion. Puis, je me regarde dans le miroir de la salle de bain. C'est une blague ! Mon amie m'a acheté une salopette coupée sous le genou, qui est bouffante sous les fesses et un chandail *tie-dye*. Il reste dans le sac un drôle de bandeau tressé en chanvre ainsi qu'une paire de lunettes de soleil en forme de fleurs. Je pense que quand j'ai expliqué à Judith que j'allais vivre sur une ferme, elle a compris que je m'installais dans une commune dédiée aux années soixante. Je ne peux pas porter ça ! Je vais avoir l'air d'une vraie folle. Je m'apprête à enlever la salopette, mais je m'arrête aussitôt. Elle travaille fort pour moi, pour m'aider avec mon projet loufoque. Je ne voudrais pas l'insulter en lui signifiant que les vêtements qu'elle m'a choisis sont complètement débiles. Merde ! Qu'est-ce que je vais faire ? Je me regarde encore en soupirant et je me frotte les yeux. Bon. Je monterai dans la voiture en vitesse. Personne ne me verra. Peut-être qu'en m'apercevant ainsi vêtue, elle réalisera d'elle-même que l'ensemble n'a pas de bon sens. Sinon, quand nous serons rendues là-bas, nous nous retrouverons sur la fermette, qui est assez isolée. Encore une fois, il n'y aura pas un chat à la ronde. Je devrais être correcte. Ça me semble un compromis acceptable. Je laisse les lunettes et le bandeau au fond du sac et j'y insère les morceaux que je viens d'enlever. Je sors ensuite de la salle de bain en vitesse et je regarde autour une dernière fois. La pièce principale semble vide sans ses belles plantes vertes. Je vais m'ennuyer de mon chez-moi, mais j'ai hâte de vivre de nouvelles expériences.

Sans regret, je sors et je descends rejoindre mon amie et sa cousine. Je regrette presque de ne pas avoir mis les lunettes de soleil, finalement, car la lumière est éblouissante. J'ai les yeux plissés et il me faut quelques secondes pour remarquer que Judith a pris une photo de moi alors que je m'approchais de la camionnette. Elle regarde son téléphone, satisfaite, ce qui m'alerte légèrement.

— Qu'est-ce que tu fais ?

— J'ai mis ta photo sur Pinterest. Ça fait des jours que je parle de ton projet sur ma page « inspiration ». J'ai rempli un tableau complet d'idées qui pourraient être géniales pour tous ceux ou celles qui souhaiteraient, comme toi, quitter la ville pour migrer vers la campagne. J'ai déjà des milliers d'abonnés. Et c'est sans compter ma page Instagram. Il ne manquait que la prise finale : toi. Oh, et j'ai vraiment hâte de voir la fermette tantôt. Ça va en faire rêver plus d'un.

Je reste silencieuse quelques secondes. Je me demande si je devrais rire ou pleurer de me trouver aux premières loges de Pinterest et d'Instagram, vêtue comme une hippie. J'aurais peut-être dû mettre le bandeau et les lunettes, finalement. On aurait eu plus de difficulté à me reconnaître. Enfin, je ne peux pas revenir en arrière. Nous saluons Valérie et nous quittons le stationnement, emportant avec nous tout ce qui me sera utile dans ma nouvelle vie.

Nous roulons ainsi gaiement, arrêtant pour un café, et bavardant des hommes en général. Alors que nous sommes presque à destination, mon téléphone sonne. C'est mon père.

— Salut, papa !

— Bonjour, ma grande. Es-tu déjà en route ?

— Oui, on est presque arrivées.

Je contiens à peine ma joie. Si ce n'est que ma tenue est un peu étrange, tout roule.

— Je voulais te dire que Sébastien va te rejoindre sur place. Il va te remettre les clés et te faire faire le tour du propriétaire. Tu as bien parlé à Mme Meunier comme prévu ?

— Oui, je l'ai appelée cette semaine.

Avant de prendre officiellement mon congé, j'ai communiqué avec la propriétaire de la maison afin de connaître ses attentes envers moi. Bien que la dame ait été vraiment gentille, elle ne m'a pas réellement renseignée sur ce que je souhaitais savoir. Elle m'a seulement dit que je pouvais entretenir la terre comme bon me semblait, en utilisant le budget prévu sans le dépasser. J'ai donc le champ libre.

— Très bien, alors. Je viendrai plus tard avec Clémence et nous apporterons ta voiture, comme prévu.

— Tu es sûr que c'est ce que tu veux ? Tu sais, maman…

— Ne t'inquiète pas pour ton vieux père. Profite de ton nouveau projet. À plus tard, ma grande !

— Bye, papa !

Je raccroche, encore plus fébrile. Judith consulte son GPS et s'engage sur un petit chemin de terre.

— Peux-tu croire que je m'apprête réellement à emménager à la campagne ? Je n'ai pas encore tout à fait encaissé ma décision.

— Hum, hum…

— Qu'est-ce qui se passe ?

— Oh, rien. En fait, selon le GPS, on est déjà sur la bonne rue. Cependant, j'ai remarqué que nous n'avons pas croisé de village. Il devrait y en avoir un à proximité, non ?

— Euh… oui, il me semble. Ce n'est pas un trou perdu, quand même.

Je regarde mon cellulaire, heureuse de constater que j'ai toujours du réseau. C'est au moins ça. Je télécharge une carte que j'agrandis.

— Je comprends. Nous avons seulement pris un autre itinéraire. Si on se rend jusqu'au bout du rang – je pointe justement du doigt une pancarte qui nous indique que nous roulons sur le 6e rang –, on devrait déboucher sur une route principale qui nous mènera jusqu'au centre-ville de Saint-Limoge.

— Ah, dans ce cas, c'est mieux. Je me suis imaginé, l'espace d'un instant, t'abandonner sur ta fermette au beau milieu de nulle part. Ça me rendait craintive.

— Ne t'inquiète pas pour moi, je suis une grande fille.

Pourtant, je suis loin d'être aussi convaincue que mon ton le présume.

Plus nous avançons, plus nous remarquons de vie active. Il y a de grands champs, mais aussi des fermettes, comme celle que je vais occuper, et je vois des gens s'affairer ici et là sur leur terre. Je me sens propulsée dans une autre époque.

— Ouf… ça ne sent pas tellement bon, remarque Judith.

— Eh bien, je suppose qu'on se fait à l'odeur avec le temps. C'est comme quand on entre dans une pièce et que ça pue.

Mon amie fronce davantage le nez.

— Regarde, on arrive !

Je reconnais le paysage et mon cœur s'emballe. L'endroit est parfait, comme dans mon esprit. Nous nous engageons dans l'entrée cahoteuse et roulons jusqu'à la maison. Nous stationnons le camion juste derrière un véhicule bleu.

— Je pense que Sébastien est arrivé, ça doit être sa voiture, dis-je, distraitement.

Je n'ai d'yeux que pour le décor qui nous entoure. Je n'arrive pas à croire que nous sommes là.

— Wow, c'est beaucoup mieux que je pensais ! s'exclame la conductrice en s'étirant. Regarde l'étable. Tu es sûre qu'il n'y a que quelques poules et une chèvre ? C'est très grand.

— C'est ce qu'on m'a dit. Allons rejoindre Sébastien. Il est probablement déjà à l'intérieur.

Judith se dirige vers la porte et tourne la poignée qui est déverrouillée. Nous entrons directement dans la cuisine. Une assiette sale, quelques casseroles ainsi que des bouteilles de bière vides traînent sur le comptoir. Une cafetière glougloute près du réfrigérateur sur lequel sont aimantés plein de petits bouts de papier. Mon amie et moi échangeons un regard circonspect. Au premier coup d'œil, nous n'avons pas le sentiment de nous trouver dans la maison d'une vieille dame morte récemment. Quelque chose cloche, ici. Avant que nous n'ayons eu le temps d'échanger deux mots, un homme, uniquement vêtu d'une serviette, les cheveux mouillés, surgit au bout du couloir. Nous restons sans voix devant la semi-nudité du nouvel arrivant. Son torse musclé et défini vaut le détour à lui seul. Il s'arrête net en nous voyant et nous scrute de la tête aux pieds. Il pose sa main sur sa serviette, pour l'empêcher de tomber.

— Je peux vous aider ?

Aucune parole ne franchit nos lèvres. Enfin, Judith sort de sa contemplation.

— Euh oui, bonjour ! Désolée du dérangement. Je pense que nous nous sommes trompées de maison. Nous cherchons la fermette de…

Elle me donne un coup de coude.

— Ah oui, euh, la fermette de…

J'ai beau creuser mon esprit, le nom de la propriétaire ne vient pas. Je suis totalement décontenancée par l'homme devant moi, et encore plus par les vêtements totalement ridicules que je porte. Comme première impression, on peut certainement faire mieux.

— Une femme morte récemment, précise Judith.

— Vous devez parler de la ferme de Mme Lanthier. C'est plus loin sur le rang. Environ deux cents mètres, la prochaine entrée à gauche.

— Eh bien voilà, on s'est trompées, dis-je. Je suis désolée du dérangement, monsieur…

— Moi, c'est Albert.

Il passe une main dans ses cheveux mouillés, ce qui fait saillir davantage ses muscles. Son torse, humide, est encore luisant. J'ai chaud, soudainement.

— Encore désolée, répété-je.

Je tire ma copine par le bras et nous sortons en vitesse. Nous trottinons jusqu'au camion et mon amie démarre au quart de tour.

— Oh mon Dieu ! Quel homme ! s'exclame-t-elle. J'espère pour toi que tous tes voisins auront cette allure. Je viens de me trouver un intérêt soudain pour la campagne. Non, mais tu l'as vu ? J'aurais pu lécher l'eau sur son torse si on m'en avait donné l'occasion.

— Oui, bon, je suis bien d'accord, et c'est bien beau tout ça, mais on a un réel problème.

— Quoi donc ?

— Judith ! Ce n'était pas la bonne ferme. Je m'apprêtais à déménager ici, moi.

— Ça t'aurait fait de la méchante belle compagnie !

Je ne tiens pas compte de son commentaire, prise dans mon élan de panique.

— Penses-y ! Tout ce temps, je m'imaginais vivre là. On n'est pas au bon endroit ! À quoi va ressembler ma maison, alors ?

Elle freine net.

— Euh, eh bien, aimes-tu le style rustique ?

Je me penche pour regarder par la fenêtre du conducteur. J'avale de travers. Non, non, non ! Ce n'est pas possible ! Je rêve et je dois sortir de ce cauchemar absolument. Mon amie me regarde, les yeux ronds comme des billes. Je déglutis, puis je prends une grande inspiration et je sors du véhicule. Judith me suit et nous nous frayons un chemin à travers les hautes herbes qui sortent d'entre les pierres. Nous nous arrêtons devant la fermette, en silence.

— Bon, lance enfin la conductrice. C'est peut-être mieux à l'intérieur.

Ces quelques paroles sont loin d'être encourageantes. La petite maison tombe presque en ruine. Des bardeaux de toit sont décrochés et la cheminée a perdu plusieurs briques, laissant des trous ici et là. Les fenêtres sont crasseuses et la galerie est croche. Nous nous déplaçons sur le terrain et contournons la demeure. Je suis surprise de découvrir une chèvre, seule, accrochée à un poteau à l'aide d'une corde.

— Tiens, mais qu'est-ce qu'elle fait là, elle ?

Je m'approche pour la toucher, mais elle bêle très fort, ce qui me fait sursauter.

— Regarde, m'indique Judith. La cour n'est pas si mal.

Elle a raison. Un petit bâtiment, qui doit abriter les poules, m'a l'air en bon état. Bien sûr, certaines planches de bois sont trouées, mais ce n'est pas, au premier coup d'œil, catastrophique. Il y a une remise un peu plus loin. Elle a l'air plus récente. Je pourrais probablement m'y abriter si la maison s'effondrait. C'est un plan B intéressant. Une voiture arrive, bringuebalant dans l'entrée inégale. Je reconnais Sébastien, l'associé de mon père, derrière le volant. Il reste quelques secondes dans son véhicule, observant la place. Je parie qu'il se demande ce qu'une fille comme moi vient faire dans un taudis pareil. Et il a bien raison de se questionner ainsi. Revenu de sa surprise, il sort, sa mallette en main. Je me demande bien, d'ailleurs, pourquoi il la prend.

— Bonjour, mesdames. Comment allez-vous ?

Silence radio de notre part. Nous sommes en état de choc.

— Je présume que vous avez vraiment hâte de voir l'intérieur de ce… de ce… de ce petit bijou.

— Pas besoin d'en faire trop, Sébastien.

— Désolé. Pourquoi la chèvre est-elle attachée là-bas toute seule ?

— Ça, je n'en sais rien. Elle était là à notre arrivée.

Pendant quelques secondes, nous observons l'animal. Ses yeux sont croches. Ai-je hérité d'une bête légèrement attardée en plus du reste ? Elle émet un bêlement sonore qui me fait encore sursauter. Cela me ramène à la réalité temporairement.

— Qu'est-ce qui se passe ? Ce n'est pas la maison que ma mère m'a montrée sur son cellulaire. Elle se serait trompée ? Ou elle se joue de moi… Difficile à dire.

— C'est la bonne demeure, précise Sébastien.

Habilement, il fouille dans sa mallette d'une main et en sort une liasse de papiers. Je reconnais un certificat de localisation ainsi que l'emblème de la compagnie de notaire de mon père. Les documents sont plus qu'officiels.

— Voilà. 1336, chemin du 6e rang, Saint-Limoge. C'est bien ici.

Malgré cette confirmation, je ne comprends toujours pas comment Clémence a pu se méprendre de la sorte.

— On entre vérifier? propose Sébastien. Je dois retourner en ville bientôt parce que…

Il ne termine pas sa phrase. Il n'a pas besoin de s'expliquer. Je comprends qu'il n'ait pas envie de passer tout son samedi à visiter un taudis en compagnie de la fille de son patron.

— Allons-y.

Il ouvre le chemin, monte sur la galerie de devant précautionneusement et ouvre la porte-moustiquaire. Son mouvement est trop vif et la moitié de la porte tombe d'un côté. Il la regarde en silence quelques secondes, puis se tourne vers moi.

— Il va falloir l'ajuster.

— Évidemment…

— Ah, je vois la vis.

Il la prend et me la confie, comme on le ferait avec un trésor précieux. Elle est toute rouillée et le mot «tétanos» me traverse l'esprit. Je ne pensais pas qu'il me fallait un carnet de vaccination à jour pour emménager ici. Enfin, nous entrons.

Au premier coup d'œil, mon anxiété descend d'un cran. L'extérieur a un énorme besoin d'entretien, mais l'intérieur est correct. Poussiéreux, mais correct. La maison n'est pas tellement grande. Un seul étage composé d'un salon, d'une petite cuisine, d'une salle de bain et de deux chambres à coucher. Les fenêtres donnant sur la cour sont très grandes et offrent une vue directe sur le poulailler, le cabanon et le champ derrière. Je m'approche de la porte-fenêtre et je visualise un champ luxuriant. Ça pourrait fonctionner si j'y mettais l'énergie nécessaire.

— Après un bon coup d'aspirateur, ce ne sera pas si mal, déclare Judith.

Elle s'assoit dans le fauteuil qui s'effondre littéralement sous son poids. Surpris, Sébastien lui tend la main pour l'aider à se relever.

— Eh bien, dit-elle, en époussetant son pantalon, je pense que tu devrais t'asseoir sur la causeuse et oublier le fauteuil.

— Merci du conseil.

Tout s'effondre, dans cette baraque. Nous passons à la première chambre où je découvre un lit *queen* avec un matelas flambant neuf. Il est encore dans l'emballage. Je me tourne vers Sébastien.

— D'où ça vient, ça ?

— Je pense que c'est un cadeau de ton père. Il l'a fait livrer cette semaine.

— Wow, au moins quelque chose de fonctionnel.

Je remercie mon cher papa de penser à mon confort. Nous ouvrons la porte de la deuxième chambre, où se trouve un matelas posé à même le sol. Ce doit être l'ancien. Il n'a pas l'air trop crasseux, mais ne semble pas non plus au meilleur de sa forme.

— N'oublie pas de regarder dedans avant de le jeter. Il n'est pas rare que les personnes âgées cachent de l'argent dans leur matelas, blague Judith.

— Franchement !

Nous avons vite fait le tour. La cuisine, bien que petite, est équipée d'une table ronde et de trois chaises disparates.

— Tu veux tester les chaises, Judith ?

— Non merci. Une chute par jour, c'est bien suffisant. Voici ce que je propose : on prend quelques minutes pour nettoyer le salon sommairement et on y entre tes bagages. Ensuite, on finit le ménage de la maison et on place tes effets pour la nuit. Ça te va ?

Son ton sonne faux, elle en met trop. J'admire tout de même son optimisme.

— Ça sonne comme un bon plan.

— À moins que…

— Que ?

— Que tu aies changé d'avis. Tu sais, personne ne te jugera si tu veux retourner en ville.

Sébastien et Judith échangent un regard de connivence. Je parie qu'ils choisiraient l'option deux, soit le retour au confort urbain. Je suis tentée, je l'avoue. Je ne m'attendais pas à un endroit pareil et je me demande si j'ai la force de prendre ce chantier en main. Je jette un coup d'œil dehors et je vois la chèvre, toujours attachée à la même place. Malgré son air bête et ses yeux croches, elle a un petit quelque chose de mignon. Je ne peux pas la laisser ici toute seule, la pauvre. En plus, je n'ai, à proprement parler, pas tellement le choix de rester. Je ne vais pas retourner chez moi et éjecter Valérie alors qu'elle vient à peine de commencer à emménager. Ce ne serait pas correct de ma part. De plus, je me suis engagée auprès de Mme Meunier, et je suis une fille de parole. Je prends une grande inspiration avant de déclarer :

— Non, je ne change pas d'avis. Je vais me donner au moins vingt et un jours. C'est le temps requis pour intégrer une nouvelle habitude. Après ça, si ça ne fonctionne pas, je verrai les options qui s'offrent à moi.

— Tu es très courageuse, dit Sébastien. Maintenant, j'aimerais que tu signes ici et ici, s'il te plaît.

Mon éloge aura été de courte durée. Je prends les documents qu'il me tend et je signe. Je devrais les lire, mais je fais confiance à mon père. Ma mère, elle, en revanche, n'a pas fini d'entendre parler de moi.

— Alors, René m'a dit que tu avais parlé avec l'actuelle propriétaire et que vous vous étiez entendues sur la marche à suivre et les tâches à accomplir. Tu as accès aux fonds qui font partie de la succession et qui ont été attribués à l'entretien de la maison. Quand tu fais des dépenses, tu dois conserver toutes les factures, qui transiteront par notre bureau. C'est nous qui nous occuperons de te rembourser. Il faut t'assurer de bien respecter le budget.

Je hoche la tête. Il me faudrait un sacré gros budget pour mettre cette maison au goût du jour. Heureusement que ça ne fait pas partie de mes tâches…

— Oh oui, dernière chose. Ton père s'est assuré qu'Internet fonctionnait bien. Il a appelé la compagnie et, tiens-toi bien, les frais ont déjà été acquittés pour l'année. En plus, tu as même une ligne fixe.

Il m'indique un vieux téléphone beige à fil accroché au mur de la cuisine. Je parie qu'il a une sonnerie stridente. Je prends le combiné et j'entends effectivement la tonalité.

— S'il te plaît, dis-moi qu'Internet ne nécessite pas une ligne téléphonique comme dans l'ancien temps.

— Ha ! ha ! Bien sûr que non. Le fournisseur se rend jusqu'ici. On a beau être à la campagne, ce n'est pas si loin de la modernité. Tiens, voici le code du wifi et le numéro de téléphone de la maison.

Je vois déjà Judith regarder par-dessus l'épaule de Sébastien, son cellulaire en main. Elle aura accès à la connexion avant moi, on dirait.

— Génial, fait-elle, en pointant du doigt le téléphone. Je vais pouvoir t'appeler.

— Comme si quelque chose ou quelqu'un pouvait t'empêcher de m'appeler !

— Bon, eh bien, ce n'est pas que je m'ennuie, mais je vais y aller, annonce Sébastien. Bonne chance pour tout, ajoute-t-il, en me tendant la main.

De la chance, j'en aurai certainement besoin.

5

Une fois la voiture de Sébastien partie, Judith et moi entamons un ménage du salon. Je fais ensuite un autre tour rapide du propriétaire. Finalement, je ne regrette pas d'avoir établi une longue liste d'objets essentiels, puisque l'ancienne propriétaire était vraiment minimaliste en son genre. Il y a à peine trois tasses dans son placard. C'est le nombre de tasses que je salis chaque jour en buvant mes espressos ! Je dépose mes plantes à l'intérieur et je les place en plein soleil, près de la grande fenêtre du salon, en attendant de leur établir un emplacement fixe dans le champ. Nous déchargeons ensuite le camion. Alors que nous rentrons les dernières valises contenant mes vêtements, je remarque que le ciel se couvre dangereusement au loin.

— Oh, on dirait qu'un orage se prépare, regarde.

Mon amie fixe l'horizon et je sens aussitôt son angoisse. Elle doit reprendre la route bientôt et elle n'aime pas conduire sous la pluie.

— Tu pourrais rester avec moi et passer la nuit ici. Il y a deux chambres et deux matelas très moelleux, proposé-je, plus ou moins sérieuse.

— Tu oublies mon rendez-vous, me rappelle-t-elle.

— Ah oui ! Comment j'ai pu ?

Durant le trajet, elle n'a pratiquement parlé que de ce gars avec lequel elle clavarde depuis des semaines. C'est ce soir qu'a lieu la grande rencontre.

— Tu devrais partir maintenant, alors. Si tu as de la chance, tu ne frapperas pas la pluie.

— Tu es sûre ? Je me sens mal de t'abandonner ici toute seule.

— Ne t'inquiète pas pour moi, je suis une grande fille.

— En plus, j'avais proposé que l'un de tes parents monte avec moi au retour.

— Pas grave, ils devraient réussir à survivre à une heure de route.

Il n'y a rien de moins sûr que cette affirmation.

— Invite ta mère à dormir sur le joli matelas qui orne la chambre d'invités.

— Je vais y penser. Ce sera ma vengeance personnelle. D'un autre côté, connaissant son pouvoir de manipulation, elle saura s'organiser pour prendre le nouveau lit. Ce ne serait pas particulièrement à mon avantage. Allez, vas-y avant qu'il ne soit trop tard. J'ai amplement de travail à faire ici.

— OK, je t'appelle demain matin pour voir si tu as survécu à ta première nuit.

Je la renvoie d'un signe de la main en souriant, affichant une confiance que je suis loin d'éprouver. Je l'accompagne dehors, contournant ma chèvre, toujours au même endroit. On pourrait aisément la prendre pour un objet décoratif. Dehors, le vent s'est levé et le ciel s'obscurcit encore. J'espère que je fais bien de renvoyer Judith maintenant. Elle pourrait toujours rester et attendre que l'orage passe, mais il se pourrait qu'elle arrive en retard à son rendez-vous. Je me sentirais mal si ça arrivait. Non, tout ira bien, et mes parents ne devraient pas tarder. Si je veux survivre à cette aventure, je ne peux compter que sur moi-même.

Je me tourne vers ma nouvelle demeure et je décide d'en explorer les alentours, même si le vent est de plus en plus fort. Je veux voir l'endroit de différents points de vue. Cela me permettra peut-être de déceler quelques éléments positifs. Alors que je fais le tour, je me demande de nouveau comment ma mère a pu se tromper de propriété. Si je me rappelle bien les photos, on voyait clairement la maison du voisin, Albert. Celle que je m'apprête à occuper était plus loin derrière, si ma mémoire est bonne. Il est vrai qu'elle est plus reculée et moins identifiable vue de la route. Est-ce la raison pour laquelle elle est passée hors du radar ? Possible. Enfin, peu importe, ça ne change pas le fait que je dois maintenant me lancer dans l'agriculture et l'entretien d'une baraque qui penche dangereusement vers la droite. Je me console en me disant que la tour de Pise en fait autant depuis des siècles et qu'elle ne s'est pas encore effondrée. Il doit rester encore quelques bonnes années à cette construction aussi. Après mon exploration sommaire, je décide d'entrer me mettre à l'abri. Mon cellulaire sonne au même instant. C'est mon père.

— Salut, papa !

— Bonjour, ma grande.

Oh ! À son ton de voix, je devine que quelque chose ne va pas. Mes sens se mettent aussitôt en alerte.

— Tout va bien ?

— Moi, oui, mais toi… Sébastien m'a appelé sur le chemin du retour. Il m'a parlé du quiproquo avec les propriétés. Je n'en reviens pas que Clémence t'ait fait miroiter un endroit qui n'était pas le bon. Je peux t'assurer que je lui ai téléphoné et lui ai dit ma façon de penser.

Je suis sans voix. Mon gentil papa, pour une fois, a trouvé le courage d'affronter ma mère. J'imagine l'orage qui a dû s'ensuivre. Celui qui menace dehors n'est probablement qu'une peccadille à côté.

— Je devrais peut-être l'appeler et lui dire que ça arrive à tout le monde de se tromper, fais-je platement.

— Eh bien, à ta place, j'éviterais de communiquer avec elle pendant quelques heures. Elle n'a pas tellement apprécié mes éclats et elle s'est enfermée dans l'un de ses silences boudeurs qui peuvent durer très, très longtemps. Crois-moi, je sais de quoi je parle.

— Oh non! Mais là, vous êtes censés venir me porter ma voiture...

— Oui, je sais, je voudrais venir, mais sans Clémence pour me ramener, c'est impossible.

Là, je suis mal prise. Et dire que je viens de renvoyer Judith. J'aurais pu revenir en ville avec elle et m'occuper moi-même de mon véhicule. Zut! Je m'en veux de m'être reposée ainsi sur mes parents. Je me ravise aussitôt. C'est probablement l'une des premières fois qu'ils me posent un lapin de la sorte. Mon père doit se sentir atrocement mal.

— Je tenterai de la joindre encore; j'essaierai de la convaincre de venir demain, quitte à lui envoyer des fleurs ou un truc du genre.

— C'est elle qui est dans le tort, pas toi, papa.

— Aux yeux de ta mère, je suis toujours dans le tort. Je ferai de mon mieux pour que la situation se passe bien.

— Oui, oui, je n'en doute pas. Je saurai me débrouiller sans voiture. Ne t'inquiète pas pour moi. J'ai fort à faire ici, je n'aurai pas le temps d'aller me promener en ville avant un bon moment.

Ce n'est certainement pas idéal, mais pas dramatique non plus. J'ai apporté des provisions, je survivrai bien quelques jours sans passer à l'épicerie.

— Oh, merci d'avoir fait les vérifications pour Internet, et aussi pour le matelas. Il s'agit d'une très délicate attention de ta part.

— Ah, c'est vrai, avec tout cela, j'avais complètement oublié. Content que ça te plaise. Mais à part le malentendu, comment est la maison ? Sébastien ne m'en a pas brossé un portrait très charmant, mais je pensais qu'il exagérait peut-être…

Je regarde mon nouvel environnement quelques secondes avant de répondre.

— L'extérieur ne paie pas de mine. L'intérieur est correct. C'est assez rudimentaire. Quand j'aurai tout nettoyé de fond en comble, ce sera sans doute à mon goût. Je me console : au moins, j'ai un toit sur la tête !

Comme pour corroborer mes dires, un énorme coup de tonnerre retentit. Les lumières de la pièce vacillent et j'ai une soudaine pensée pour ma chèvre, toujours attachée à son poteau. Je ne peux pas la laisser dehors !

— Papa, il va falloir que je te laisse, Biquette a besoin de moi.

— Qui ?

— Ma chèvre. J'ai décidé de l'appeler Biquette. Ça lui va bien, je trouve. Je dois la mettre à l'abri, il y a un gros orage qui arrive.

— OK, OK, vas-y, ma grande. Je te rappelle ce soir.

Je raccroche, un demi-sourire aux lèvres. Même si je suis en âge moi-même d'être parent, mon père me perçoit encore comme sa petite fille. Il m'a encouragée à me lancer dans ce nouveau projet, mais je sais que, malgré tout, il n'aime pas trop me savoir seule ainsi, dans un environnement inconnu. Je sors rapidement par le côté de la maison, et la porte-moustiquaire claque derrière moi. Au moins, celle-ci tient bien, comparativement à celle de devant. Je suppose que j'entrerai par le côté jusqu'à ce que je répare l'autre. Le ciel est gris et lourd et je vois des éclairs à l'horizon. Ce n'est pas un temps à laisser une chèvre dehors. Je m'approche d'elle tranquillement.

— Coucou, toi.

Elle lève la tête et me regarde en mâchouillant une branche qui a été emportée par le vent. L'orage qui se prépare n'a pas l'air de trop l'affecter. Elle n'a pas froid aux yeux, contrairement à mon amie Judith. Tiens, j'ai hâte de la taquiner avec ça. Elle me revient toujours avec l'histoire du furet ; je pourrai renchérir avec ma courageuse chèvre. Je dénoue la corde qui la retient au poteau et j'avance, tentant de la guider ailleurs, mais je me demande où je pourrais bien l'emmener. Je regarde le poulailler derrière. Il me semble petit pour abriter Biquette. D'un autre côté, je ne crois pas qu'elle ait besoin d'un palace cinq étoiles. Tant qu'elle a un toit… Je n'ai pas tellement d'options de toute façon. C'est ça ou la faire entrer dans le salon. Je tire sur la corde, mais la bête ne bouge pas.

— Viens, Biquette, viens.

Je tire encore. Aucun mouvement. En plus d'avoir les yeux croches, elle est entêtée. Soudain, une pluie torrentielle s'abat sur nous. En moins de deux, je suis trempée.

— Allez, on ne va pas rester là !

J'ai beau insister et tirer, il n'y a rien à faire. Eh bien, tant pis. Je cours jusqu'à la porte de côté et m'abrite sous le petit auvent. J'attends quelques secondes, décidant de la marche à suivre. La pauvre chèvre est toute trempée et se met à bêler. Voyons, elle ne voulait pas bouger et la voilà qui se plaint parce que je l'ai abandonnée. J'entre dans la maison et je prends un parapluie qui traîne dans l'entrée. Je l'avais remarqué plus tôt en visitant les lieux. Je sors de nouveau, maintenant à l'abri, et je marche vers Biquette.

Une mare d'eau s'étend déjà autour de nous et mes espadrilles blanches se couvrent de boue en quelques secondes à peine. Je comprends maintenant pourquoi tout bon fermier qui se respecte doit avoir une paire de bottes en caoutchouc. Je reprends la corde, mais c'est peine perdue. La chèvre refuse de bouger, encore. Je pousse un long soupir. Il fallait bien que je tombe sur l'animal le moins docile du monde. L'arrivée de la pluie intensive semble avoir chassé le tonnerre et les éclairs. Je peux toujours rester près de Biquette jusqu'à ce que la pluie cesse et partager mon parapluie avec elle, comme on le ferait avec une bonne copine. C'est idiot, je ne serai jamais copine avec ma chèvre, mais je ne vois pas d'autre solution pour l'instant. Je place le parapluie de façon à la couvrir au maximum et je me colle un peu contre elle. Mauvaise idée, elle ne sent pas très bon. Je suppose que je m'y ferai. Et j'attends.

— Alors, tu passes une belle journée ? Parce que moi, j'ai connu mieux, dis-je, après un moment de silence.

Elle continue à mâchouiller. Je ne m'attendais pas à une réponse, mais… Nous restons ainsi encore quelques minutes et je réfléchis à mes possibilités. Il n'y en a pas vraiment d'autres que l'abandonner à son sort. Je me dis que ce n'est qu'un animal. Elle n'en est certainement pas à sa première averse. Soudain, j'entends un ronronnement et je vois une voiture qui approche. Je regarde le véhicule avancer et s'immobiliser près de moi. Je reconnais Albert, mon voisin. De quoi dois-je avoir l'air ainsi, mon parapluie nous couvrant, Biquette et moi, trempée et toujours vêtue de cette saprée salopette que je n'ai pas encore pris le temps d'enlever à travers le branle-bas de combat ? Il sort de son auto et s'approche, apparemment insensible à la pluie. Pourtant, son chandail blanc est moulé sur son torse musclé.

— Qu'est-ce que tu fais là ? demande-t-il.

— Euh… je… Je ne voulais pas que la chèvre soit mouillée et elle ne voulait pas entrer avec moi dans la maison.

— Tu voulais l'emmener à l'intérieur ?

— Non ! Je veux dire, enfin ! Bien sûr que non ! Qui aurait une idée aussi saugrenue ? Pfff !

Il ne répond rien et prend la corde. Il n'a même pas à tirer pour que la bête le suive et je vais me réfugier sous l'auvent pendant qu'il la conduit jusqu'au bâtiment où je voulais la placer plus tôt. Il vient ensuite me rejoindre en courant. L'intensité de la pluie n'a toujours pas diminué.

— Une claque sur les fesses et le tour est joué.

— Pardon ? m'exclamé-je.

— La prochaine fois, donne-lui une claque sur une fesse et elle coopérera.

— Ah ! Oui, je vais noter ça.

Dans la catégorie «soins de la chèvre», bien entendu. Juste en dessous de «nourrir tous les jours».

— Merci de ton aide, je ne savais pas trop quoi faire.

— Ça me fait plaisir. C'est moi qui prends soin des bêtes depuis la mort de Mme Lanthier. Je peux continuer à donner un coup de main si tu en as besoin.

Mon cœur crie oui. Je ne me lasserais certainement pas de le regarder travailler. Mon orgueil, lui, qui en a pris un bon coup depuis notre première rencontre, me dicte que j'y arriverai très bien toute seule. Une chèvre, ce n'est pas la mer à boire, surtout que je connais maintenant le truc pour la faire coopérer.

— C'est vraiment gentil de ta part de le proposer, mais je pense pouvoir prendre le relais. Après tout, j'emménage ici pour m'occuper de la fermette. Il faut bien que je m'y mette un jour ou l'autre.

Je n'arrive pas à le fixer dans les yeux – il est trop beau, et ça me gêne énormément. Je ne dois pas lui avoir fait une très bonne première impression non plus en entrant chez lui par effraction et en protégeant Biquette de la pluie avec mon parapluie. Je lève le regard, enfin, et il m'observe. Je sens qu'il jauge mes capacités à prendre soin des bêtes et à voir son air, il doute de moi. Pourtant, il ne connaît pas l'histoire du furet qui est mort sous ma gouverne, lui. Est-ce que ça paraît tant que ça que les animaux et moi ne sommes pas nécessairement bons amis?

— Très bien, concède-t-il enfin. En tout cas, si tu as besoin d'aide, n'hésite pas. Je suis toujours chez moi et tu sais où ça se trouve.

— En effet, oui. Merci beaucoup de ton offre, c'est très apprécié. De ton côté, tu dois avoir beaucoup à faire avec tes bêtes.

— Lamas.

— Pardon ?

— J'élève des lamas.

— Je ne comprends pas.

— Des lamas, répète-t-il.

Je ne peux m'empêcher de pouffer de rire. Il blague, c'est certain. Il n'y a pas de lamas au Québec ! Tout le monde sait ça. Ils vivent en Amérique du Sud, à Machu Picchu, entre autres. Pourtant, il ne se joint pas à moi dans ma rigolade. Au contraire. J'arrête net et je m'éclaircis la gorge.

— Excuse-moi, je ne riais pas de toi. Je pensais à un truc et… enfin. Donc, des lamas. C'est intéressant. Je serais bien curieuse d'en voir un en vrai dans un champ, ici, au Québec.

Je le regarde intensément en haussant les sourcils, l'air de dire : « Allez, mon grand, j'ai compris que tu blagues, lâche le morceau ! » Mais il garde son sérieux, ce qui me laisse croire que les informations dont je dispose concernant les lamas sont probablement biaisées. Je confonds avec un autre animal, peut-être ?

— Eh bien, tu viendras voir les miens, conclut-il. Bon, j'y vais. Fais-moi signe si tu as besoin d'aide. Tiens, je te laisse mon numéro.

Wow ! Je n'ai jamais réussi à obtenir le numéro d'un beau gars aussi vite et aussi facilement ! Dommage que ce soit plus pour la chèvre que pour moi. Je le regarde disparaître sous la pluie, aussi rapidement qu'il est apparu. Je reste sous l'auvent quelques minutes supplémentaires, réfléchissant à ma nouvelle vie. Si j'avais ma voiture, je pense que je prendrais mes cliques et mes claques et que je foutrais le camp de cette baraque. Je viens de m'engager dans un beau merdier. Dépitée, je rentre me mettre au sec. J'enlève mes vêtements trempés, que je dépose sur le bord du bain. Puis, en sous-vêtements, je lave le bain. J'ai beau ne pas avoir envie de porter cet ensemble de nouveau, ce n'est pas une raison pour le laisser sécher au bord d'une baignoire crasseuse. Quand c'est fait, et que la salle de bain en entier est propre, je me sens déjà bien mieux. Le ménage permet d'aérer l'esprit. Je revêts mes vêtements confortables du matin et je décide de continuer mon ménage. Je descends au sous-sol, un endroit lugubre que je ne compte pas fréquenter souvent, où je déniche un aspirateur. Je le passe partout au rez-de-chaussée, puis je m'attaque à la cuisine : comptoirs, table, micro-ondes, réfrigérateur, tout y passe. Je frotte frénétiquement pour oublier que je suis toute seule dans cette vieille maison un peu – je l'avoue maintenant que le soir tombe – épeurante. Je regrette presque de ne pas avoir Biquette pour me tenir compagnie dans le salon. Quand j'ai fait le tour du rez-de-chaussée, je décide de m'octroyer une pause. Je n'ai plus les idées claires. Mon esprit volontaire me dicte d'établir sans tarder une liste des principales tâches que j'aurai à effectuer dans les prochains jours, mais mon corps ne suit plus. Je me prépare un en-cas à la cuisine grâce aux restants qui traînaient dans mon réfrigérateur et que j'ai pris soin d'apporter, et je vais m'installer sur le canapé du salon, en prenant soin de m'asseoir doucement, au cas où il s'effondrerait lui aussi sous le poids d'un adulte. J'ai de la chance. Il est légèrement grinçant, et des ressorts sont facilement identifiables, mais, au moins, il résiste. J'allume la télévision, et je constate qu'une panoplie de chaînes sont disponibles. Quand même, cet endroit a quelques avantages. Une comédie romantique commence et je m'installe «confortablement» pour la regarder. Les émotions de la journée se font vite ressentir et je m'endors alors que la pluie continue à tomber.

6

Je me réveille en sursaut, le cou endolori et la bouche pâteuse, mais surtout le dos raide comme une barre. Ce canapé est loin d'être idéal pour dormir. Je fais quelques étirements en grimaçant, observant le soleil briller à l'extérieur. Bon, il faut bien commencer le travail sur cette terre. Je me sens très optimiste, aujourd'hui. Ça doit être la température qui me fait cet effet. Je commence par brancher la machine à café et je me fais un espresso. Voilà, je suis prête à affronter mon nouveau quotidien.

Je prends mon cellulaire et je vois que j'ai manqué un appel de mon père. Il avait promis de me passer un coup de fil en soirée. Il est trop tôt pour lui téléphoner et je me promets de le faire plus tard. Je jette un coup d'œil à mes espadrilles blanches couvertes de boue en soupirant. Lors de ma première escapade en ville, il me faudra trouver une paire de bottes de pluie. En attendant, aussi bien porter mes espadrilles toutes tachées. Je sors et je constate qu'il fait déjà chaud pour un début de matinée. Surprenant pour la mi-mai. Il y a des flaques d'eau un peu partout et je remarque que la gouttière est pleine, puisqu'elle dégouline. Autre chose qu'il faudra réparer. Pas de panique, je planifierai mon budget en fonction du fonds de prévoyance. Une gouttière, ce n'est pas prioritaire. Malgré tout, je sens que la liste s'allongera au fil de la journée.

Distraite par mes pensées, je me rends jusqu'au poulailler et j'ouvre les portes à la volée. Je suis aussitôt assaillie par les poules qui battent des ailes et sortent en masse. Effrayée, je tourne et je crie en me tenant la tête à deux mains. Je sens des becs et des plumes qui me frôlent. Une griffe accroche même mes cheveux, et je crie à nouveau. La panique s'installe, puis retombe d'un seul coup. Il ne se passe plus rien. Je regarde devant, et derrière, et je vois les poules éparpillées qui picorent tranquillement la gravelle. Dire que, pendant un bref moment, je me serais crue dans la volière du Parc jurassique. Merde ! Il va falloir que je les rattrape. Nerveuse, je me penche pour attraper la plus proche de moi, mais elle sautille et s'enfuit. Je fais une deuxième tentative, en vain. J'en pourchasse une jusque sur la route et je la trouve très imprudente de traverser comme si de rien n'était. C'est une poule suicidaire, ma parole ! Le rang n'est pas tellement passant, mais tout de même…

Alors que je suis complètement découragée par ces poules qui picorent au gré de leur envie, j'entends des voix qui viennent du chemin. Je me tourne et j'aperçois un groupe d'adolescents, qui arrivent au pas de course. Ils sont peut-être une dizaine et, en tête, se trouve un homme de mon âge qui leur prodigue quelques encouragements. Quand il me voit plantée sur le bord du chemin, il arrête à ma hauteur et indique aux jeunes de reprendre leur souffle.

— Bonjour, tout va bien ? s'informe-t-il.

Il enlève ses lunettes de soleil et je le trouve aussitôt charmant. Il a de beaux yeux brun foncé, un teint bronzé et il est mince, mais musclé à la fois. Ses jambes démontrent que la course à pied fait partie de son quotidien.

— Eh bien, dis-je, j'ai mes poules qui sont sorties et que je n'arrive pas à rattraper.

— Oh, je vois. On va donner un coup de main. Les gars !

Comme il les interpelle, tous les garçons se redressent droits comme des *I*.

— Attrapez-moi ces poules.

— Oui, coach !

On se croirait dans l'armée. Toute la bande se lance d'un même élan. Un premier en attrape une d'une main ferme et je le regarde faire avec une grande admiration. On croirait qu'il court après de la volaille chaque matin. Deux garçons se font la passe avec une autre qui lance un « poc poc » au passage.

— Comment font-ils ? C'est incroyable !

— Ce sont des joueurs de football. Je les entraîne à attraper le ballon qui roule sur le terrain. Entre nous, un ballon qui virevolte ou une poule, c'est du pareil au même, ajoute-t-il à la blague. Allez, messieurs, du nerf, du nerf ! J'en vois une là-bas qui est encore en liberté. Landry, elle est pour toi, celle-là ! crie-t-il.

Un des garçons tourne la tête, puis se met en quête de la bête. Quand il la voit, il se lance à pleine course vers la bête qui fige, puis décide de s'enfuir au dernier moment. Le jeune manque son coup, mais n'a pas dit son dernier mot.

— C'est notre quart-arrière. Il est très ambitieux.

— Eh bien, si sa carrière de footballeur ne débloque pas, il pourra se réorienter dans le commerce de la volaille.

La révolte est rapidement contenue et mes poulettes retrouvent leur abri tranquille, les portes closes. Un des jeunes arrive près de moi, un panier d'osier à la main.

— Tenez, madame, j'ai pris les œufs pendant que les poules étaient à l'extérieur. C'est toujours mieux qu'elles ne soient pas dans le coin quand on les récolte. Sinon, je vous recommande de mettre des mitaines de four si vous voulez éviter de vous faire picorer les doigts.

Je cligne des yeux, abasourdie, et je prends le panier où sept œufs ont délicatement été posés. Je recule légèrement en remarquant leur teinte brunâtre peu appétissante.

— Il va falloir les nettoyer, remarque l'entraîneur du groupe, toujours près de moi.

De nouveau, je me tourne vers lui. En plus d'être beau, il m'apparaît très sympathique. À croire que la campagne regorge d'hommes intéressants à chaque coin de rue.

— Je m'appelle Marie-Ève.

— Moi, c'est Liam.

— Merci de m'avoir aidée. Je commence dans le domaine ; tout est nouveau pour moi.

— Je suis sûr que tu vas très bien t'en sortir. Si tu as besoin d'aide, on passe pratiquement tous les jours dans le coin. C'est un bon endroit d'entraînement pour mes gars ! Allez, messieurs, en rang. On repart !

— D'accord, j'en prends note.

Il me fait un petit salut militaire et repart au pas de course, suivi de sa bande. Je les regarde disparaître au bout du chemin, perplexe. Je suppose qu'à la campagne, les gens sont foncièrement généreux et aidants envers autrui. Personne ne m'aurait aidée à rattraper mes poules à Montréal, c'est certain. On m'aurait probablement filmée en train de courir derrière elles et, dans la minute, on aurait publié le film sur les réseaux sociaux. En me dirigeant vers la maison, je découvre Biquette de retour près de son poteau. À croire qu'elle n'a pas bougé depuis la veille.

— Tiens, qui t'a attachée là, toi ?

J'approche ma main pour lui tapoter la tête, mais elle fait mine de me mordre.

— OK, OK, on ne capote pas ! Je te laisse en paix, maudite chèvre, maugréé-je, mais je t'aurai bien à l'usure.

Je marche jusqu'au poulailler dont j'ouvre délicatement la porte cette fois. Je passe un œil dans l'embrasure. Bon, elles sont toutes là – du moins, je le pense – et elles vaquent à leurs occupations, pour ce qu'une poule peut avoir comme occupations, bien entendu. Je ne sais pas trop à quoi ressemblent les soins qu'on doit donner à la volaille. J'ai plutôt l'habitude de la voir dans mon assiette. Je continue mon analyse de l'endroit. Il y a bien un petit espace que je présume être pour Biquette. Malgré l'exiguïté des lieux, je trouve que tout est bien organisé. Je ferme la porte et je marche de nouveau vers la maison, dont je fais le tour en observant quelques détails qui m'avaient échappé la veille. Ce qui est le plus apparent, c'est la saleté. Les fenêtres sont crasseuses, le revêtement aurait besoin d'un bon coup de peinture et l'auvent a très mauvaise mine, mais il ne coule pas; je l'ai bien testé hier. Une bonne nouvelle est qu'à première vue, la toiture ne menace pas de tomber.

Je dépose mon panier d'œufs sur le bord de la porte et je décide d'aller arpenter le champ. Celui-ci n'est pas très large, mais est assez long. Je ne sais pas ce que l'ancienne propriétaire a cultivé ici. Probablement qu'Albert pourrait m'en dire plus. Je continue ma balade. Au bout du champ, une clôture de bois ceint le terrain. Les limites sont assez claires. Je me demande d'ailleurs qui est mon voisin de derrière. Une lisière d'arbres me cache la vue. Je suppose que je le découvrirai bientôt. Je marche jusqu'à la maison en réfléchissant aux possibilités qu'offre l'endroit. Non, je ne suis pas une professionnelle de l'agriculture, mais je pourrais certainement faire un grand jardin assez intéressant. Satisfaite de mon exploration du moment, j'entre dans la maison et je vais prendre une douche bien méritée.

Je prends le reste de l'avant-midi pour placer la chambre à coucher et défaire quelques boîtes puis, quand je trouve l'heure adéquate, j'appelle ma mère. Bien entendu, je tombe sur sa boîte vocale. Mon père a raison: elle va nous faire la baboune pendant quelques jours, jusqu'à ce qu'elle trouve un autre projet à nous faire miroiter. Je lui laisse tout de même un message assez simple, mais qui a le mérite d'être clair: «J'ai besoin de ma voiture, je ne suis pas fâchée, appelle-moi.»

Je raccroche. J'appelle ensuite mon père et je tombe sur sa messagerie. Même scénario, mais le message que je lui laisse est un peu plus sympathique. Ensuite, je reste un moment en plein milieu de la cuisine, me demandant à quoi je vais bien pouvoir occuper le reste de mon avant-midi. Mon tour exploratoire m'a bien montré que j'avais un paquet de menus travaux à accomplir, mais je n'ai pas envie de commencer aujourd'hui. Malgré tout, sûrement pour me donner bonne conscience, je décide de réparer au moins un truc. J'ouvre la porte de devant toute grande et j'ajuste la moustiquaire qui nous est restée dans les mains la veille. Il me faut quelques minutes pour bricoler la penture de façon très temporaire, mais assez bien pour que ça tienne. C'est un excellent début pour moi. Cette petite réussite me donne réellement de l'espoir pour la suite.

Pendant que j'arrose mes plantes, je me surprends à chantonner, ce qui m'étonne, étant donné les circonstances. Je vivais dans un très beau condo à Montréal et voilà que je m'installe dans une vieille baraque avec une terre, une chèvre et des poules. Si on m'avait prédit ça au début de l'année, j'aurais éclaté de rire.

Je finis de mettre le salon à ma main quand j'entends quelques coups à la porte. Tiens, est-ce que mon père s'est décidé à venir sans s'annoncer ? Ce serait une bonne nouvelle ; je pourrais récupérer ma voiture. Je me précipite vers l'entrée, mais c'est Albert qui se tient sur le seuil. Il me salue à travers la moustiquaire.

— Salut ! Comment ça va, aujourd'hui ?

Son regard glisse sur moi et je serre mes bras contre ma poitrine pour cacher mon chandail blanc qui a accumulé la poussière et qui est taché de terre noire.

— Ça va bien. Excuse mes vêtements, j'ai fait du ménage.

— La pauvre Mme Lanthier ne devait pas avoir levé le plumeau depuis des lustres. Elle laissait peu de gens mettre le pied dans sa maison.

— Un conseil, si tu entres, n'essaie pas le fauteuil au salon. Il est complètement défoncé.

— Tu veux que je t'aide à le sortir ?

— Ah ! C'est gentil de ta part.

Je réfléchis un moment. Un coup de main ne serait pas de refus. D'un autre côté…

— Je garde ton offre pour plus tard, si ça te va. Je vais attendre que ma mère vienne me visiter avant de m'en débarrasser.

— Très bien, dans ce cas.

Je suis étonnée qu'il ne réagisse pas plus à mon commentaire. Sans doute ne comprend-il pas tellement la logique derrière mes propos. De mon côté, je jubile. J'ai hâte de voir la tête de Clémence quand elle s'effondrera dans le fauteuil. Ce sera ma petite vengeance personnelle. Je dois filmer la scène ! Quelle bonne idée !

— Je passais pour t'informer qu'il y a un marché qui se tient en ville. Plusieurs agriculteurs de la région se rassemblent la fin de semaine pour présenter leurs produits. Comme je m'y rendais justement, je me suis dit que tu aimerais peut-être venir. Ça te donnerait l'occasion de faire du réseautage.

J'accepte aussitôt sa proposition. Ça va me permettre de sortir un peu et j'adore les marchés locaux. Je trouve que c'est une démarche bien sympathique de sa part de m'inviter.

— Me laisses-tu quelques minutes pour me changer ?

— Bien sûr.

— Merci, alors. Je vais faire ça vite.

— Prends ton temps. Je t'attends ici.

Avec tout ça, je ne l'ai même pas invité à entrer. Je manque de savoir-vivre. Je me reprendrai certainement. Je me dirige vers la chambre, tout excitée. Je suis flattée de l'attention que me porte Albert, je dois l'admettre. Mon portable sonne et je réponds dans la seconde.

— Salut, c'est moi ! Tu as survécu à ta première nuit ?

— Judith, j'ai un paquet de trucs à te raconter, mais pas maintenant. Tu ne devineras jamais qui est ici.

— Ta mère ?

— Franchement. Tu crois que je m'exciterais de la sorte pour elle ? Non, le beau Albert qu'on a rencontré hier. Ça fait deux visites qu'il me fait en moins de vingt-quatre heures. C'est un signe, tu penses ?

Je jette un coup d'œil par la fenêtre de ma chambre, qui donne sur le champ arrière. Je vois justement le jeune homme qui arpente le terrain de ses grandes jambes et qui semble observer les alentours avec circonspection.

— Eh bien, ce n'est pas à négliger, répond mon amie. Tu auras sans doute plus de chance que moi. Mon rendez-vous d'hier a été totalement merdique.

— Ah non ! Écoute, je veux entendre tout dans les moindres détails. Je t'appelle à mon retour.

— Ton retour ? Tu vas où ?

— Un marché en ville qui me permettra de rencontrer d'autres propriétaires terriens.

— Wow, tu parles déjà comme une vraie agricultrice. Difficile de croire qu'hier encore, tu étais une résidente officielle de Montréal.

— Il faut bien jouer le jeu. À tantôt.

— N'oublie pas de mettre l'ensemble que je t'ai acheté. Ça fera une belle première impression.

— OK, bye !

Elle peut bien rêver. Des plans pour que je sois la risée du village. Déjà que je n'aurai pas beaucoup de connaissances pour entretenir la discussion si celle-ci porte sur l'agriculture… J'aurais dû acheter un livre du type « Cultiver un champ pour les nuls » ou « L'entretien d'une fermette pour débutant ».

J'enfile un jean et un chandail blanc, puis je prends mon sac à main, les clés, mon téléphone et une bouteille d'eau. Enfin, je sors et je verrouille la porte. Albert me rejoint au même instant et m'indique sa voiture. Je monte du côté passager, me demandant de quoi je pourrais lui parler. Mon hésitation est de très courte durée. Je découvre vite que mon voisin n'est pas du type «silencieux». Il commente chaque maison, chaque ferme et chaque bâtiment à côté desquels nous passons. À croire qu'il s'est donné le mandat d'agir en guide touristique. Je suis étonnée qu'il ne commente pas les arbres ou les bêtes que l'on voit.

— Oh, regarde, c'est la chèvre de M. Lauzon. Elle devrait être morte, je te jure qu'elle doit avoir au moins vingt ans.

Bon, je me suis trompée. Les animaux y passent aussi. J'ai l'impression d'être avec un enfant qui regarde par la fenêtre et qui parle de tout et de rien à la fois. Je me sens soulagée lorsqu'il stationne sa voiture et que je découvre les bruits ambiants du village.

Je suis fascinée de découvrir un aussi bel endroit. Les bâtiments sont colorés, les rues sont larges et de petites tables où des gens sont installés pour prendre un café longent les trottoirs. Au fond, c'est exactement comme sur le site Internet du village que j'ai consulté quand je faisais mes premières recherches sur Saint-Limoge, mais c'est encore mieux en vrai. Je vois des gens se balader à vélo, des familles poussant des carrosses, une fillette tenant un bouquet de ballons. Elle a l'air si heureuse. Nous nous engageons dans une rue qui mène à une grande place où un chapiteau blanc a été monté. Quelques kiosques sont éparpillés ici et là et des gens se pressent pour déguster les produits qui y sont offerts. Je n'ai pas assez d'yeux pour tout voir, mais je m'arrête lorsque je remarque une belle femme blonde qui se tient sous une grande affiche. Il s'agit de l'enseigne du vignoble que j'ai découvert sur Internet quand je reluquais cette région. Je reconnais aussitôt la propriétaire de l'endroit ; celle qui posait sur la photo. Plusieurs bouteilles de vin sont ouvertes et une dégustation est en cours.

— J'ai déjà entendu parler de ce vin, là-bas. Il paraît qu'il est très bon.

— Oui, c'est vrai. Nous irons plus tard. Allons par là.

J'en ai plus ou moins envie, l'appel du vin étant très tentant, mais je me résigne à suivre Albert. Il est pas mal gentil de m'avoir invitée, je me vois mal lui fausser compagnie. Je le laisse me guider vers des gens qu'il salue familièrement. Je souris distraitement en serrant des mains. Je ne suis pas tellement bonne pour retenir le nom en général et je suis d'un naturel timide. Rencontrer tous ces inconnus me met mal à l'aise, d'autant plus que les regards se fixent un peu trop à mon goût sur moi. Je me rends compte que ce n'est pas le fruit de mon imagination lorsqu'Albert me présente à une dame qui me dit que je suis bien courageuse de m'établir sur la terre de Mme Lanthier, étant donné les circonstances. Je jette un regard curieux à mon compagnon, afin qu'il éclaire mes lanternes, mais il se contente de regarder ses chaussures.

— Oh, je vois mon cousin, là-bas. Il veut probablement me parler de Jules, annonce-t-il.

— Jules ?

— Un de mes lamas.

Je pouffe aussitôt de rire, ce qui me vaut un coup d'œil étrange.

— Excuse-moi, c'est cette histoire de lamas, je ne peux m'empêcher d'imaginer un animal portant un poncho et un sombrero colorés, rigolé-je.

Ma blague tombe complètement à plat. Bon, Albert n'a pas trop le sens de l'humour quand il est question de ses bêtes. Pourtant, cette image de lama est hilarante ! Du genre qu'on verrait dans une émission de Diego l'explorateur. Je suppose qu'il ne faut pas plaisanter avec ça. Je garderai mes farces pour Judith.

— Jules est malade depuis quelque temps, m'apprend-il d'un ton lugubre.

Je déglutis. Ça a l'air très sérieux.

— Je ne sais pas ce qu'il a et ça m'inquiète sérieusement. Tu m'excuses quelques minutes ? Je dois aller en parler avec mon cousin.

— Aucun problème, ne t'inquiète pas pour moi. Je vais fureter autour.

Je lui fais signe de la main de s'en aller et je tourne les talons, lui signifiant que je peux me passer de sa compagnie. Je continue à errer de kiosque en kiosque, me rapprochant davantage de la belle blonde, qui est maintenant entourée de cinq ou six personnes avec qui elle discute d'un sujet qui semble bien sérieux. Curieuse, je m'approche en catimini, même si je ne sais pas sur quoi porte la discussion.

— Il faut régler ça dans les prochains jours, s'exclame la viticultrice. Ça ne devrait pas être si long, changer un zonage. J'ai déjà fait une offre sur la terre, c'est mieux de fonctionner. Je veux récupérer l'endroit le plus vite possible et commencer mes projets.

— Je sais bien, Destinée, renchérit l'un des hommes, mais ce n'est pas aussi simple que ça. Nous attendons que la Ville approuve le projet. La Ville est toujours réticente à changer une zone rurale en zone commerciale.

— Bon sang, je ne vais pas bâtir un centre commercial ni une allée de bowling, je veux juste étendre ma terre. Ça va rester de l'agriculture.

— Tu sais comment ça fonctionne. Sois patiente. La terre des Lanthier sera à toi dans le temps de le dire.

Je me fige lorsque j'entends le nom Lanthier. Il s'agit de ma terre. Qu'est-ce que cette fille, Destinée, veut en faire ? Elle veut l'acheter ? Pourtant, quand j'ai parlé à Mme Meunier, elle ne savait pas encore ce qu'elle comptait faire de son bien. Elle voulait en parler avec son Mario, à sa sortie de prison. Je décide d'outrepasser ma timidité et de me joindre à la discussion.

— Excusez-moi !

Destinée rive son regard bleu acier sur moi. Si je n'étais pas si curieuse, je resterais probablement figée sur place. Je me tourne donc vers l'autre homme qui participait activement à la discussion, et qui me semble plus abordable.

— J'ai cru vous entendre parler de la terre des Lanthier. Parlez-vous du 1336, chemin du 6e rang?

— Oui, répond-il, vous connaissez l'endroit?

— Bien sûr, j'ai emménagé là hier. Je prends le relais pour la propriétaire, Mme Meunier, en attendant que la succession soit complétée.

— Eh bien, à ta place, je ne déferais pas mes valises, me lance Destinée d'un ton suffisant. J'ai parlé à Mme Meunier hier, et elle a pratiquement accepté mon offre d'achat. Dès que le zonage changera, la terre sera annexée à mon vignoble.

Je sens ma bouche s'assécher. Elle plaisante, c'est sûr! Mais mon subconscient me dicte que la viticultrice n'est pas du type à blaguer. En fait, cette nouvelle expliquerait le commentaire de la femme que j'ai croisée un peu plus tôt, celle qui me trouvait courageuse. Elle non plus n'aimerait probablement pas se frotter à Destinée.

— Je ne comprends pas. Je me suis entendue avec la propriétaire pour m'établir ici plusieurs semaines. Elle aurait changé d'avis en cours de route?

Je vois tous mes plans s'effondrer un à un: la terre que je souhaitais cultiver, les petits animaux que je voulais soigner; tout s'envole d'un seul coup. Mon retour aux sources dans la plénitude de la campagne aura été de très courte durée – à peine une journée. J'aurai au moins eu le temps de faire le ménage de la maison avant que le bulldozer de Destinée passe pour tout détruire. Voyant sans doute la détresse sur mon visage, l'un des hommes tente de me rassurer.

— Il n'y a rien d'officiel encore. Il faut que la Ville accepte le changement de zonage, me rappelle-t-il.

La jeune femme lui lance un de ces regards ! De quoi faire figer n'importe qui. Il doit y être habitué, car il ne réagit pas trop. De mon côté, je ne sais plus où donner de la tête.

— Excusez-moi.

Je m'éloigne à grands pas, sans trop regarder autour. Je n'entends que le dernier commentaire de Destinée.

— J'espère que tu auras apprécié ton bref séjour à Saint-Limoge. Tu passeras visiter mon vignoble si tu reviens dans le coin.

Je la trouve encore plus mesquine. J'accélère la cadence, ne pouvant plus supporter qu'elle me voie ainsi. En tournant le coin, je percute un coureur qui arrivait en sens inverse. Je recule sous l'impact et me frappe le dos contre le mur de pierre.

— Ouch !

— Oh, je suis désolé, je ne t'ai pas vue arriver. Est-ce que ça va ?

Le coureur enlève ses lunettes de soleil et je reconnais Liam, que j'ai croisé le matin même.

— Oh ! Oui, ça va. En fait, plus ou moins.

Il va penser que je suis du genre à attirer les problèmes. Chaque fois qu'on se croise, je suis en détresse.

— Qu'est-ce qui se passe ? demande-t-il.

— Eh bien…

Je ressens une soudaine envie de pleurer, mais je détourne les yeux quelques secondes pour reprendre une certaine contenance. Après une inspiration, je tente un sourire maladroit. Il perçoit mon trouble, car il me prend doucement le bras.

— Ils font d'excellents cafés, ici. J'ai envie d'en prendre un. Tu te joins à moi ?

Je sais que c'est faux. Il était en pleine séance de jogging. Il n'allait certainement pas arrêter pour un café, mais son offre me fait chaud au cœur. Je le suis donc à l'intérieur du restaurant et nous nous installons à une petite table près de la fenêtre. Un serveur prend aussitôt nos commandes.

— Alors, qu'est-ce qui te chamboule de la sorte ? Pas encore tes poules qui te causent des soucis, j'espère…

— Non, elles sont bien à l'abri dans le poulailler.

La pression redescend tranquillement. Je me sens bien en sa compagnie. Sa sollicitude me touche. En quelques phrases, je lui raconte la scène dont j'ai été témoin. Il se frotte le visage en réfléchissant.

— Je dirais qu'il y a de meilleures façons que ça d'apprendre à connaître Destinée.

— Tu sais de qui il s'agit ?

— Bien sûr. Nous avons le même âge, et la plupart des gens se connaissent, ici. Nous nous sommes côtoyés pour ainsi dire toute notre vie. J'avoue qu'elle est coriace dans son genre.

— Tu étais au courant qu'elle voulait acheter la terre ?

— Oui, bien sûr. Ce qui serait surprenant, c'est que quelqu'un des environs n'ait pas eu vent de ce projet, sans vouloir t'offenser. Ça fait des années qu'elle veut s'approprier l'endroit. Elle a même fait plusieurs offres à Mme Lanthier de son vivant, mais, pour une raison que j'ignore, elle n'a jamais accepté de la lui vendre.

— Je serais curieuse de savoir pourquoi.

— Disons que Mme Lanthier avait plus d'un secret.

— Ah !

Je ne sais pas trop ce que ça veut signifier. Je trouve ses propos mystérieux.

— Donc, si je comprends bien, tu n'étais pas au courant de l'offre de Destinée quand tu as décidé de venir t'installer ici, continue-t-il.

— Pas du tout. Et c'est ce qui me fâche le plus. J'ai fait une croix sur ma vie à Montréal, ma carrière est en suspens et j'ai même prêté mon condo à une copine qui est dans le pétrin. Je ne peux pas retourner chez moi sans bousculer tout ce beau monde. Je me suis engagée et je suis une fille de parole. Qu'est-ce que je vais faire si je me fais mettre à la porte la semaine prochaine ?

— Je serais étonné que ce soit si rapide que ça, quand même.

— Je n'en sais rien. Elle avait l'air très décidée et elle m'a affirmé que mon séjour ici serait de courte durée.

— Si tu connaissais Destinée, tu saurais qu'elle jappe pas mal fort, mais qu'en réalité, elle ne mord pas. Et elle est du genre à vendre la peau de l'ours avant de l'avoir tué. À ta place, je ne changerais pas mes plans. Si tu avais des projets pour la terre, commence-les.

Je ne dis rien. Son dernier commentaire fait tranquillement son chemin. Il va me falloir un moment pour réfléchir à tout ça. Je devrais d'abord appeler mon père pour voir s'il a été mis au courant de quoi que ce soit. Il faudrait aussi que je communique avec Mme Meunier afin qu'elle m'explique pourquoi elle a changé d'idée en cours de route.

Je finis ma tasse de café et nous nous levons tous les deux. J'ai une soudaine pensée pour Albert, qui me cherche peut-être sur la place du marché. Si je ne veux pas rentrer à pied, il faudrait bien que je m'active, mais je n'ai pas envie de retourner là-bas et d'être à nouveau la risée de Destinée.

— Il faut que j'y aille.

— Très bien. J'ai trouvé que le café était pas mal agréable, malgré la nouvelle.

Je souris franchement. Liam est très beau, calme et amical. Je me sens vraiment bien en sa compagnie.

— On remet ça quand tu veux, dis-je.

— Certainement. Je sais où tu habites !

Tandis qu'il me fait la bise, je vois Albert qui tourne le coin de la rue. Il accélère le pas quand il m'aperçoit.

— Enfin, te voilà ! s'écrie-t-il, comme si j'étais une enfant perdue depuis des heures dans un centre commercial.

— Euh, oui, excuse-moi, j'avais besoin de m'évader quelques minutes. Toutes ces rencontres, ouf, ça en faisait, du monde.

Il ne m'écoute pas. Son regard est rivé sur Liam.

— Vous vous connaissez ? demandé-je, pour la forme.

— Bien sûr, répond Liam. Depuis qu'on a cinq ans. Bon, ce n'est pas que je m'ennuie, mais je dois y aller. À bientôt, Marie-Ève.

— Bye, merci pour le café.

Je le regarde partir puis je me tourne vers Albert, qui a croisé les bras. On croirait qu'il est jaloux. C'est bien la première fois qu'un gars se montre possessif envers moi si vite. Je ne suis pas certaine que cela me plaise.

— Je suis désolée d'avoir déserté le marché. J'ai rencontré Liam et il m'a offert un café. Nous nous étions déjà vus ce matin, il m'a aidée avec mes poules.

Son air ne change pas. Bon, j'ai officiellement droit à une petite crise. On dirait une version masculine de ma mère.

— Je suis bien contente que tu m'aies retrouvée, ajouté-je, espérant faire revenir son sourire.

Ça fonctionne, il se déride tranquillement. J'ai le sentiment que c'est mieux depuis que Liam a disparu du portrait.

— J'ai vu une librairie, là-bas. Est-ce que ça te dérange si je vais y faire un tour avant qu'on parte ? J'aimerais acheter un ou deux livres sur le travail de la terre.

— Non, bien sûr que non, dit-il.

Je le vois qui regarde vers la place du marché, comme s'il avait envie d'y retourner. Mais je perçois qu'il hésite à me laisser maintenant qu'il m'a retrouvée.

— Quelque chose te chicote, Albert ?

— Eh bien, j'aurais une course à faire, mais…

— Vas-y ! On peut se rejoindre ici ensuite. Promis, je ne me sauverai pas, cette fois.

— Tu es sûre ?

— Mais oui.

— OK, on se retrouve ici dans une vingtaine de minutes. C'est bon pour toi ?

— Oui, c'est parfait. À tantôt.

Même si je brûle d'envie d'appeler mon père pour éclaircir la situation, j'entre dans la libraire d'un pas vif, faisant sonner la clochette d'entrée. Après tout, je ne repasserai peut-être pas en ville de sitôt et je veux absolument me procurer des livres sur le travail de la terre. Aussitôt, une jolie femme dans la soixantaine lève la tête et me sourit.

— Bonjour, bienvenue ! Cherchez-vous quelque chose en particulier ?

— Oui, je m'intéresse au domaine de l'agriculture et des chèvres, aussi.

— Très bien, suivez-moi.

Elle me guide dans les rayons.

— Et voilà. Vous trouverez sans doute ce que vous cherchez ici. N'hésitez pas si vous avez des questions.

— Merci. Je vais regarder quelques minutes.

— Prenez votre temps.

Elle retourne à l'avant et je commence mon exploration. Apparemment, quelqu'un a prédit que j'emménagerais sur une fermette, car il existe bel et bien un livre intitulé *L'agriculture pour les nuls*. Je le prends sans me poser de questions. Tiens, il existe aussi *L'élevage de chèvres pour les nuls*. C'est un signe. Il me le faut. Je choisis aussi un tout petit ouvrage qui ressemble davantage à un recueil pour enfants. Malgré cela, son titre m'accroche : *L'artisan fermier : manuel d'élevage artisanal du poulet de chair, de la poule pondeuse et de la chèvre laitière*. C'est trop simple. Cette section m'était prédestinée. Je chine encore quelques minutes, question de voir s'il n'y aurait pas un truc intitulé *Se débarrasser d'une vigneronne trop ambitieuse pour les nuls*. La chance ne me sourit pas pour cette démarche. Ce n'est pas grave. Je me rends jusqu'à la caisse, où on m'accueille avec un sourire toujours aussi sympathique.

— Vous avez trouvé ce que vous cherchiez ?

— Oui, merci.

— Je vous ai sorti une carte de la ville et j'ai pris la liberté d'identifier les principaux points d'attraction. Vous êtes ici en vacances ? s'informe-t-elle en mettant mes achats dans un joli sac en tissu réutilisable.

— Non, je viens d'emménager sur la terre des Lanthier. Vous connaissez l'endroit ?

Je parie que ça ne figure pas dans les points d'attraction qu'elle m'a gentiment identifiés.

J'ai l'impression que son sourire se fige imperceptiblement. Bon, ça y est. Elle aussi est au courant que Destinée veut acheter la terre et que je vais me faire éjecter en deux temps, trois mouvements. Elle ne va probablement pas m'en parler, par contre, ce serait plate pour elle de perdre une vente. Je me trouve méchante de lui prêter de si mauvaises intentions à cause d'un sourire un tant soit peu figé… que j'ai peut-être d'ailleurs imaginé.

— Bien sûr que je connais cet endroit. La pauvre Mme Lanthier est morte toute seule dans sa maison.

Mes yeux s'arrondissent. Je dois avoir mal compris. Elle est morte DANS sa maison ? Dans le genre « à l'intérieur » ? Sur le canapé ? Le fauteuil défoncé ? La table de la cuisine ? Je vis dans un endroit où il y a eu un mort ? Je me trompais tout à l'heure quand je pensais que la dame qui me trouvait courageuse faisait référence au fait que j'allais devoir me frotter à Destinée. Elle parlait plutôt de ma fermette possiblement hantée… Pourquoi mon père n'a-t-il pas pris la peine de me dire ça avant de m'envoyer gentiment vivre ici ? C'est un détail non négligeable.

— Quand vous dites qu'elle est morte dans sa maison, vous voulez vraiment dire « dans sa maison » ?

Ma question est-elle claire ? Je ne veux pas non plus avoir l'air d'une peureuse en insistant trop.

— J'avoue qu'il me manque quelques détails. Je me fie à ce que j'ai entendu. Je ne la connaissais pas personnellement. Je ne suis pas certaine si on l'a retrouvée dehors ou en dedans. Vous voulez que je vérifie ?

— Non ! Je crois que nous en avons assez parlé. Merci beaucoup pour tout, bonne journée.

— De rien. Et bonne lecture.

Je sors en coup de vent, comme si je fuyais un mort.

7

Ma fuite est très courte, puisque je n'ai qu'à traverser la rue pour atteindre le point de rencontre que nous nous sommes fixé, Albert et moi. J'étire le cou pour voir s'il arrive, mais il n'est pas en vue. Je me balance d'un pied sur l'autre, énervée, puis je décide de me calmer en respirant un bon coup. La dame s'est probablement trompée. Elle a dit elle-même qu'elle se fiait à des ouï-dire. Il se pourrait qu'elle confonde avec une autre Mme Lanthier. Il s'agit d'un patronyme assez courant. Oui, ça doit être ça. Si l'ancienne propriétaire était morte dans sa maison, je l'aurais déjà su, il me semble. Ça aurait été inscrit dans le dossier de mon père et il se serait empressé de m'en informer avant que j'emménage ici. Rassurée par ma réflexion, je sors l'un des livres que je viens d'acheter. Je me plonge dans la prémisse. L'auteur a un ton comique qui me charme aussitôt.

— Tu t'intéresses à l'agriculture pour les nuls ?

Je sursaute et je ferme le livre d'un coup sec. Je le range ensuite dans son sac. Je n'avais même pas vu mon compagnon arriver. Je décide de ne pas répondre.

— Je ne pensais pas qu'un tel ouvrage existait, continue-t-il. C'est très intéressant. Je te l'emprunterais peut-être quand tu auras fini de le lire.

— Ah oui ? Pourquoi ? Tu te trouves nul avec tes lamas ?

Encore une fois, je pouffe de rire, mais lui reste de marbre. Mon comportement est maladif. Je ne peux pas prononcer le nom de ses bêtes sans m'esclaffer.

— Excuse-moi, je pensais à quelque chose de drôle en même temps. Je te prêterai certainement le livre quand j'en aurai terminé. L'auteur m'a charmée dès les premières pages.

— Ah oui ? C'est intéressant.

— Oh ! Albert. La dame à la librairie m'a dit un drôle de truc. Est-ce que…

La sonnerie de son téléphone retentit.

— C'est le vétérinaire. Il faut vraiment que je prenne l'appel.

— Pas de problème.

Nous marchons du même coup jusqu'à sa voiture et je m'assure d'ignorer la place du marché. La dernière chose dont j'ai envie est bien de croiser de nouveau le regard de Destinée. Sincèrement, je hais officiellement cette fille avec ses faux cheveux blonds et ses… et ses… et ses plans ! Je ne peux pas croire qu'elle ait fait une offre sur la terre. Qu'est-ce que je vais faire si elle me met à la porte ? Quant à Valérie, la cousine de Judith, je pourrais bien vivre en colocation avec elle, mais ce ne serait pas le scénario idéal. Elle est bien gentille, mais j'ai toujours trouvé qu'elle parlait trop fort. L'espace d'une soirée, ça va, mais tout le temps, non, ça n'irait pas. Albert est toujours au téléphone lorsque nous montons dans son véhicule. L'appel embarque sur le haut-parleur. Je n'écoute que d'une oreille, peu intéressée par le ton monocorde du vétérinaire – qui doit endormir les animaux juste avec le son de sa voix. Je pianote plutôt sur mon cellulaire et je regarde s'il n'y a pas d'autres terres agricoles à vendre autour. Ça pourrait peut-être intéresser Destinée. Quand le conducteur raccroche, je ne relance pas la discussion, car il semble perdu dans ses pensées.

— Bon, ça n'augure pas très bien, tout ça, déclare-t-il.

— Ah non ? Je n'ai pas tout compris. Je ne suis pas spécialiste des lamas.

Cette fois, je retiens mon rire, mais un bref sourire se peint sur mes lèvres. Il va falloir que je travaille mes expressions. Je me trouve immonde. Albert paraît vraiment perturbé par ce qu'il vient d'apprendre et, moi, je m'imagine des bêtes défilant au rythme des maracas. J'ai même un petit goût de téquila qui me vient en bouche. Je suis vraiment sans-cœur. Il se lance dans une explication plus détaillée. Je le fixe en hochant la tête, mais je ne saisis pas un seul mot de ce qu'il raconte. Je pense soudain à Biquette. Je l'ai laissée toute seule, sans eau. J'espère qu'elle n'aura pas trop soif. Il faut vraiment que je prenne mieux soin d'elle si je ne veux pas qu'elle finisse comme le furet de Synthia : morte derrière le divan. Techniquement, les risques que je retrouve ma chèvre derrière le divan sont très faibles, puisqu'il est clair qu'elle ne se réfugiera pas là pour mourir étant donné qu'elle est toujours attachée à son poteau. Mais si Biquette mourait dans la maison ? Ça ferait deux morts dans la baraque. C'est deux de trop.

— Tu comprends, c'est pour ça qu'il va falloir qu'on s'en occupe immédiatement, termine Albert.

Un instant de silence plane dans la voiture. Il me jette un regard, attendant sans doute que j'exprime mon opinion.

— Oh oui, je comprends tout à fait. Tout cela m'apparaît très clair.

Je déglutis. J'espère qu'il n'a pas remarqué que je ne l'écoutais pas.

— Albert, j'ai entendu dire que…

— Tiens. Tu as de la visite.

Je tourne la tête. Nous sommes déjà arrivés, le trajet a été bref. Je suis éberluée de reconnaître ma voiture et encore plus de voir Judith accotée dessus. Quand elle nous reconnaît, elle nous fait signe de la main. Albert se stationne près d'elle et je sors du véhicule.

— Salut ! Qu'est-ce que tu fais ici ?

— Oh, j'ai vraiment besoin de changer d'air pour quelque temps. J'ai pensé qu'un peu de compagnie te ferait bien plaisir, mais je me trompe peut-être, ajoute-t-elle en lorgnant Albert.

Mon regard suit le sien. Oui, elle se trompe. Albert est bien gentil, mais, après avoir passé moins d'une demi-journée en sa compagnie, je meurs déjà d'ennui.

— Je vous laisse entre amies, dit justement celui-ci. On se revoit bientôt, Marie-Ève.

— Oui, bonne chance avec Jules.

Il nous salue et remonte dans sa voiture. Nous le regardons partir en silence.

— Une belle pièce d'homme, commente mon amie.

— Oui, heureusement.

— Comment ça ?

— Eh bien, il est très gentil, mais quand il se met à parler, c'est-à-dire tout le temps, je suis incapable de l'écouter.

— Oh, c'est effectivement un problème.

— En plus, il n'a qu'un sujet à la bouche : ses lamas. C'est sympathique, mais je ne peux pas m'empêcher de rire parce que je les imagine défiler en file indienne, vêtus de ponchos colorés, et ça me donne aussitôt envie de m'envoyer un shooter de téquila.

Judith s'esclaffe un bon coup.

— Tellement ! C'est sûr que la même image m'aurait traversé l'esprit. Bon, alors ça ne te dérange pas trop que je sois là ?

— Non, au contraire.

Je jette un regard à la maison, incertaine.

— Quoi, qu'est-ce qu'il y a ?

— Eh bien, j'étais en ville tantôt et j'ai entendu un truc.

— Quoi donc ? demande Judith en affichant un air inquiet.

— Hum… je pense que ça ne te plaira pas.

— Voyons donc. C'est probablement mal me connaître. Tu sais ce qui ne me plaît pas ? Les hommes ! Ceux qui se pointent à un rendez-vous avec toi, un rendez-vous prévu depuis belle lurette, mais qui peinent à soutenir la discussion, trop occupés avec leur téléphone.

— Oh ! Ça s'est si mal passé que ça ?

Elle pousse un long soupir.

— C'était archinul. Je n'arrive pas à y croire, d'ailleurs. Il était super quand on se parlait sur les réseaux sociaux et là, boum ! Il change du tout au tout. On aurait dit que je n'étais pas avec le même gars. Tu aurais dû le voir au restaurant. Il n'arrêtait pas de regarder à gauche et à droite, comme s'il cherchait à croiser le regard de toutes les filles qui passaient tout près. J'étais invisible. Désagréable !

— C'est vraiment plate. C'est tellement difficile de rencontrer quelqu'un de bien de nos jours.

— Alors je me suis dit que, comme toi, j'avais besoin de nouveauté. Et clairement, cet endroit n'est pas un projet que tu peux mener à terme seule. Je pourrais te donner un coup de main pour démarrer.

— Tu veux rester ici, avec moi ?

— Juste une semaine ou deux. Peut-être plus si ça nous plaît à toutes les deux. Je ne te dérangerai pas. Au contraire, je vais me rendre utile, du mieux que je le peux, évidemment.

— Qui êtes-vous ? Qu'avez-vous fait de Judith ? Elle déteste la campagne, et l'odeur de bouse de vache.

— Bon, tu exagères. On a le droit de changer d'avis, non? Ce n'est pas si mal, comme endroit, on n'est qu'à quelques minutes de la ville. Que je travaille d'ici ou de chez moi, ça ne change pas grand-chose. Je vais m'installer un petit bureau dans le salon.

— Super!

— Alors, qu'est-ce que tu voulais me dire à propos de la maison?

— Euh…

J'hésite. Si je l'informe de la présence du fantôme, elle prendra certainement ses cliques et ses claques et retournera chez elle… avec ma voiture! Je ne serai pas plus avancée. On va le dire, Judith n'est pas la plus courageuse des amies: elle a peur des orages et des souris. Si j'ajoute les esprits à l'équation, je ne suis pas certaine que ça fasse bon ménage. Avant de lui mentionner quoi que ce soit, je devrais peut-être m'informer un peu plus sur ce soi-disant fantôme.

— Je trouve ça génial que tu sois ici, vraiment! Je manque de compagnie et j'ai besoin de tes super lanternes pour m'aider avec le problème qui vient de me tomber sur la tête. Mais avant, je me rends compte qu'il y a un truc que j'ai oublié de demander à Albert, et c'est vraiment urgent. Je vais aller chez lui quelques minutes.

— Pas de problème. Si tu déverrouilles la porte, je vais rentrer mes affaires.

Je la laisse se lancer dans la gueule du loup ? J'exagère. J'ai dormi là toute seule hier et il ne s'est rien passé d'extraordinaire. *Hier, tu n'étais pas au courant*, me susurre une petite voix. Je la chasse aussitôt de ma tête. Je tends plutôt la clé à mon amie.

— Vas-y, je vais me dépêcher.

— Prends ton temps. J'ai apporté ce qu'il fallait pour le souper. Du jambalaya. Je vais tout de suite aller le porter dans le réfrigérateur.

Elle sort un plat de la voiture, ainsi qu'un sac de voyage, et je la regarde entrer dans la maison. J'attends quelques secondes pour m'assurer que tout va bien. Je me sens comme si je venais de l'envoyer directement à l'abattoir. Je tends l'oreille, m'attendant à entendre des cris de frayeur, mais rien ne se produit. Judith sort quelques secondes plus tard, surprise de me trouver toujours au même endroit.

— Tu n'y vas pas ?

Je sursaute.

— Oh oui ! S'il y a quoi que ce soit, appelle-moi.

Judith fronce les sourcils et prend un autre sac. De mon côté, je déguerpis.

Alors que je me mets en marche, je me somme de me calmer. Je ne devrais pas m'emballer pour si peu. Mme Lanthier est morte de sa belle mort, comme on dit. Ce n'est pas un meurtre ni un suicide, non ? Elle doit reposer en paix quelque part et elle a autre chose à faire que hanter son ancienne demeure. Pourquoi je pense à ces détails sordides ?

Au bout de mon allée, je me tourne et je regarde la maison. Au même instant, l'un des volets se décroche et tombe par terre en se fracassant. Même si je suis assez loin, cela me fait sursauter. Eh bien, on dirait un signe. Est-ce Mme Lanthier qui tente de me passer un message ? L'esprit se met déjà à l'œuvre ! Je suis tentée de revenir sur mes pas pour tout remballer et sauver Judith. Au diable Valérie et la jeune stagiaire qui me remplace, je retourne dans ma vie d'antan qui était si douillette et bien organisée. Destinée peut garder sa stupide maison hantée.

Je vois mon amie qui sort et qui prend un autre sac dans la voiture. Cela me rassure quelque peu. Elle ne doit pas avoir été témoin de quoi que ce soit d'anormal. Je dois arrêter de m'inventer des scénarios pas possibles. Le volet s'est détaché, oui, mais le bâtiment tombe en morceaux. Ce n'est probablement qu'un concours de circonstances. D'un pas rapide, je m'élance sur le chemin ; je suis presque à bout de souffle quand j'arrive chez Albert. À croire qu'on me poursuivait sur cette petite route tranquille. D'ailleurs, ce dernier est dehors et il me regarde reprendre le contrôle de ma respiration d'un air perplexe.

— Est-ce que tout va bien ?

— Oui, oui, j'aime bien marcher d'un pas rapide.

— C'est sûr que c'est un bon moyen de rester en forme. Tu veux entrer prendre quelque chose à boire ? Un verre d'eau, du vin, une bière ?

— C'est tentant, mais je vais passer mon tour pour aujourd'hui. Je me disais que tu pourrais peut-être m'éclaircir sur un point qui me chicote. Je voulais t'en parler tantôt, mais tu es parti trop vite.

— Bien sûr. Mais avant, je vais te présenter Jules et les autres.

Il me fait signe de le suivre. Je n'ai pas tellement le choix. Nous nous dirigeons vers le champ et nous accotons à la clôture de bois. Je vois enfin ces fameux lamas. Eh bien, ce n'était pas une blague. Toutefois, ils ne portent malheureusement pas de jolis ponchos colorés comme dans mon imagination. Dommage !

— Les élevages du genre sont-ils courants dans la région ? demandé-je.

Je regrette aussitôt ma question. Je suis venue en apprendre plus sur le fantôme, pas sur les lamas !

— Quand même, oui. Plusieurs croient que cet animal ne vit qu'en Amérique du Sud, mais c'est assez bête de penser cela.

— Bien sûr. Tout le monde sait qu'il y a des lamas au Québec.

Je m'éclaircis la gorge, espérant qu'il ne voie pas mon trouble.

— Je dis que c'est bête, mais, d'un autre côté, c'est plutôt un manque de connaissances. On confond souvent le lama et l'alpaga, qui sont tous les deux de la famille des camélidés. Ils n'ont pas les mêmes traits dc caractèrc, par contre. En plus, le lama est au moins deux fois plus grand que l'alpaga.

— Ah oui, c'est intéressant, dis-je platement.

— Le lama est originaire des régions montagneuses d'Amérique du Sud, continue-t-il. Il résiste très bien aux écarts de température du Québec. En plus, son régime alimentaire est peu élaboré.

— Hum, hum.

— Oh, il requiert peu de soins. Le vétérinaire vient tout au plus deux fois par année à la ferme, à titre préventif seulement. C'est un animal rarement malade, mais il est vrai que je prends bien soin de mes bêtes. J'ai cinq mâles. Mon plus beau, c'est Jules.

— Oui.

— Il a dix ans et a tout ce qu'on recherche chez un lama : un dos bien droit, des jambes droites, de la fibre en abondance, un nez plat, de longs poils sur la face et des oreilles au bout arrondi.

Je tente de voir toutes ces belles caractéristiques que possède Jules, mais, de loin, ce n'est pas évident. En plus, comme je n'ai pas mes lunettes, je ne vois que des formes poilues légèrement embrouillées. Une chose est certaine, je suis loin de partager la passion d'Albert pour ses bêtes. Déjà, une chèvre, c'est beaucoup pour moi.

— Ce qui est bien avec les lamas, c'est que la femelle n'entre pas en chaleur à un certain moment de l'année. On peut les accoupler quand on veut. En tant qu'éleveur, c'est un détail très intéressant étant donné que ça nous permet de choisir le moment de l'année où l'on veut avoir des bébés. La gestation est assez longue, elle est de onze mois et demi. On peut éviter d'avoir des bébés en hiver et des problèmes en raison des grands froids.

— Bien sûr, c'est évident.

— Pour l'instant, l'élevage ne me rapporte pas encore une fortune, mais je réussis tout de même à balancer les comptes. Et je me suis drôlement attaché à ces bêtes.

Je souris, ne sachant trop que répondre devant un tel enthousiasme. J'attends ensuite quelques secondes pour m'assurer que le dossier lamas est clos. Comme ça semble être le cas, je me lance.

— J'ai rencontré cette charmante dame à la librairie, tout à l'heure. Elle m'a parlé de la maison et de sa feue propriétaire…

Je laisse ma phrase en suspens, espérant qu'Albert m'en apprenne plus sur le sujet sans que j'aie à creuser moi-même la question. Il reste silencieux. J'en apprendrais plus si Mme Lanthier avait été un lama… Bon, je continue, alors.

— Elle m'a laissé entendre que la pauvre Mme Lanthier s'était éteinte chez elle, et qu'elle avait été là plusieurs jours sans qu'on la trouve. C'est vrai, ça ?

Dis non, dis non !

— Ah oui, c'est vrai !

— Quoi ? Elle est morte dans sa maison ? Dans le sens de « à l'intérieur » ?

— Exactement, oui.

Ça sonne banal pour lui, alors que je me sens traumatisée. Eurk, j'ai dormi dans la maison d'une morte. Je ne pourrai plus y mettre les pieds. Devant mon air paniqué, le jeune homme intervient.

— Ne t'inquiète pas, c'était une belle mort.

— Ça devrait me rassurer ?

— Ça te fait peur ?

— Euh… non. Tu me définis ce qu'est une belle mort ?

— Paisiblement, dans son sommeil.

— Comment peux-tu le savoir si elle est restée plusieurs jours sans qu'on la trouve ?

— Tu as raison, je ne peux pas le savoir, mais c'est moi qui l'ai trouvée, elle avait l'air bien. Je ne vois pas de raison de s'en faire avec ça. Des décès pareils arrivent tous les jours.

— J'aurais aimé le savoir, ça aurait peut-être orienté ma décision de m'installer ici, ajouté-je, pensant à voix haute.

— Ne t'inquiète pas avec ça. Le pire qui peut arriver dans cette maison, c'est que la galerie d'en avant s'effondre si tu marches dessus.

Je laisse échapper un petit rire qui sonne très faux.

— Peu importe, je voulais juste savoir si cette information était vraie. Merci de m'avoir donné l'info.

— Tu es sûre que ça va aller ?

— Certaine. Je te laisse à tes lamas.

— OK, repasse quand tu veux !

Je le salue une dernière fois et retourne chez moi sans trop d'enthousiasme. Je me demande ce qui est le pire dans ma situation : que ma mère se soit trompée de maison ou que mon père ait omis de me dire qu'elle pourrait possiblement être hantée. Difficile de trancher.

8

Juste avant de m'engager dans l'entrée, je décide de faire la lumière sur d'autres éléments qui me dérangent. Aussi bien clore tous les dossiers maintenant. Je prends mon cellulaire et j'appelle mon père. Il répond à la deuxième sonnerie.

— Salut, ma grande. Je n'ai toujours pas de nouvelles de Clémence. J'essaie de trouver quelqu'un qui m'accompagnera pour que je puisse te rapporter ton véhicule.

— Ne t'inquiète pas avec ça. Judith vient de débarquer. Elle va rester ici avec moi quelques jours. Du moins, si cela s'avère toujours possible.

— Qu'est-ce que tu veux dire ?

— Eh bien, je…

J'hésite un moment, je sens les larmes me monter aux yeux et pouf ! je ne peux plus me contenir. Ce que j'ai accumulé depuis hier – le mauvais état de la maison, le fait que je devrai sans doute quitter la terre, le sentiment d'être trahie, la morte chez moi – ressort sous forme de larmes et de sanglots.

— Voyons, ma grande ! Qu'est-ce qui ne va pas ? Veux-tu que je vienne te chercher ? On peut s'arranger.

— Non, non.

Je renifle un bon coup et j'essuie ma morve avec la manche de mon chandail. C'est charmant.

— Excuse-moi, papa. Je pense que je suis fatiguée et je vis beaucoup d'émotions.

Entre deux hoquets, je lui fais part du projet de Destinée. Fidèle à lui-même, il écoute attentivement et me laisse aller jusqu'au bout. Ma mère, elle, m'aurait probablement interrompue pendant ma première phrase pour me rappeler que cette maison n'était bonne qu'à être mise sur le marché.

— Bon, dit-il. Je vais appeler Mme Meunier et lui demander pourquoi ses plans ont changé en cours de route. Elle aurait pu nous en informer, d'ailleurs, avant que tu prennes des dispositions. Je vais tenter de négocier cela avec elle pour que tu puisses au moins rester huit semaines, comme ce dont tu as convenu avec ton employeur.

— OK, merci beaucoup.

— En attendant, ne change pas tes plans. On va régler ça.

— Merci, papa, répété-je.

Je raccroche, l'esprit plus tranquille. Je suis contente d'avoir un père si compréhensif et rassurant. Cependant, je ne lui ai parlé que de mon problème avec Destinée. Je ne suis pas plus avancée avec mon possible fantôme. Celui-là, je vais devoir le gérer toute seule. Je renifle un dernier coup, je m'aère le visage en battant des mains près de mes yeux et je m'engage dans l'allée. Je vois Judith sortir du poulailler, tenant une note à la main. Elle s'approche de moi à grands pas.

— Tu sais quoi ? Quelqu'un a laissé un mot dans le poulailler. Regarde.

Elle me tend le bout de papier. Il y est inscrit, en quelques étapes claires, comment prendre soin des bêtes. Ça doit être Albert qui a mis ça là. Je trouve ça bien sympathique de sa part.

— Tu as de la chance, tu n'as pas eu droit à l'attaque massive des poules quand tu as ouvert la porte.

— Non, elles ont été très dociles. On aurait dit que je les dérangeais en plein milieu de leur sieste. Elles m'ont regardée avec leurs drôles d'yeux. Je les ai trouvées mignonnes, mais tu n'as pas remarqué que ça pue vraiment, là-dedans ?

— Non, j'y suis à peine entrée ce matin.

— Je pense que tu devras nettoyer bientôt.

— Tu ne m'aideras pas ?

— Hum... je vais trouver autre chose à faire.

— Lâcheuse, grommelé-je, à moitié sérieuse.

— Je vais aller continuer mes trucs à l'intérieur.

— Tu sais, Judith, je voulais te parler.

— Est-ce que ça peut attendre ? J'ai vraiment envie.

— D'accord, d'accord. Je vais m'occuper de Biquette et on discutera ensuite.

Mon amie rentre et je me tourne vers ma chèvre. J'ai remarqué un autre poteau semblable au sien à la lisière du champ.

Peut-être qu'un changement d'environnement lui ferait du bien ? Pour ma part, je n'aimerais pas passer tout mon temps au même endroit.

— Allez, viens, toi. On va aller marcher par là-bas. Il y a de la bonne herbe à grignoter.

Même scénario que la veille. Elle ne bouge pas d'un poil. Je tente la manière douce, en lui flattant gentiment la croupe, puis la manière forte, en tirant la corde de toute ma puissance. Rien à faire. Je me souviens soudain du conseil d'Albert : « Une petite tape sur les fesses. » J'essaie d'abord en tapotant, puis j'y vais plus fort. Pour toute réponse, Biquette me donne un coup de sabot sur la cuisse.

— Arghh ! Maudite chèvre, beuglé-je en me frottant pour faire disparaître la douleur. Arrange-toi donc avec tes troubles.

La porte-moustiquaire claque, me faisant sursauter. Judith est sortie comme une tornade et m'accroche au passage. Elle me guide vers la voiture d'un geste ferme. Elle me fait faire le tour du véhicule et me somme de me baisser. Nous restons ainsi cachées quelques secondes, comme si nous étions victimes d'une attaque armée. Je ne comprends pas trop ce qui se passe et j'attends des explications de mon amie, qui respire bruyamment.

— Une femme, chuchote-t-elle enfin. Il y a une vieille femme dans la cuisine. J'aurais cru voir un fantôme.

Mon cœur fait un tour sur lui-même. Un fantôme ?...

— Tu peux me décrire exactement ce que tu as vu ?

— Pourquoi ? Tu sais quelque chose ?

— J'ai entendu des rumeurs. Je ne sais pas si c'est vrai.

— Ne me dis pas qu'un esprit se cache ici et que tu étais au courant ! C'est sûr que je ne resterai pas une minute de plus dans cette maison.

— Arrête. Qu'est-ce que tu as vu ? répété-je.

Elle prend une grande inspiration. Nous devons avoir l'air bizarres, toutes les deux, assises par terre, cachées par la voiture.

— OK, il y avait une femme d'environ quatre-vingts ans, portant une robe vieillotte. Elle était installée à la table de la cuisine avec un jeu de cartes. Sais-tu si l'ancienne propriétaire jouait aux cartes ?

Je secoue la tête et l'encourage à continuer.

— Quand je suis entrée dans la cuisine, je me suis figée net. Je ne m'attendais pas à y voir quelqu'un. Son regard s'est levé vers moi et elle a lancé : « Que fais-tu dans ma maison ? » Si je n'étais pas passée aux toilettes juste avant, j'aurais certainement fait pipi dans ma culotte.

Eh bien, j'en ai maintenant la confirmation. Il y a vraiment un fantôme dans cette baraque !

— OK, ne paniquons pas. Je vais passer par-derrière et aller voir à mon tour, décidé-je, en affichant une confiance que je suis loin de ressentir.

— Les fantômes ne peuvent pas nous faire de mal, me rappelle mon amie.

— Je garde ça en tête.

Les jambes tremblantes, je me lève, je contourne la voiture et je me dirige vers l'arrière de la maison. Qu'est-ce que je vais bien pouvoir faire si l'endroit est vraiment hanté ? Une image des *Ghostbusters* débarquant chez moi avec leur équipement me traverse l'esprit. Quand j'arrive près de la fenêtre de la cuisine, je remarque qu'elle est trop haute pour moi. Je cherche donc un objet me permettant de me hisser en hauteur. Je trouve une vieille chaudière rouillée qui fera sans doute l'affaire. Je la prends et la tourne pour pouvoir grimper dessus. En équilibre précaire, je me dresse sur la pointe des pieds pour atteindre la bordure de la fenêtre. Je vois d'abord la table bancale, puis j'aperçois effectivement une femme. Elle est fidèle à la description que m'en a faite Judith sauf qu'au lieu du jeu de cartes, elle tient un verre qui contient un liquide ambré que je crois être du whisky. La chaudière choisit ce moment exact pour se renverser et je tombe sur le sol, me frappant la tête dans ma chute. Je reste une bonne minute par terre, étourdie. Quand je me relève, je vois des points noirs. Je donne un coup de pied à la chaudière en maugréant, puis je vais rejoindre mon amie, qui est montée dans la voiture entre-temps. J'entre et elle verrouille les portières.

— Tu as raison. Il y a une femme dans la cuisine et elle boit du whisky. À moins que ce soit une boisson fantôme. Je n'en sais trop rien.

— Qu'est-ce qu'on fait ?

— Aucune idée. On attend qu'elle parte ?

— Et si elle ne partait jamais ? Tu ne peux pas vivre avec un fantôme qui boit du whisky. Imagine qu'elle devienne violente sous l'influence de l'alcool.

— Il est évident que c'est la vieille Mme Lanthier qui hante son ancienne demeure. On me l'a dépeinte comme une charmante dame. Je serais étonnée qu'elle soit violente.

J'aimerais y croire, mais je dois admettre que je ne connais pas grand-chose aux esprits en général. Quelqu'un frappe dans la vitre, ce qui nous fait crier toutes les deux. J'ai l'impression que mon cœur va sortir de ma poitrine. Quand je constate qu'un simple homme se tient dehors, je baisse la vitre.

— Oui ?

— Bonjour, je suis vraiment désolé de vous déranger, mais…

— Êtes-vous chasseur de fantômes ? lui demande Judith.

Je me tourne vers elle et lui lance un drôle de regard. Heureusement, l'homme fait comme s'il n'avait pas entendu l'étrange question.

— Se pourrait-il que ma mère soit entrée chez vous ?

— Pardon, votre mère ? Dans ma maison ?

Il a un air contrit, voire gêné. Me sentant moins menacée, j'ouvre la portière et je sors du véhicule.

— Je suis désolé, dit le nouvel arrivant. Elle souffre de démence légère et il lui arrive de s'enfuir quand j'ai le dos tourné. Elle était très amie avec Mme Lanthier et elles passaient souvent du temps ensemble quand elle avait toute sa mémoire. Il lui arrive de se réfugier ici, espérant y trouver sa vieille amie. Elle est un peu mêlée. Elle croit même parfois que c'est chez elle.

— Oh !

Et moi qui étais convaincue d'avoir vu une revenante. J'étais loin du compte, finalement. Je me sens vraiment idiote. Je jette un coup d'œil à Judith, qui a le même air que moi.

— Il y a effectivement une dame dans la cuisine, confirmé-je. Elle nous a foutu une de ces trouilles ! Je pensais que c'était… enfin, peu importe. Vous pouvez aller la chercher. Je suppose que vous connaissez le chemin.

— Oui, certainement. Je suis vraiment désolé. Nous attendons une place pour elle dans une résidence spécialisée. En attendant, je la garde chez moi, mais il lui arrive parfois d'échapper à ma vigilance. Elle a passé tellement de bons moments ici, répète-t-il.

Je ne peux pas en dire autant pour l'instant. Nous restons à l'extérieur pendant que l'homme entre chercher sa mère.

— Je me doutais bien que ce n'était pas un fantôme, clame mon amie.

— Vraiment ? Tu t'es vue, tantôt ? Tu y croyais dur comme fer.

— J'ai juste été surprise. Trouver quelqu'un dans la cuisine, ce n'est pas rigolo.

Un moment de silence s'ensuit.

— On est à la campagne, soupire Judith. Je suppose que tout le monde rentre chez l'un et chez l'autre comme bon lui semble.

— Il s'agit d'un gros préjugé. On n'est pas dans un film qui se passerait dans une petite ville américaine perdue.

Des images du film *Massacre à la tronçonneuse* me traversent fugitivement l'esprit. Mes pensées s'emballent vraiment depuis mon emménagement.

— La preuve, continue mon amie, c'est qu'Albert n'avait vraiment pas l'air surpris quand nous nous sommes pointées dans sa cuisine, hier. C'est vrai que nous ne sommes pas de vieilles dames, mais bien deux jolies filles.

— C'est bon, Judith. Si ça ne te dérange pas, j'aimerais qu'on passe à un autre dossier.

Notre visiteuse sort justement, son verre de whisky toujours à la main. Je crains que cette séparation soit aussi difficile.

— Encore désolé, répète son fils. Je vous ai laissé mon numéro de téléphone sur la table. Si elle vient vous déranger, vous n'avez qu'à m'appeler. Elle est bien gentille, mais je comprends que ce soit surprenant de la trouver là alors qu'on ne s'y attend pas. Je vous rapporte le verre quand elle l'aura fini.

— Hum, hum. Pas de problème.

Je les regarde disparaître au bout de l'allée. Je présume qu'ils habitent assez près pour marcher.

— Bon, il semble qu'on vient de régler un problème.

— Pas vraiment. J'habite toujours dans la maison d'une morte, ajouté-je, la gorge nouée.

— Bon, j'avoue que je me suis emportée, tantôt, mais je persiste à penser que les fantômes n'existent pas. Et même s'il y en avait un ici, tu m'as dit toi-même qu'il s'agissait d'une gentille vieille dame. Pas de quoi avoir peur. Tu as de la chance de savoir qui est ton fantôme. Imagine emménager dans un endroit où tu ne connais pas l'esprit qui hante les lieux. C'est bien pire !

Je me demande en quoi ces propos sont censés me consoler. Ils sont d'ailleurs contradictoires. Une minute, elle croit aux fantômes, et l'autre, non. Peu importe, toute cette histoire m'a complètement épuisée. Quelle journée !

Je regarde autour de moi. La nuit tombe tranquillement et j'ai faim. L'idée du jambalaya n'est pas pour me déplaire. Je n'ai pas l'intention de sortir de nouveau ce soir. Les poules sont nourries, il ne reste que Biquette, toujours à son poteau.

— Je vais essayer de rentrer la chèvre pour la nuit. Tu veux t'occuper du souper pendant ce temps-là ?

— Alors je dois entrer la première, c'est ça ?

— Judith, tu viens de me dire que tu ne croyais pas aux revenants. On passe à autre chose. Préfères-tu t'occuper de la chèvre ?

— Non, ronchonne-t-elle. Oh, je pense que je vais partager ta chambre. Le vieux matelas me tente plus ou moins.

— Ça me va parfaitement.

Tant mieux ! J'aurai sans doute moins peur, cette nuit. Je la laisse entrer dans la maison et je regarde Biquette.

— À nous deux, maintenant !

9

Contre toute attente, ma chèvre coopère. Je détache sa corde et lui donne une petite claque sur les fesses, comme indiqué par Albert, et elle accepte de me suivre. Je la «range» avec les poules. C'est le seul terme qui me vient à l'esprit. Je m'assure qu'elle a assez de nourriture et je ferme le poulailler pour la nuit. Et voilà, ce n'était pas tellement sorcier. Cependant, il va falloir que je lui trouve un autre endroit où s'installer pendant la journée. Je ne peux décemment pas la laisser accrochée à ce même poteau toute la vie. Je verrai ça demain. Pour l'instant, j'ai eu une journée assez chargée. J'entre dans la maison, un peu à reculons. Le fait de savoir mon amie présente sur les lieux me rassure vraiment. Je la trouve à la cuisine, un verre à la main, en train de réchauffer un repas.

— Je me suis servi un whisky. La bouteille était déjà sortie. L'ancienne propriétaire avait bon goût en matière d'alcool.

— Je vais en prendre un aussi. Nous le méritons. Si tu savais à quel point je suis contente que tu aies apporté le souper! J'ai l'impression que cette journée est interminable et que les problèmes s'amoncellent.

Elle me sert et nous mangeons quelques minutes en silence, chacune réfléchissant à sa propre vie.

— Donc, tu me disais qu'un super problème t'est tombé sur la tête, me rappelle Judith.

— Ah oui, en plus de tout ça. Bon, écoute la dernière. Tout à l'heure, je suis allée en ville avec Albert et j'ai rencontré une vigneronne de la région. Elle s'appelle Destinée. Une vraie peste.

— Vraiment ? Je la hais déjà. Qu'est-ce qu'elle a fait pour qu'on la déteste ainsi ?

— Elle a fait une offre d'achat sur la terre à la propriétaire actuelle et elle a bien l'intention de m'éjecter d'ici.

— Quoi ? Non, mais elle n'est pas gênée ! Est-ce qu'elle sait que tu as mis ta vie en plan pour plusieurs semaines afin d'entretenir la terre ? Franchement, éjecter une personne altruiste comme toi, c'est pathétique.

Judith a toujours eu le sens du drame.

— Quel est son plan ? Elle t'a confirmé que son offre a été acceptée ?

— Ça, ça reste à voir. J'ai appelé mon père, tantôt. Il devrait me revenir avec plus d'informations. J'ai aussi parlé avec Liam.

— Attends, c'est qui, Liam ?

— Oh ! Un gars vraiment charmant. On s'est rencontrés ce matin pendant qu'il courait avec les joueurs de l'équipe de football.

— Ah oui ! À la façon dont tu en parles, tu le trouves craquant, c'est évident.

Je ne peux m'empêcher de rougir.

— Enfin, je lui ai parlé cet après-midi. Je suis tombée sur lui par hasard et on a pris un café. Il était au courant des projets de Destinée. Comme tout le monde, apparemment. J'ai l'air d'une belle dinde de venir m'installer ici en espérant prendre soin de la maison et faire un peu de jardinage alors que l'autre n'attend que l'approbation de la Ville pour faire venir le bulldozer et tout détruire.

— Tu ne pouvais pas le savoir.

Elle me tapote gentiment la main.

— Alors, qu'est-ce que tu vas faire ?

— Je ne sais pas trop. Liam m'a recommandé de ne pas modifier mes plans. Il s'agit probablement de la meilleure marche à suivre.

— Je suis de son avis.

Nous continuons à manger, en silence.

— Il y a un truc qu'il a mentionné qui me chicote, par contre.

— Quoi donc ?

— Apparemment, Destinée a fait plusieurs offres à Mme Lanthier avant qu'elle meure. Elle voulait absolument sa terre, mais Mme Lanthier a toujours refusé de la lui vendre.

— Ah ! Ça, c'est intéressant. Il doit y avoir une raison derrière ce refus.

— Enfin, on ne le saura jamais, puisqu'elle est morte.

Judith hoche la tête, apparemment en train de réfléchir à la question. Elle se lève et ramasse les assiettes, qu'elle entreprend de laver comme un automate.

— Tu sais, dit-elle enfin, c'est vrai que c'est suspect. Quand on vieillit, généralement, on veut se départir de sa terre. Puisque Mme Lanthier n'avait pas d'héritier, il aurait été normal qu'elle vende son bien au plus offrant.

— Tu te bases sur quoi pour affirmer ça ?

— Eh bien, sur tous les romans de Michel David que j'ai lus.

— C'est vraiment une source fiable…

— En tout cas, elle devait avoir une bonne raison de ne pas vouloir vendre à Destinée. Maintenant qu'elle est morte, on ne peut décemment pas laisser ça se produire. La vieille dame se retournerait dans sa tombe.

— C'est l'évidence même. Ou pire, elle reviendrait nous hanter pour se venger.

— Donc, continue mon amie sans se soucier de mon sarcasme, comme on ne peut pas interroger la défunte pour en savoir plus, on n'a qu'une autre option.

— C'est-à-dire ?

— Interroger l'autre parti : Destinée.

Je crache la gorgée de whisky que je venais de prendre. Je m'étouffe quelques secondes et, les yeux pleins de larmes, je reformule les propos de mon amie.

— Ta solution, c'est de te pointer chez elle et de tenter de savoir pourquoi Mme Lanthier refusait de lui vendre la terre. Ça sonne facile.

— Quand on a les bonnes tactiques d'interrogation, tout est simple.

Je prends la bouteille et je vais la ranger. Judith a assez bu pour ce soir.

— Peu importe, ajouté-je. Je vais écouter la recommandation de Liam et je vais poursuivre mon projet initial. Demain, je vais aller me procurer des semences pour redémarrer la terre et, cette semaine, je vais planter mes pousses dehors pour commencer mon jardin.

— Si tu passes à la quincaillerie, achète donc une nouvelle serrure. Cette vieille femme d'à côté me terrifie.

— Oui. Et toi, tu vas m'aider à jardiner ?

— Non ! Moi, j'ai un interrogatoire à mener.

Je préfère ne pas continuer la discussion. J'ai vu la lueur de défi dans le regard de mon amie. Je la connais : elle va échafauder un plan pour cuisiner Destinée. Je la plains, la pauvre. Pas Destinée, mais Judith, bien entendu.

Quand je me réveille, je n'occupe qu'une toute petite partie de mon matelas et je n'ai pas de couverture. Je me suis battue toute la nuit pour obtenir ma part de la couette et j'ai fini par capituler. Judith est une excellente amie, mais on ne peut pas en dire autant quand elle dort. Elle est tout enroulée dans les draps. Je me lève discrètement et marche jusqu'à la cuisine. Le soleil qui entre éclaire largement la pièce et j'ai de la difficulté à croire que cet endroit m'a fait aussi peur la veille. J'ai toujours une certaine crainte, mais la présence de mon amie l'altère vraiment. Je démarre la machine à café en bâillant. Il est encore tôt. Je prends mon café devant la grande fenêtre et j'observe le champ derrière. C'est si paisible. Prise d'une inspiration soudaine, je décide de m'imprégner à fond de mon nouveau rôle. Je vais concocter à Judith une omelette avec des œufs fraîchement pondus. Toujours en pyjama, j'enfile mes espadrilles et je sors. Je marche jusqu'au poulailler et j'ouvre lentement la porte. Pas de rafale de poules, ce matin. La journée s'annonce bonne pour moi.

— Coucou, mes jolies. Avez-vous bien dormi ?

Je me tiens au milieu de la place, les mains sur les hanches, attendant une réponse qui ne vient pas. En fait, on m'ignore, sauf Biquette, qui me gratifie de son bêlement habituel. J'enfile les mitaines de four et je prends le panier, puis je commence ma tournée. Celle-ci s'avère plus difficile que prévu. Je suis nerveuse quand je me trouve près des poules. Je ne peux m'empêcher d'émettre des « hiii ! » et des « haaa ! » quand elles me frôlent de leur bec ou agitent leurs ailes. Quand je sors enfin du poulailler, j'ai le cœur qui bat la chamade, les cheveux en bataille, et seulement trois œufs à mon actif. C'est peu. Heureusement que j'en ai d'autres à l'intérieur. J'entre dans la maison et je trouve Judith debout.

— Ouf ! Tu es allée à la guerre ?

— Oui, j'ai trouvé trois missiles en chemin.

Je lui indique les œufs, qu'elle regarde avec dédain.

— Je pense que je les préfère quand je les cueille dans le réfrigérateur de l'épicerie, dit-elle.

— Oui, bon, ils sont un peu sales. Suffit de les laver et le tour sera joué. Fais confiance à la vie !

— Je vais passer mon tour pour ce matin. Je n'ai pas très faim. Mais je promets d'y goûter pendant mon séjour.

— OK.

Je tente de cacher ma déception. Ce n'est pas un drame à proprement parler, mais j'aurais aimé qu'au moins ma meilleure amie apprécie mon effort. Je décide d'aller quand même jusqu'au bout de mon projet. J'enfile des gants de caoutchouc jaunes et je fais couler de l'eau dans le lavabo. J'ajoute du savon à vaisselle et je prends un torchon. Le nez légèrement froncé, j'entreprends de laver le fruit de ma récolte. Quand je suis satisfaite, je les essuie avec le linge à vaisselle. Puis, je sors une poêle de l'armoire, j'y jette une noix de beurre, prête à me faire les œufs les plus frais que j'aurai mangés de ma vie. Mon amie s'approche pour observer la manœuvre. Je craque le premier et le laisse couler dans la poêle. Nos deux visages se penchent d'un même coup lorsque nous remarquons un point de sang gros comme le bout de mon doigt dans le jaune d'œuf.

— Ouache ! Il était fécondé ! s'exclame Judith en reculant d'un pas et en s'éventant le nez, comme si un monstre puant se trouvait devant nous.

— Quoi ? Mais non !

— Je te le dis. Tout le monde sait ça. S'il y a du sang, c'est que ton œuf allait se transformer en poussin.

— Ça y est, je suis officiellement une tueuse de poussins. Tu crois qu'il va venir hanter la maison lui aussi ?

Je prends le contenu de la poêle et le jette directement aux poubelles. Je n'ai plus tellement faim de toute façon.

— Bon, tout ne peut pas fonctionner du premier coup, hein.

— Tu as raison.

Elle pianote quelques secondes sur son cellulaire.

— Tu sais quoi ? On se trompait, annonce-t-elle, les yeux fixés sur son appareil. Le sang dans le jaune n'a rien à voir avec la fécondation. De toute façon, pour avoir des poussins, il faut un coq. Avons-nous un coq ?

Je hausse les épaules. J'avoue que je ne me suis pas attardée à ce détail.

— On verra ça en temps et lieu, conclut-elle. Bon, changement de sujet. J'ai réfléchi toute la nuit. Ce n'était pas difficile, puisque je n'ai pas dormi. Tu n'arrêtais pas de tirer la couverture.

Je lui fais de gros yeux. Elle n'est pas gênée de me dire ça.

— J'ai échafaudé un plan assez bien ficelé pour interroger Destinée.

— Je devrais me faire un autre café ?

Je sens que j'aurai besoin d'un maximum de caféine pour entendre la suite.

— Non, tu vas voir, c'est simple. Je me rends à son vignoble. Je vais me faire passer pour une journaliste spécialisée en œnologie.

— En quoi ?

— Œnologie. C'est la science qui a pour but l'étude du vin. C'est très tendance sur les médias sociaux.

— Ah ! Si tu le dis.

— Peu importe. On ne va pas parfaire ton vocabulaire ce matin. Alors, je me rends sur place, je fais amie-amie avec elle, nous trinquons amplement, et, après quelques verres, je la questionne à fond sur ses projets, futurs ou passés, et j'essaie de la faire parler par rapport à l'expansion possible de son territoire.

— Et comment es-tu au courant qu'elle veut étendre son territoire ?

— Marie-Ève, je suis journaliste. J'aurai fait mes devoirs, voyons ! Selon les médias, il s'agit d'une femme très ambitieuse. Je ne connais aucune personne ambitieuse qui n'a pas le désir de s'enrichir davantage et comment Destinée peut-elle s'enrichir plus ?

— En vendant plus de vin ?

— Tu fais exprès ! En agrandissant son territoire !

— J'avoue que je suis un peu perdue.

— Laisse tomber. Occupe-toi de la ferme, je me charge de Destinée.

— Très bien. Bonne chance, alors.

Je me demande ce qui sera le plus simple : dompter la chèvre ou la viticultrice ? Je ne parierais pas là-dessus.

— Dis donc, Judith, tu ne travailles pas aujourd'hui ?

— Oui, je vais m'installer dans le salon. Ça te va toujours ?

— Pas de problème. Je serai principalement à l'extérieur de toute façon. Je vais aller prendre ma douche.

Je file dans la salle de bain, planifiant mon horaire de la journée. Une visite en ville s'impose. Je note mentalement d'acheter un nouveau rideau de douche. Celui-là est en lambeaux. Quelques minutes plus tard, c'est le porte-papier de toilette qui me reste dans les mains. La liste s'allonge. Ce ne sont que de menus problèmes. J'espère qu'il n'y aura rien d'autre de bien grave. Je vais finir de me préparer dans ma chambre et je suis vite prête pour mon escapade. Mon amie est bien installée au salon et semble très concentrée sur son travail. Elle a même mis ses gros écouteurs sur ses oreilles, signe qu'elle ne veut pas être dérangée. Je regarde l'heure sur le four dans la cuisine et remarque qu'il est peut-être encore tôt pour une balade en ville. Je me suis vraiment levée aux aurores. Je décide donc de m'attaquer à une autre tâche : la tonte du gazon devant et sur le côté de la maison. Ça ne peut décemment pas attendre davantage. En fait, oui, ça pourrait attendre, mais ce détail me dérange et peut être facilement réglé. Ça va donner meilleure mine à la maison en général. Je passe au salon, où jc fais signc à ma copinc d'cnlcvcr scs écouteurs.

— Je vais aller tondre le gazon. Désolée s'il y a du bruit.

— Pas de problème. Avec ce truc sur les oreilles, je suis pratiquement seule au monde.

— Super, alors.

— Oh ! Marie-Ève, j'ai pris rendez-vous pour visiter le vignoble de Destinée.

— Déjà ?

— Bien sûr. C'est la saison touristique qui commence. Il s'agit du moment idéal pour faire un article sur son vignoble.

Elle a fait des guillemets avec ses doigts en mentionnant « faire un article ».

— Tu ne trouves pas que ton faux titre de journaliste est tiré par les cheveux ? Elle va faire ses recherches sur Internet et va bien découvrir la supercherie.

— Bien sûr que non. Je l'ai déjà invitée à aimer ma page Instagram. Regarde ! Je me suis créé une fausse page. J'ai déjà plein d'abonnés. Super, hein ?

Super pour un lundi matin, neuf heures, oui. Les gens n'ont rien de mieux à faire que d'errer sur les réseaux sociaux ? Je m'approche pour voir son site fictif. En gros plan, il y a une photo d'elle qui rit, entre deux vignes. Elle a même un appareil photo autour du cou. Je suppose que c'est pour agrémenter son côté journalistique.

— Tu as déjà visité des vignobles avant ? Tu m'as caché ça ! Comment c'est possible ?

— Mais non. C'est un montage photo. Et c'est vraiment drôle parce que j'ai découvert cet effet d'arrière-plan pendant que je participais à une réunion d'équipe hyper plate. Ça a valu la peine d'explorer un peu. J'ai pris une photo de moi qui riais. Regarde.

Elle me montre la photo originale et m'explique brièvement de quelle façon elle a fait le montage. Je suis impressionnée par son habileté.

— C'est bien beau tout ça, mais tu ne penses pas que Destinée va taper ton nom dans Google ? Elle verra bien que tu n'es pas journaliste.

— J'ai fait le test. Quand je tape mon nom, c'est ma fausse page Instagram qui sort en priorité.

— Comment ça ?

— J'ai légèrement modifié mon nom sur ma vraie page Instagram. C'est temporaire.

— Si tu le dis. Bon, je te laisse à ta fausse identité.

Je sors en secouant la tête. Quand elle a un projet en tête, elle… Il vaut mieux que je me concentre sur ma prochaine étape. Je me dirige vers la remise. Il y a sûrement de l'équipement là-dedans. Je tire la porte ; une fois, deux fois. Je remarque ensuite le cadenas. Je le manipule pour voir s'il est bien verrouillé. Pas de chance ! On va jouer à « trouve la clé », maintenant. Je retourne donc sur mes pas, me disant que celle-ci se cache assurément dans la maison. Mais où ? Il doit bien y avoir un endroit stratégique où l'ancienne propriétaire l'a mise. Sinon, je trouverai de quoi briser le cadenas lorsque je passerai à la quincaillerie. C'est plus facile de s'introduire dans ma maison que dans ma remise. Drôle, quand même.

Je retourne à l'intérieur et je trouve Judith debout dans la cuisine en train de manger un yogourt. Elle boudait mes œufs, mais maintenant elle a faim.

— Tu n'as pas déjà fini, quand même ? me demande-t-elle.

— Non, il y a un cadenas sur le cabanon et, bien entendu, je n'ai pas la clé. Aurais-tu une idée de l'endroit où elle pourrait être rangée ? Où met-on une clé seule ?

— Après un trousseau ?

— Qu'on mettrait où ?

— Sur un crochet ? Dans un tiroir ?

Elle a le même enthousiasme que si elle jouait à un jeu-questionnaire en direct à la télé. J'espère qu'elle fera preuve de la même verve pour m'aider à chercher partout. J'examine la cuisine du regard. Il doit y avoir une dizaine de tiroirs. Ce n'est pas la mer à boire. J'ouvre le premier, dans lequel il y a une tonne de papiers, de la facture d'électricité au billet d'entrée pour une partie de bingo. Je montre ce coupon à Judith.

— L'ancienne propriétaire détenait l'art de se divertir.

— Rien de mieux qu'un bon bingo. On devrait s'y mettre nous aussi, blague-t-elle.

— On verra. Pour le moment, l'important, c'est la clé.

Je farfouille encore quelques minutes, puis je me décourage.

— Je suis sûre que tu trouveras ce qu'il te faut à la quincaillerie, me dit Judith.

— C'est vrai. Je vais y aller maintenant.

— OK, je retourne travailler. À tantôt !

— Si l'envie te prend de nettoyer le poulailler entre-temps, n'hésite pas !

— Jamais en mille ans. Je serai utile autrement.

Ça reste à voir.

10

Quelques minutes plus tard, je me stationne devant la quincaillerie locale. J'aurais préféré une grande surface où j'aurais pu magasiner incognito. D'où je suis, je vois deux hommes accoudés au comptoir qui se racontent sans doute des histoires. C'est sûr qu'ils vont me poser des questions sur ma présence dans les environs, un peu comme l'a fait la dame de la librairie, et je n'ai pas envie d'y répondre, ou encore d'apprendre autre chose que je préférerais ne pas savoir sur ma maison et ses anciens occupants. Enfin, je n'ai pas tellement le choix, puisque la grande surface la plus proche est à trente minutes de voiture. Aussi bien encourager le commerce local…

J'entre donc d'un pas vif et les deux hommes lèvent la tête, curieux. Il n'y a probablement pas foule le lundi en fin d'avant-midi, encore moins des inconnus. Je prends un panier et me faufile dans le rayon le plus proche jusqu'à disparaître de leur champ de vision. Jusqu'ici, tout va bien. Quand je me trouve hors de vue, je pars à la recherche des items se trouvant sur ma liste. Mon panier se remplit assez rapidement. Quand j'ai tout ce qu'il me faut, et même plus, je me dirige vers l'avant du magasin où la conversation entre les deux hommes se poursuit. Je m'approche timidement et j'attends qu'on me remarque. Et j'attends. Ils parlent de semences, de terreau et d'autres trucs d'agriculture. Je les écoute discuter quelques minutes, me disant qu'ils vont bien se soucier de moi éventuellement. Apparemment pas. Je pense que je les ai peut-être insultés en entrant en coup de vent sans les saluer. La clochette de la porte nous fait tourner la tête à tous les trois et Liam entre. Contrairement aux hommes, il s'adresse tout de suite à moi.

— Salut, Marie-Ève. Comment ça va ? demande-t-il. Tu t'es remise de tes émotions ?

Tiens, je présente soudain un intérêt pour les deux comparses. Je suis persuadée qu'ils sont à l'affût des moindres ragots. Je ne leur livrerai certainement pas tous les détails si facilement.

— Ça va, ça va. Quelques soucis ce matin et la liste des tâches est longue, mais je devrais y arriver. Si seulement j'arrivais à ouvrir le cabanon, ce serait un bon départ.

— Quel est le problème ?

— Il y a un cadenas dessus et je n'ai pas la clé.

Les hommes suivent notre échange en nous regardant tour à tour. Le terreau et les semis n'ont soudain plus une si grande importance.

— Si tu veux, j'ai une pince conçue spécialement pour couper les cadenas, à l'école. Je pourrais te la prêter.

Je me souviens qu'il enseigne l'éducation physique. Nous en avons discuté alors que nous prenions notre café la veille.

— Oh ! Ce serait super, merci, c'est vraiment gentil. Je voulais avoir accès à la remise pour passer un coup de tondeuse. Juste ça, ça va déjà donner une meilleure allure à la maison.

— Est-ce vous qui avez emménagé sur la terre de Mme Lanthier ? me demande le propriétaire de la quincaillerie, les traits froncés.

— Euh… oui, c'est bien moi.

Il regarde dans mon panier et remarque la nouvelle serrure que j'y ai mise. Il jette ensuite un clin d'œil de connivence à son copain.

— J'ai entendu que vous avez eu de la visite inattendue, hier soir.

— Pardon ?

— Votre voisine, Mme Caron. Elle s'est introduite dans la maison et vous a foutu une bonne peur.

Il éclate de rire, de même que son compagnon. Je serre les dents, détestant être au cœur des moqueries. Heureusement, Liam vient à mon secours.

— Marcel, franchement ! Tu ne devrais pas rire. Imagine la surprise de Marie-Ève quand elle a découvert cette pauvre femme chez elle.

Son intervention calme l'hilarité du propriétaire qui camoufle ses derniers éclats de rire derrière une toux grasse. Je n'en reviens pas de voir à quel point les potins voyagent vite dans le coin. Qui est à l'origine de la fuite ? Sans doute mon voisin lui-même ; je ne vois pas qui d'autre.

— Bon, trêve de plaisanterie, j'ai une commande qui est arrivée pour vous, m'annonce Marcel.

— Une commande ?

— Oui, chaque année, Mme Lanthier faisait venir sa litière à poulailler ainsi que d'autres trucs pour la ferme. J'ai ça derrière. Puisque vous êtes là, je vais tout mettre dans votre voiture.

— Hum... Je ne sais pas trop.

Il me fait un signe de la main, l'air de dire que je n'ai pas le choix de toute façon, et il disparaît à l'arrière du magasin. Je reste là, mon panier devant moi, me demandant à combien s'élèvera la facture de cette commande inattendue. Ce n'était pas prévu dans mon budget. Le propriétaire revient, un sac sur l'épaule.

— Votre voiture se trouve où ?

Je la pointe du doigt, sans voix.

— Je ne suis pas certain que tout va rentrer. Il va falloir baisser les bancs. André, tu vas m'aider.

L'autre homme s'active et me tend la main pour récupérer mes clés. Je me surprends à les lui donner.

— Si tu veux, on peut aller chercher les pinces à l'école pendant qu'ils chargent la marchandise, suggère Liam. C'est juste à côté.

J'entends le propriétaire qui peste contre l'exiguïté de mon véhicule. Ce modèle compact n'est pas fait pour une propriétaire terrienne.

— Bonne idée. Je laisse mon panier là, tu penses ?

— Bien sûr. Marcel se chargera d'ajouter tout cela à la facture. Ne t'inquiète pas.

— OK, allons-y, alors.

Toujours incertaine – je n'aime pas particulièrement laisser mes clés de voiture à des inconnus –, je suis Liam à l'extérieur. Nous faisons quelques pas et je vois l'école secondaire se dresser au bout de la rue.

— Qu'est-ce que tu venais acheter à la quincaillerie ? demandé-je pour relancer la discussion.

— Rien. Je t'ai vue en passant. Je voulais savoir comment se passait ta première vraie journée sur la ferme.

— Hier ne comptait pas ?

— On pourrait qualifier ça de journée d'essai, blague-t-il.

— J'approuve ! Disons que ma vie en ville était plus calme qu'ici, mais je cherchais de nouveaux défis. Je suis servie.

— Tu n'hésites pas si tu as besoin d'un coup de main. Je n'ai pas de terre, mais j'en connais quand même un peu sur le sujet.

— C'est très gentil de ta part. J'en prends bonne note.

Nous entrons dans l'école par une porte uniquement réservée au personnel. Je me sens comme une intruse alors que je passe près des locaux et que j'entends des enseignants prodiguer leurs leçons. Je suis Liam jusqu'au bout d'un long corridor et il pousse une porte double. J'ai beau ne pas avoir remis les pieds dans un établissement scolaire depuis des années, l'odeur du gymnase semble rester la même, peu importe l'endroit : un mélange de caoutchouc et de sueur.

— Ça te plaît, ton métier ?

— Beaucoup. Ça me permet de rester en forme et de côtoyer des jeunes. Je trouve ça très stimulant. En plus, j'adore avoir mon été de congé.

— Sans oublier la semaine de relâche, ajouté-je.

— Je suis aussi entraîneur de football, mais, ça, tu le sais déjà. Nous avons l'une des meilleures équipes de foot de la région. Tu devrais venir voir un match, tu serais impressionnée.

— Ça me ferait plaisir d'y assister.

Il me guide dans l'entrepôt et je regarde les ballons ainsi que les filcts pour sports divers, me remémorant mes années au secondaire. Judith et moi détestions l'éducation physique en général. À bien y réfléchir, j'aurais peut-être dû m'investir davantage dans l'attrapé du ballon. Ça m'aurait servi pour courir après mes poules.

— Et voilà ! s'exclame Liam en me tendant une paire de pinces gigantesque.

— Wow ! C'est gros !

— Oui, je sais, la taille est surprenante.

— Tu penses que je saurai manipuler ça ? Sans blague, je n'en ai jamais vu d'aussi énorme.

— Tu vas voir, c'est plus facile à manier qu'on pourrait le penser. Il suffit de bien positionner ses mains et de tenir le manche fermement.

J'entends aussitôt des éclats de rire provenant d'une petite pièce juste à côté. Mon compagnon fronce les sourcils.

— Les gars, qu'est-ce que vous faites là ?

Deux adolescents sortent de la salle, apparemment morts de rire.

— Désolé, coach, on ne voulait pas vous déranger. On cherchait les chandails pour l'équipe de football. On vous laisse tranquilles.

Je ne comprends toujours pas l'objet de leur hilarité. Puis, cela me frappe. Je viens de dire à Liam que « Je n'en ai jamais vu d'aussi énorme ». Je repense à tous les propos que nous venons d'échanger. À coup sûr, les jeunes y ont vu une connotation sexuelle. Je sens mes joues s'empourprer. Je tâche de cacher mon malaise.

— Bon, eh bien, merci. Je pense qu'il est temps que je retourne voir où en sont rendus les hommes avec le chargement et tout.

— Ça me fait plaisir. Je passerai ce midi chez toi pour récupérer mon « énorme » pince. J'en ai souvent besoin pour déverrouiller des cadenas dont le code a été oublié par inadvertance.

Il a aussi compris le double sens de la chose. Il n'est pas idiot, quand même. Il me raccompagne jusqu'à une petite porte qui mène directement au stationnement et je reprends le chemin de la quincaillerie.

— Je n'en ai jamais vu d'aussi énorme ! Franchement, j'aurais pu me taire, pour une fois. De quoi j'ai l'air aux yeux de ces jeunes, maintenant ? maugréé-je.

J'oublie vite l'incident quand j'aperçois ma voiture, dont le pare-chocs arrière a descendu de cinq bons centimètres. Ils sont malades ! La suspension ne tiendra jamais. En plus du coût de la marchandise, je vais devoir payer les réparations sur mon véhicule. J'entre pour manifester mon mécontentement, mais je trouve le propriétaire effondré sur une chaise, un sac de glace dans le dos.

— Marcel s'est fait un tour de rein en mettant le dernier sac dans la valise. C'est vraiment pas de chance, m'apprend son compagnon.

— Ça doit être mon hernie discale, ajoute le blessé.

Je me vois bien mal lui demander de vider tout ça. Je fais un sourire qui, j'en suis sûre, manque de sincérité, et je lui souhaite de se rétablir rapidement. J'espère aussi que mon auto survivra à cette épreuve. Il me reste à régler la facture. Je tique lorsqu'on m'indique le montant. Il va falloir que je révise le budget qu'on m'a octroyé. À ce rythme, j'aurai tout dépensé dans la semaine. Je paie quand même – je n'ai pas tellement le choix – et je remercie les hommes pour leur excellent service. Marcel me rappelle de conserver la litière à poule pour le labour des champs. Je fais signe que oui, et je sors de la quincaillerie. Je n'ai pas trop compris à quoi rimait ce conseil. Peu importe. Je démarre lentement, priant pour que ma suspension tienne le coup.

Quand je me stationne chez moi, je pousse un long soupir, comme si je revenais après des semaines et des semaines de dur labeur, et non une heure en ville. Judith sort pour m'accueillir et jette un regard suspicieux à la voiture.

— Veux-tu bien me dire ce que tu transportes là-dedans ?

— Un cercueil !

— Hein ?

— Mais non. L'ancienne propriétaire avait passé une super grosse commande de produits agricoles pour la terre avant de mourir. Sans le vouloir ni vraiment le savoir, j'ai dû réceptionner le tout. Les charmants messieurs de la quincaillerie ont eu une foi aveugle en ma voiture et sa capacité de chargement.

— Oh ! Intéressant. On devrait peut-être tout sortir avant que ta suspension décide de lâcher prise.

— Tu m'aides ?

Elle me fait signe que oui et j'ouvre le coffre. Nous sortons quelques lourds articles, mais nous sommes vite confrontées à un autre problème.

— Où vas-tu mettre tout ça ? me demande Judith. Tu ne peux pas laisser ce chargement dehors. Si on te volait ?

Je doute qu'il y ait de nombreux voleurs dans le coin. Mais d'un autre côté, j'ai déjà vécu pas mal de surprises depuis mon arrivée et une de plus me tente moyennement.

— Si on mettait tout ça dans le cabanon ? suggère Judith. Tu as trouvé ce qu'il fallait pour le déverrouiller ?

— Oui ! Regarde bien ça.

Je sors l'énorme paire de pinces, et en profite pour lui raconter l'échange avec Liam et la réaction des jeunes qui nous ont entendus. Évidemment, elle pouffe de rire.

— Les jeunes adorent imaginer n'importe quoi, ajoute-t-elle. J'aurais fait la même chose à leur place. Allons briser ce cadenas. Je suis bien curieuse de voir ce qui se cache dans cette cabane.

Je ne comprends pas trop son excitation, mais j'obtempère. Je ne suis pas tellement habile avec les pinces, bien que Liam semblait dire qu'elles n'étaient pas difficiles à manœuvrer, et il me faut plusieurs essais pour couper le cadenas. Ce n'est pas si simple de voler quelqu'un, finalement. Enfin, j'ouvre le cabanon et nous nous trouvons devant un énorme bric-à-brac poussiéreux. M'attendais-je à mieux que ça ? Pas vraiment. Ça ressemble étrangement à la maison dans son ensemble.

— Oh wow ! Tu as vu le vélo ? s'exclame Judith.

Elle me pointe une bécane suspendue au mur. Je ne comprends pas trop ce que mon amie, qui a un vélo de route qu'elle a payé cinq mille dollars, trouve à cette vieille patente rouillée et sans doute extrêmement dangereuse. Pourtant, sa joie est réelle. Elle tasse tout ce qui se trouve dans le chemin pour se frayer un passage jusqu'à l'objet. Les yeux brillants, et avec grande difficulté – ce qui est assez drôle à voir –, elle réussit à le décrocher et le roule jusque dehors.

— Qu'est-ce que tu comptes faire avec ça ?

— C'est le morceau qui me manquait pour compléter mon personnage.

— Je ne comprends pas.

— Mon personnage de journaliste. Je me définis comme une journaliste écolo, amoureuse de la terre, spécialisée en œnologie. Toute personne spécialiste en vin se doit de détenir un vieux vélo sur lequel elle parcourt les routes menant aux vignobles qu'elle visite.

— Avoue que tu viens d'inventer ça.

— Peut-être… De toute façon, on voit souvent les gens faire leur route des vins à vélo, c'est tendance partout.

— Tu fais bien ce que tu veux, mais je ne ferais pas trop confiance à cet engin. Il ne doit pas avoir roulé depuis des lustres.

— Les pneus ont besoin d'être gonflés, mais, à part ça, les modèles de ce genre sont généralement très solides.

Elle me pointe le siège banane déchiré, le cadre en métal un brin rouillé à l'arrière et le petit cadre à panier en osier. Je parie qu'elle réussira à se dénicher un panier quelque part dans le fouillis du cabanon. Elle a l'air si heureuse de sa découverte que je ne peux que l'encourager.

— Tu devrais l'essayer.

— Bonne idée. Après, on fera plus d'espace dans la remise et on videra la voiture.

Elle monte sur le vélo, qui s'avère un peu trop grand pour elle. Ce n'est pas grave, ce genre de détail ne l'arrêtera certainement pas. Le démarrage est lent, puisque la bicyclette est assez lourde, que les pneus sont dégonflés et que mon amie manque d'équilibre, mais, enfin, ça roule. Je la regarde se rendre jusqu'à la voiture, en prenant une certaine vitesse. Puis, elle tourne pour revenir, mais l'une des pédales se décroche de son engrenage, ce qui lui fait perdre pied. Dans la foulée, elle tire trop sur le guidon, qui sort complètement de son cadre. Judith s'étale de tout son long sur la gravelle de l'entrée, le visage en premier, le guidon toujours dans les mains. Je vois l'image au ralenti, alors que ça se passe en seulement quelques secondes, mais cela restera gravé dans ma mémoire pour toujours. Je cours vers elle pour l'aider à se relever. Je retiens un commentaire lorsque je vois qu'elle saigne du nez et que son front, ainsi qu'une partie de son visage, est tout écorché. Elle ne s'est pas manquée.

— Est-ce que ça va?

Elle époussette ses vêtements, les traits crispés. Je pense qu'elle est insultée. Son orgueil vient d'en prendre un coup. Heureusement qu'il n'y a pas eu d'autre témoin de la scène parce que ça n'aurait pas été beau à voir. Elle est comme ma mère lorsqu'elle se fait prendre en position de faiblesse.

— Maudit vélo, grommelle-t-elle.

Je n'ose pas dire: «Je t'avais avertie que c'était une vieille bécane.» C'est moi qui lui ai proposé de l'essayer, après tout. Je me contente de lui tapoter gentiment la main pour la consoler.

— Va te laver le visage et te soigner à l'intérieur. Je vais m'occuper de décharger la voiture.

— OK, je vais revenir t'aider tantôt.

— Ne t'inquiète pas pour moi. Je suis sûre que je suis aussi forte que Marcel ou André.

— Qui?

— Laisse faire.

Je lui indique la maison et je la regarde entrer en boitillant. Ouf, quelle chute ! Son jean est même troué. Ou il l'était déjà ? Je n'en suis pas certaine. Heureusement qu'elle n'était que dans l'entrée. Si elle avait roulé sur le grand chemin plus rapidement, elle aurait pu se blesser gravement. D'autant plus qu'elle aurait probablement omis de porter un casque, cela ne faisant pas très « touriste à vélo Instagram ».

Je sors quelques trucs de la remise, assez pour y faire de l'espace, et je repère la tondeuse tant recherchée. Il s'agit d'un modèle assez récent qui ne devrait pas me poser trop de problèmes. Ça, c'est une bonne nouvelle. Je la tire dehors et farfouille encore jusqu'à ce que je sois satisfaite de mon ménage sommaire. Quand je sors du cabanon, couverte de poussière, je fais le saut. Liam est là. Je ne pensais pas que le temps avait filé si vite que ça.

— Salut ! Je vois que tu as réussi à manier l'objet énorme que je t'ai confié. Tu as toute une dextérité.

Je ris.

— Il a fallu quelques coups pour bien l'aligner. Après, ç'a été un charme. Merci encore du coup de main.

— Qu'est-ce qui est arrivé au vélo ?

Je regarde la relique qui traîne encore sur le sol, le guidon reposant un peu plus loin.

— Mon amie a voulu l'essayer et ça ne s'est pas passé comme prévu.

Il se dirige vers la bécane, la soulève et l'observe de plus près. Je le regarde faire, attentivement. Il est vraiment séduisant. En plus, il a une conversation soutenue et agréable. Il a de l'humour, aussi. Je suis sûre que si je tentais une blague de lamas, il rirait.

— Je pourrais le réparer, si tu veux. Il ne faut que quelques ajustements.

— Ah oui ? Tu saurais faire ça ?

— Bien entendu. J'ai longtemps travaillé dans un magasin de vélo pour payer mes études. Laisse-moi une journée ou deux et je te le remets à neuf. Je peux même partir avec tout de suite.

Je regarde son véhicule stationné près du mien. Un VUS sport, équipé d'un support à vélo. Il ne lui faut que quelques secondes pour y installer la bicyclette. Il se tourne ensuite vers moi.

— Je vois que Marcel a chargé pas mal de stock dans ta voiture. As-tu besoin d'un coup de main pour ranger tout ça ?

— Oh oui, c'est vraiment gentil de ta part. Surtout que Judith s'est blessée en tombant du vélo. Un peu d'aide ne sera pas du luxe.

— Ça me fait plaisir. Ne force pas là-dessus pour rien.

Il me tend la main et je lui donne mes clés de voiture. Je le regarde marcher jusqu'à mon véhicule, analysant sa démarche souple de joggeur et ses épaules musclées. Ouep ! On peut dire que je suis pas mal bien entourée depuis deux jours. Quelques secondes plus tard, il se stationne à côté du cabanon et nous commençons à décharger la marchandise. Je m'occupe des petits objets et, lui, des plus gros. Je ne sais pas trop ce que je vais faire de tout ça, il y a tellement de matériel pour lequel je ne vois pas d'utilité. Je crois que je n'aurai pas le choix de demander un coup de main à Albert pour y voir plus clair.

— Ouf ! m'exclamé-je, en refermant mon coffre. Difficile à croire que tout est entré.

— C'est sûr que les gens dans la région ont, pour la plupart, un véhicule plus adapté au transport de matériaux divers.

— Je comprends bien pourquoi. Ma voiture est idéale à Montréal, mais, ici, c'est une autre histoire.

— Tu te plaisais bien à Montréal ?

— Oui et non. Pourquoi tu poses la question ?

— Eh bien, je suis curieux. Comme plusieurs, je trouve ça intéressant que tu aies décidé de venir t'installer ici du jour au lendemain. Les gens de la ville sont peu nombreux à faire le choix d'emménager à la campagne, et encore plus sur une fermette qui a besoin d'autant d'amour, disons-le ainsi.

— J'étais à la recherche de nouveaux défis. Le changement fait parfois du bien.

— J'espère que tu trouveras ce que tu recherches ici.

Je m'apprête à lui répéter que je ne suis là que pour quelques semaines, mais je suis distraite par l'arrivée de visiteurs. Je reconnais vite Destinée au volant d'un VUS Mercedes. Son domaine semble bien plus prospère que le mien. À ma grande surprise, Albert est installé du côté passager. Je savais qu'ils se connaissaient, mais je ne pensais pas qu'ils étaient amis au point de me rendre visite ensemble. Liam n'a pas l'air plus content que ça de les voir arriver lui non plus. On passait un bon moment, pourquoi tout gâcher ?

— La jolie petite fermière ! s'exclame Destinée en descendant.

Je déteste son ton doucereux et ses faux cheveux blonds. Les deux éléments n'ont aucun lien entre eux, mais c'est ce qui me traverse l'esprit quand même. Je note que sa repousse est apparente. Ça lui donne un air plus humain, et vulnérable.

— Bonjour, Liam, dit la vigneronne. On ne s'est pas vus depuis un bon moment. Je suppose que je t'ai manqué.

Il doit être habitué à son venin, car il ne répond même pas. J'admire sa capacité à laisser glisser les paroles comme si elles ne le touchaient aucunement.

— Alors, comment ça se passe ici ? demande-t-elle en se tournant de nouveau vers moi.

— Ça va bien.

Qu'est-ce que je pourrais dire d'autre ?

— J'ai su que tu as eu de la visite hier et que la vieille voisine t'a fait une de ces frousses, continue-t-elle en rigolant. J'espère que tu n'as pas trop peur des fantômes. Il se pourrait que feu Mme Lanthier rôde encore dans les parages pour voir sa copine et boire du whisky.

Je déteste qu'on se paie ma tête de la sorte. Maudits ragots !

— Je pense que n'importe qui serait surpris de trouver une vieille dame inconnue assise à la table de la cuisine dans sa maison, clamé-je, reprenant les propos de Liam à la quincaillerie. On ne voit pas ça, en ville. Les gens s'annoncent généralement avant de débarquer à l'improviste.

J'accompagne mes propos d'un sourire sec, voulant lui signifier qu'elle n'est pas la bienvenue ici. J'ai déjà assez de soucis sur les bras, je n'ai pas besoin qu'elle se pointe le bout du nez pour me rappeler la précarité de ma situation.

— En fait, je suis venue avec un drapeau blanc. Je pense que nous sommes parties sur de mauvaises bases, comme Albert me l'a si bien fait remarquer, et j'estime que nous devons corriger le tir. En signe de ma bonne foi, j'aimerais t'inviter à souper chez moi vendredi soir. Albert sera là aussi. Tiens, Liam, tu devrais te joindre à nous. Ce sera sympathique, j'en suis convaincue.

Je vois la mâchoire du jeune homme se contracter. Je présume qu'il préférerait faire le ménage de son entrepôt de ballons un vendredi soir plutôt que de mettre le pied chez Destinée pour un souper «entre amis». Il doit se demander comment il en est venu à être mêlé à cette histoire.

— Vous n'avez rien à apporter. Je m'occupe de tout. Je vais vous faire mon fameux osso buco de veau. Vous allez adorer. Je vous attends à dix-huit heures. Ne me faites pas faux bond, d'accord?

Elle n'attend même pas notre réponse et retourne dans sa voiture, suivie d'Albert qui n'a pas dit un mot. Même Biquette se montre plus expressive que lui en général. Nous la regardons sortir à reculons de l'entrée, en silence. Je me tourne ensuite vers Liam :

— Écoute, je suis désolée que tu sois mêlé à cela. Tu n'as pas besoin de participer à cette soirée. Moi-même, je n'irai probablement pas.

— Parce que tu penses qu'on a vraiment le choix ? Elle va venir te chercher dans ta cuisine si tu ne te pointes pas le bout du nez. Crois-moi, elle en est bien capable. Je pense que, le mieux, c'est d'y aller, de jouer son jeu et d'être sympathiques. Si elle est satisfaite, elle te laissera tranquille. Dans le cas contraire, tu signes ton arrêt de mort.

Je ris, croyant qu'il blague, mais ça ne semble pas être le cas.

— Tu es sérieux ?

— Bien, oui et non. En ce qui me concerne, je ne cours pas de grave danger. Toi, par contre…

J'observe ses traits question de voir si je devrais m'inquiéter. Il éclate de rire, et je me détends légèrement.

— Écoute, fais ce que tu veux, mais il est vrai que Destinée est très estimée par les gens de la région – et aussi très détestée par d'autres. À ta place, je m'arrangerais pour qu'elle se trouve dans le camp des alliés, même si, à la base, vos projets ne vont pas dans le même sens.

— Donc, tu vas m'accompagner.

Il pousse un long soupir.

— Bien sûr. Je ne voudrais pas te laisser seule avec ces deux-là. Qui sait de quoi ils sont capables, hein ?

— Merci, c'est vraiment gentil de ta part, je l'apprécie.

— Je passe te prendre ? Elle fait du bon vin et il y en aura à profusion. Tu ferais mieux d'en profiter au maximum.

— OK. C'est une bonne idée.

— On conviendra d'un signe pour s'éclipser de bonne heure, ajoute-t-il avec un clin d'œil.

J'approuve son projet. Après lui avoir rendu ses énormes pinces, je le remercie encore pour son aide précieuse. Il me promet de rapporter le vélo d'ici le milieu de la semaine. Alors que son véhicule disparaît, Judith, elle, reparaît comme par magie. Le visage tuméfié et égratigné, la pauvre n'a pas trop bonne mine.

— J'ai manqué des visiteurs ?

— Plus qu'un, même.

— Ah oui ?

— Liam est passé. Il m'a aidée à décharger la voiture. En plus, il a proposé de réparer le vélo. Il sera comme neuf.

— Super ! Je l'utiliserai donc comme prévu.

— Tu es sûre que c'est une bonne idée ?

— Évidemment. Je ne ferai pas les mêmes erreurs la prochaine fois. Qui d'autre est venu ?

— Destinée…

Je lui raconte ce qu'elle a loupé. Ses traits changent lorsque je lui fais part de l'invitation de la vigneronne.

— C'est excellent! Si mon entreprise échoue, tu pourras poursuivre l'investigation à ma place. Je pourrais te préparer des questions que tu lui poserais au fil de la soirée. Comme ça, elle n'y verrait que du feu. L'alcool aidant, c'est sûr qu'elle va finir par parler.

Ses yeux brillent comme si elle était légèrement démente. Je me demande si elle n'a pas été plus affectée que je le crois par sa chute à vélo. Elle a peut-être une commotion ou un truc du genre.

— Judith, j'ai le sentiment que tu prends ça un peu trop à cœur. Est-ce que je me trompe?

— Pourquoi tu dis ça?

— Bien, tous ces plans et ces machinations. Oui, j'ai été piquée lorsque j'ai appris que Destinée avait fait une offre sur la terre, mais, au bout du compte, je vais quand même partir d'ici dans quelques semaines. C'est probablement elle qui va gagner, après tout. Je n'ai pas l'intention d'acheter la fermette.

— Tu devrais, ça lui fermerait le clapet, à cette fille.

— Je ne prendrais pas ce genre de décision impulsive après quelques heures ici seulement. Ça n'a jamais fait partie de mes projets, tu le sais bien.

— Je le sais. N'empêche, ce serait agréable de vivre ici en permanence, non ? C'est paisible.

— Tu t'es frappé la tête un peu fort, ma vieille ?

— Mais non ! Je trouve ça sympathique, ici, c'est tout. Surtout pour toi. Bon, j'ai faim, viens-tu manger un truc avec moi ?

Si elle a faim plutôt qu'envie de dormir, c'est assez bon signe côté commotion. Comme pour corroborer ses dires, mon estomac gargouille. Je n'ai rien avalé depuis le matin. Elle a raison, nous aurons bien le temps de reparler de tout cela.

11

Une petite pluie fine se met à tomber, ce qui me force à repousser mes travaux extérieurs. La fin de la journée est tranquille. Je m'occupe de mes bêtes, le nez froncé. Mon poulailler empeste vraiment. En soirée, j'avance dans la lecture de mon livre sur l'élevage des poules et j'apprends que je dois nettoyer leur habitat assez fréquemment. Ça ne pourra pas vraiment tarder davantage. Demain ou mercredi, au plus tard, je dois changer leur litière. En ce qui concerne Biquette, eh bien, je ne sais pas encore ce que je vais faire avec elle. Elle ne me semble pas malheureuse pour autant.

Mardi matin, je me lève de bonne heure pour aller récolter mes œufs. Je sors au grand soleil et je prends quelques minutes pour observer le paysage et m'imprégner de la quiétude environnante. Judith a raison. C'est si paisible, ici ! J'entends des éclats sur la route et je vois un groupe de jeunes passer en courant. L'équipe de football, à n'en pas douter. Liam se trouve en queue du groupe et il me salue de la main. Il arrête quelques instants pour me parler, puis court rejoindre son groupe en sprintant. Je ne crois pas que je me tannerais de ces petites rencontres rapides le matin.

Une fois que j'ai pris soin des poules, je me lance dans la tâche que je repousse depuis la veille : tondre le gazon. Entre ça et nettoyer le poulailler, le choix est facile. Il y a des années que je n'ai pas poussé une tondeuse. Je regarde la machine, me demandant comment la démarrer. Il y a bien la crinque que je dois tirer, mais je suis sûre qu'il y a d'autres manipulations à faire avant. Heureusement, le concepteur de l'objet a pensé aux nulles comme moi, car un petit diagramme me montre les étapes à franchir pour y arriver. En quelques coups à peine, je réussis à la démarrer. J'effectue une danse de la victoire, toute contente que, pour une fois, quelque chose fonctionne du premier coup. Je guide la machine à l'avant de la maison, où je commence mon travail. Il y a beaucoup de mauvaises herbes et la longueur du gazon fait que ma tondeuse étouffe souvent. Je dois avancer et reculer pour éviter que le moteur cale complètement. Au bout de trente minutes de ce manège, je suis en nage et mes bras n'ont plus de force. Je vais certainement me découvrir des muscles insoupçonnés demain. Assoiffée, j'éteins le moteur, me promettant de continuer plus tard. J'entre me chercher un verre d'eau et je croise le regard moqueur de mon amie.

— Quoi ?

— Tu t'es battue avec la tondeuse ? Qui a gagné ?

Je dépose mon verre sur la table et je vais me planter devant le miroir. C'est vrai que j'ai très mauvaise mine. Des plaques de gazon sont collées à mon jean et j'ai des traces de terre partout sur moi. En essuyant la sueur sur mon front, j'ai laissé des marques brunâtres partout sur mon visage. Mes cheveux pointent dans tous les sens parce que j'ai eu chaud. Je parie que Liam sue moins que ça quand il court chaque matin.

— La tondeuse est vraiment lourde et j'ai eu beaucoup de territoire à couvrir. Ce n'est pas si simple que ça en a l'air.

— Bien sûr, bien sûr. Je ne t'envie pas d'avoir à accomplir une telle tâche. Si ça peut te consoler, sache que je suis pas mal occupée de mon côté. Tu sais que j'ai eu plein de nouveaux abonnés à ma page Instagram ? Je publie des photos chaque jour, les gens ont vraiment de l'intérêt pour les vignobles de la région.

— Qu'est-ce que tu publies, exactement ? Pas des photos de moi en train de tondre le gazon, j'espère ! Ça ne serait pas très gentil de ta part.

Je pense au cliché de moi, vêtue de ma drôle de salopette, qui traîne sur les réseaux sociaux, et j'en frissonne.

— Mais non ! Tu n'y es pas du tout. Ce sont des commentaires, des extraits d'articles que j'ai écrits et des photos des vignobles que j'ai visités dans la région.

— Tu n'en as visité aucun… Et tu n'as pas plus écrit d'articles.

— Je sais bien, mais mes abonnés n'ont pas besoin d'être au courant. Ça fait partie de la stratégie pour augmenter ma crédibilité.

— Crédibilité ? Tu violes les droits d'auteur d'autres journalistes.

— Hé ! Arrête. Ce n'est que pour quelques jours. Tu vois, Destinée m'a répondu qu'elle avait drôlement hâte de me rencontrer. Ça marche ! Ça n'aurait pas fonctionné aussi bien sans cette mise en scène.

— Tu sais, si tu veux la rencontrer, tu n'as qu'à te pointer le nez dehors. Elle pourrait facilement arriver à l'improviste comme hier. Ou va en ville et lance une rumeur à son sujet. Elle a des informateurs partout. Je suis sûre qu'elle va débarquer ici en deux temps, trois mouvements.

Elle continue à pianoter sur son téléphone, sans me répondre.

— En fait, dit-elle après un moment, j'y réfléchissais, et je me disais qu'il serait peut-être mieux qu'on ne me voie pas trop. Si je veux garder l'anonymat avant d'aller visiter son vignoble, il vaudrait mieux qu'on ne m'associe pas à toi directement. Les nouvelles ont l'air de voyager pas mal vite dans le coin.

— C'est peu dire. Fais ce que tu veux. De toute façon, cette histoire de faux journalisme ne me semble pas idéale à première vue. Je n'ai pas l'impression qu'elle va se confier si facilement au premier venu. On pourrait plutôt interroger Mme Caron, la voisine.

— Elle ne se souvient même pas de son adresse. Je la vois mal nous brosser un portrait complet de la situation. Ne t'inquiète pas, je saurai poser les bonnes questions à Destinée. Ou mieux, je pourrais mettre le feu à ses vignes.

Je la regarde, la bouche ouverte de surprise.

— Pourquoi tu ferais ça ?

— Pour la détourner de son projet d'agrandir son territoire.

— Tu es folle.

— Voyons, tu t'es vue ? Tu crois vraiment que je commettrais un acte semblable ?

— Bien, te connaissant, rien n'est à ton épreuve.

— Hum… c'est vrai, mais je ne suis pas foncièrement méchante. Tu devrais le savoir depuis le temps.

Je ne réponds rien, toujours dubitative. En fait, je préfère ne pas explorer la question davantage.

— Je vais nettoyer le poulailler cet après-midi. Il faudrait que tu m'aides.

Pour toute réponse, elle fronce le nez.

— Je te laisse travailler, ajouté-je. Mais prépare-toi mentalement, il n'y a aucune échappatoire possible.

— On verra.

Je souris et sors. De retour à l'extérieur, la vue de la tondeuse qui m'attend m'excite plus ou moins. Il faudra bien que je termine ce que j'ai commencé, mais plus tard. J'aimerais aller jeter un coup d'œil à la tuyauterie qui permet d'arroser la terre. Je voudrais bien planter les pousses que j'ai apportées de la maison. J'ai vu aussi qu'il y avait des semis dans la commande que j'ai récupérée à la quincaillerie. Je pourrais bien ensemencer quelques légumes. J'espère qu'il y a des tomates dans le lot ! Inspirée par mes futurs plants de tomates, je vais à l'arrière de la maison, en bordure du champ, pour tenter de comprendre le fonctionnement du système d'irrigation. Je vois bien des tuyaux percés qui traversent la terre. Parfois, ils disparaissent, puis reparaissent plus loin. Je ne suis pas certaine que tout est fonctionnel. Il n'y a qu'une seule façon de le savoir. Je repère le robinet extérieur à côté duquel repose un boyau qui, à mon avis, ne peut qu'être relié au système d'irrigation. Ça me semble assez sommaire pour arroser un champ en entier, mais je présume que tout bon agriculteur profite d'abord de la pluie avant d'arroser mécaniquement. Comme dans le bon vieux temps ! Je branche le tuyau en serrant au maximum et j'allume le robinet. Je n'entends rien. Peut-être que la sortie d'eau est fermée ? C'est une possibilité. Il vaudrait mieux aller jeter un œil au sous-sol, où doit se situer l'entrée d'eau. Je fais donc le tour de la maison et je m'arrête net. Est-ce bien la voiture de mon père qui vient de s'engager dans l'allée ? Il ne s'est pas annoncé, mais il s'agit d'une très bonne surprise. Quelques secondes plus tard, il immobilise son véhicule près de la porte. Il sort, apparemment de très bonne humeur.

— Salut, papa !

— Salut, ma grande. Wow ! Tu as sacrément bien entretenu l'endroit.

Je regarde autour de moi : la tondeuse abandonnée dans son coin, quelques outils de jardinage disparates sur la gravelle, le cabanon grand ouvert ; non, il exagère.

— Papa, franchement, j'ai juste tondu le gazon en partie. Ce n'est pas la grosse affaire. Je sais que tu te sens coupable à cause du mélange de maisons, mais ce n'est pas ta faute, et j'en suis revenue. C'est vrai qu'il y a un beau lot de défis ici, mais rien de majeur.

Comme pour me contredire, un cri perçant retentit à l'intérieur. Je reste figée un instant, puis je m'élance, suivie de mon père. Il faut peu de temps pour trouver la source du problème. Dans la cuisine, l'eau gicle du dessous du lavabo, inondant le plancher de linoléum déjà frisé par les années. Judith, qui a découvert la première la source du problème, est mouillée de la tête aux pieds et tient les portes de l'armoire sous le lavabo, comme si cela pouvait empêcher l'eau de se déverser dans la cuisine.

— Vite, vite! Faites quelque chose, c'est une véritable inondation, ici!

Mon père est le premier à réagir.

— Il faut couper l'eau. Je vais aller au sous-sol. Toi, assure-toi que tous les robinets de la maison sont bien fermés.

Je repense aussitôt à celui que j'ai ouvert à l'extérieur. Ça ne peut être que la source du problème. Je m'élance donc dehors, entendant à peine le: «C'est ça, laissez-moi toute seule me noyer dans la cuisine!» de Judith. Elle sait nager, elle s'en sortira comme un chef. Il y a bien plus urgent. De retour derrière la maison, je remarque la fuite d'eau près du robinet. Flûte! Ça n'augure rien de bon pour moi si l'eau coule à la fois dehors et en dedans. Une autre affaire! La plomberie ne doit pas être une jeunesse et je doute que la propriétaire ait envie d'investir une somme faramineuse dans l'entretien du bâtiment. Elle préférera vendre au plus offrant, en l'occurrence, Destinée. D'un autre côté, ce serait, en fait, un très bon coup à faire que de lui laisser la maison encore humide. Je ferme l'eau, espérant que les dégâts ne seront pas trop grands, puis je retourne auprès de mon amie.

Je fais irruption dans la cuisine et constate que la fuite semble mieux contenue par ma copine.

— Je pense qu'on a échappé au pire, annonce mon père en nous rejoignant. On va ramasser l'eau rapidement avant que ça s'écoule ailleurs. As-tu des serviettes qu'on pourrait utiliser ?

— Oui, je suppose. Pfff.

Je ne veux pas afficher mon découragement si ouvertement, mais je n'y peux rien. Je vais au bout du corridor menant aux chambres, où se trouve une petite lingerie, et j'y déniche un paquet de serviettes. Je les prends toutes et je les apporte à la cuisine. Pour sa part, mon père a trouvé une chaudière et une vadrouille qu'il avait probablement localisées lorsqu'il est descendu au sous-sol couper l'eau. Nous travaillons en silence pendant presque une heure, puis nous nous laissons tomber chacun sur une chaise, les pieds mouillés. De l'humidité règne toujours dans l'air, ainsi qu'une odeur douteuse que je préfère ne pas relever pour le moment.

— C'était une belle aventure, dit Judith, mais je préférerais ne plus avoir à la vivre. Je n'aurais jamais cru qu'autant d'eau pouvait gicler si vite et se répandre partout.

— On a souvent tendance à sous-estimer les dégâts que peut causer ce genre de fuites, explique mon père. Heureusement, nous sommes intervenus à temps. Toutefois, il va falloir que tu fasses venir un plombier pour réparer ça. Je te recommande de ne pas ouvrir l'eau tant que ce n'est pas réglé.

— Bien sûr. Mais la question est : je le trouve où, mon plombier ?

— Qu'est-ce que vous faites dans ma cuisine ?

Nous nous tournons tous les trois, surpris. La vieille voisine a fait irruption pendant que nous avions le dos tourné. Elle porte la même robe que le dimanche précédent et a l'air de mauvais poil. Je sais qu'elle est inoffensive – du moins selon son fils –, mais elle me fait quand même peur. Mon père me lance un drôle de regard où je décèle de l'inquiétude. Il se demande dans quel drôle d'asile il a envoyé vivre sa fille.

— Madame, pouvons-nous vous aider ?

— Sortez de ma cuisine. Je sais, en plus, que vous avez caché le whisky.

Ça me donne presque envie de rire. Judith prend les choses en main.

— Tout va bien, on va vous servir un verre de whisky. Installez-vous ici.

Elle lui désigne la chaise qu'elle-même occupait et prépare le breuvage promis. Puis, elle prend le téléphone et compose ce que je suppose être le numéro du voisin. Elle disparaît vers le salon et je suis surprise de la longueur du fil. Il y a bien des années que je n'en ai vu un aussi long. Mme Caron boit son whisky sans nous quitter de son regard mauvais.

Il est évident qu'elle ne nous fait pas confiance, mais l'attrait de l'alcool semble encore plus grand que sa méfiance en général. Judith revient dans la cuisine et me fait signe que tout est sous contrôle. Puis, nous restons les trois en silence, à fixer notre invitée. Le temps semble suspendu. On se croirait à la chasse alors qu'on ne peut pas bouger de peur d'effrayer l'animal que nous traquons depuis des heures. Le cognement à la porte de côté nous fait tous sursauter et mon amie s'empresse d'aller ouvrir. Elle revient quelques secondes plus tard, accompagnée du voisin qui, comme le dimanche précédent, se confond en excuses.

— Ma femme et moi prenions tranquillement notre thé sur la terrasse, et maman a dit qu'elle allait à la salle de bain. Nous avons momentanément baissé la garde, explique-t-il.

Je lui fais signe que ce n'est pas grave, mais la première chose que je ferai en sortant de la cuisine, c'est changer la serrure, et je devrais aussi penser à verrouiller même quand je me trouve dans la maison.

— Allez, viens, maman !

— Je n'ai pas fini mon whisky.

— Maman, s'il te plaît !

— Elle peut partir avec le verre, suggère Judith.

— Ou elle peut prendre deux minutes pour le terminer, renchéris-je.

Si elle part avec un verre chaque jour, mon armoire sera bientôt vide.

— Qu'est-ce qui s'est passé ici ? demande le voisin en pointant du doigt la chaudière et le dessous de l'armoire encore ouvert.

— Un dégât d'eau. La tuyauterie nous a lâchés, explique mon père.

Il résume sommairement la situation pendant que j'observe notre visiteuse, qui marmonne toujours contre son verre maintenant presque vide.

— Si vous voulez, je peux vous envoyer mon fils, offre M. Caron. Il est plombier. Si je l'appelle maintenant, je suis pas mal certain qu'il pourrait passer dans la journée.

Je sens un énorme poids s'enlever de mes épaules.

— Ce serait très généreux de votre part. Nous n'osons pas rouvrir l'eau tant que ce n'est pas réglé.

— Je communique avec lui immédiatement. Vous me laissez quelques minutes ?

Il sort son cellulaire et se réfugie au salon, nous laissant seuls en compagnie de sa mère. Le silence gênant revient alors que la vieille dame nous regarde tour à tour, menaçant des yeux quiconque oserait lui enlever son whisky. Judith se dirige vers l'armoire et en sort un sac de croustilles qu'elle ouvre. Elle en prend une poignée et nous en offre ensuite. Nous refusons. Je n'arrive pas à croire qu'elle ait faim. On n'entend plus que le crounch crounch des croustilles et les murmures de la femme. Drôle de portrait. Enfin, l'homme revient.

— Il va passer cet après-midi. Ça tombe bien, il était dans le coin et finissait un travail.

— Wow, merci beaucoup. J'ai l'impression que les problèmes ne font que commencer.

— C'est certain que les vieilles maisons comme ça regorgent de surprises. En tout cas, n'hésitez pas si vous avez besoin de quoi que ce soit. Je connais des gens qui œuvrent dans presque tous les domaines. Ça peut s'avérer utile quand on veut effectuer des réparations ici et là.

— J'en prends bonne note. Merci encore.

— Allez, viens, maman.

Contre toute attente, elle se lève, laissant son verre vide derrière. Au passage, elle arrache le sac des mains de Judith qui arrondit les yeux, surprise par le geste. La dame met la main dedans et prend des croustilles qu'elle enfourne.

— Je suis désolé, s'excuse son fils en tentant de lui prendre le sac.

C'est peine perdue. On dirait une enfant capricieuse qui s'apprête à faire une scène en se lançant sur le plancher. Nous voyons ses traits changer, signe que la crise approche à grands pas.

— Non, ça va, gardez-le. Il y en a d'autres dans l'armoire, dit Judith.

Gêné, le visiteur nous quitte en guidant sa mère.

— OK, ça n'a pas l'air facile à gérer, ça, lance mon amie.

— Quand ta mère sera sénile comme ça, Marie-Ève, nous nous assurerons de la placer dans un bon centre pour personnes âgées.

— Qu'est-ce qui te fait croire que maman sera un jour sénile, papa ?

— Rien, rien, répond-il, un demi-sourire aux lèvres.

Malgré cela, nous éclatons de rire tous les trois. Pauvre maman, elle qui a de la difficulté à faire preuve d'autodérision, elle n'aimerait pas nous entendre.

— Bon, je vais aller ranger tout ce bazar et partir une brassée de serviettes.

— Tu ne peux pas, me rappelle Judith, il n'y a plus d'eau.

— Hé merde. C'est vrai. Bon, passons au prochain projet, alors. Je vais aller étendre les serviettes dehors pour qu'elles sèchent. Puis, je vais aller finir de tondre le gazon.

— Si ça vous va, je pourrais aller nous chercher quelque chose à manger en ville, propose mon père.

— Bonne idée ! s'exclame Judith. J'ai une de ces faims, en plus.

— Après le repas, je vous aide pour quelques trucs. J'ai tout mon après-midi pour ça.

— Parfait. J'aimerais que tu changes la serrure. Je n'ai pas tellement envie de revoir la voisine entrer à l'improviste.

— L'autre soir, elle pensait que c'était le fantôme de la vieille dame qui est morte ici, glousse Judith.

— Judith ! Tu n'es pas mieux que moi, tu y as cru toi aussi.

— Pfff ! Pas une minute.

— Elle serait morte ici ? Je n'étais pas au courant. Je suis désolé de l'apprendre. Si j'avais su, je n'aurais pas proposé à Mme Meunier que tu emménages en attendant qu'elle prenne une décision concernant sa terre.

Cher papa, il a l'air vraiment attristé de m'avoir causé une telle frayeur. On voit la différence avec ma mère, qui n'a même pas pris une minute pour m'appeler et s'excuser de sa méprise concernant la propriété.

— Ne t'en fais pas, je m'en suis remise. Mais j'avoue que le fait que Judith soit là m'aide grandement… à avoir moins peur.

— Hé ! J'aide aussi dans la maison.

Sans prendre la peine de répondre, je m'adresse à mon père.

— As-tu eu le temps de parler à Mme Meunier concernant la terre ?

— Je lui ai laissé quelques messages, mais elle ne retourne pas mes appels. J'ai mis Sébastien sur le dossier aujourd'hui. S'il a de ses nouvelles, il va communiquer avec moi.

Je suis un peu déçue de ne pas avoir plus de réponses à mes questions, mais je n'ai pas de contrôle là-dessus pour l'instant.

— OK, merci. Bon. On parlait de manger ?

Je laisse mes invités décider du menu, n'ayant pas tellement faim moi-même. Je sors de la maison, les serviettes en main, et je profite de cette tâche banale pour réfléchir. Je suis assez troublée. Cette fuite d'eau n'est peut-être que la pointe de l'iceberg. Je n'ai pas le goût de régler problème par-dessus problème. J'ai envie d'une vie calme au scin dc la nature, d'arroser mes plantes sans le moindre souci. Une chose est sûre, je suis contente que mon père soit là l'espace d'un après-midi pour me donner un coup de main. Avec lui, tout roule toujours rondement et il a le don de me remettre sur le piton.

12

Le choix de repas s'est arrêté sur du chinois. Nous nous installons dehors pour profiter du beau temps, mais pour une raison que j'ignore, Biquette n'arrête pas de bêler après nous.

— Tu ne pourrais pas dire à la chèvre de se taire ? me lance Judith, les yeux rivés sur son téléphone, ses baguettes dans l'autre main.

— Mais oui, bien sûr. Biquette, peux-tu te taire, s'il te plaît ? Ce n'est pas poli de faire du bruit pendant que les gens mangent. Quoi ? Que dis-tu ? Judith a le droit à son téléphone alors tu as le droit de parler ?

Mon amie baisse son cellulaire en soupirant. Je souris ironiquement, mais ça ne règle toujours pas le problème de Biquette, qui s'époumone.

— Elle a peut-être faim, ou soif, ou envie, ou elle s'ennuie, suggère mon père.

— Je ne maîtrise pas encore l'art de décoder les signaux de ma chèvre. Je travaille là-dessus. En attendant, je n'ai pas envie de la rentrer avec les poules. Il faut qu'elle profite du grand air pendant la journée, c'est important pour sa santé.

— Heureusement que tu n'es pas spécialiste, ironise mon amie.

— C'est bon, retourne sur ton cellulaire.

Mon paternel assiste à notre échange, incertain. Je lui fais signe que nous blaguons plus qu'autre chose quand un camion s'engage dans l'allée. Je reconnais un insigne de spécialiste en plomberie. Je me lève pour accueillir le nouvel arrivant, mais Judith est plus vite que moi. Je la regarde se précipiter, interloquée, puis je comprends lorsque je vois le plombier sortir. Je n'ai pas été attentive au conducteur, trop occupée à déchiffrer le nom de la compagnie. Mon amie, elle, toujours à l'affût, a vu le potentiel de l'homme dès le départ. Je la laisse aller en souriant. J'observe le beau gars : six pieds, assez costaud, yeux bleu très profond, cheveux châtains courts, belles dents blanches. Je parie qu'elle va aller le regarder manier sa clé anglaise ! On pourra faire des blagues d'énormes outils ensemble. Les garçons séduisants pleuvent, dans le coin. Un vrai repaire pour femmes célibataires. Ils arrivent près de nous au même instant. Judith roucoule.

— Marie-Ève, René, voici Cédric, le fils de M. Caron, le voisin.

— Bonjour, merci d'être venu si vite.

— Je m'occupe de lui montrer le problème, dit Judith.

Un peu plus et elle se pend à son bras. Je m'apprête à répondre, mais Biquette me coupe la parole en bêlant. Non, mais elle est drôlement impolie ! Je leur fais un petit signe de la tête signifiant que je les laisse gérer le tout. Mon attention est détournée par la vue d'Albert qui arrive à l'improviste. C'est l'après-midi des visites. Judith et Cédric disparaissent à l'intérieur rapidement.

— Tu attends quelqu'un, ma grande ? Je peux m'en aller, si tu préfères.

— Non, non, ce n'est pas nécessaire. Je ne crois pas qu'il va s'attarder longtemps.

En fait, je ne saurais déterminer les sentiments qui émergent en moi à la vue de mon voisin. Je le trouve bien sympathique et serviable, mais le fait qu'il ait débarqué avec Destinée la veille me prouve qu'il manque de jugeote. Il pactise avec le diable, enfin !

— Bonjour ! Je ne dérange pas, j'espère, lance le jeune homme en souriant à mon paternel. Enchanté, je m'appelle Albert. J'ai un élevage de lamas juste à côté, et je m'occupais de la terre avant que Marie-Ève emménage.

Je regarde mon père pour voir si l'élevage de lamas le fait tiquer. Il doit penser, comme moi, que ça n'existe pas au Québec. Mais non. Au contraire, les deux discutent quelques minutes des animaux. Je retiens un soupir d'impatience et je me balance d'un pied à l'autre. Ce n'est pas que c'est ennuyant, mais…

— Vous avez des problèmes de plomberie ? s'informe Albert.

— Oui, un tuyau s'est brisé et la cuisine a été inondée. Heureusement, le fils de M. Caron, mon voisin, est venu gentiment réparer la fuite.

— Oui, je connais bien Cédric. C'est un bon plombier. Tu aurais pu m'appeler, aussi, je m'y connais en plomberie.

— Eh bien, tout cela s'est passé très vite. Je n'ai pas eu le réflexe de penser à toi.

Mon ton est un peu bête. Je vois d'ailleurs que ça surprend mon père, qui fait preuve d'un peu plus de courtoisie.

— C'est très gentil de ta part de le proposer. Marie-Ève est bien tombée, elle semble avoir un voisinage très dévoué.

— C'est sûr que tout le monde se connaît dans le coin et on s'aide comme on peut. Avec mon élevage de lamas, il m'arrive souvent de…

Et il repart. Je peine à écouter. Mon attention se disperse entre le poulailler que je n'ai pas encore nettoyé, la serrure que je dois absolument changer si je ne veux pas que la vieille voisine débarque encore sans s'annoncer, et le plombier qu'il faudra payer. Je vais encore piger dans les réserves de la maison. À ce rythme-là, je ne tiendrai pas le mois. Je prie pour que rien d'autre ne me tombe sur la tête. Enfin, le moulin à paroles se tait et Albert me jette un regard inquisiteur.

— J'étais venu t'offrir de l'aide pour l'après-midi. Il serait temps de nettoyer le poulailler… Je pourrais te donner un coup de main ainsi que quelques conseils du même coup.

— Ah oui ?

J'hésite à accepter. D'un autre côté, j'ai besoin d'aide, je l'avoue, et je ne pourrai probablement pas compter sur Judith. En plus, Albert a de l'expérience. Il peut bien me montrer comment faire pour cette première fois. Ensuite, je n'aurai plus besoin de lui. Je m'apprête à répondre, mais Biquette me vole la vedette. Il est vrai qu'on se tient près d'elle. On pourrait penser à la changer d'emplacement si on veut s'entendre parler.

— Voyons, Biquette. Qu'est-ce que tu as à bêler comme ça ?

— Biquette ? répète Albert.

— Ah oui, c'est son petit nom.

— Ah. Tu sais qu'elle bêle probablement parce qu'elle s'ennuie. Les chèvres sont des êtres assez sociaux. Je pourrais l'amener tenir compagnie à mes lamas quelque temps, si tu veux. Ce n'est pas tellement bon pour elle de la laisser continuellement attachée à ce poteau.

Eh bien, première nouvelle. Pourtant, je l'ai trouvée comme ça à mon arrivée. D'ailleurs, ça aurait pu être inscrit dans le premier chapitre de mon livre sur l'art d'élever les chèvres. Mais non, évidemment. Je suppose que ce sera écrit dans la conclusion : « *Voilà, chers lecteurs, tout ce que vous deviez savoir sur l'élevage de votre chèvre. Mais, surtout, n'oubliez pas de la laisser socialiser avec d'autres animaux et de ne pas l'attacher à un poteau, seule, sinon, cela risque de vous coûter cher en frais de psychologue animalier. Fin.* »

— Je ne comprends pas, elle était là quand j'ai emménagé. Qui l'a laissée à son poteau, alors ?

— C'est moi. Elle avait déjà passé la semaine chez moi. Je l'ai ramenée parce qu'on m'avait informé que quelqu'un emménageait. Je me disais que tu saurais en disposer convenablement.

Je secoue la tête, n'y comprenant plus grand-chose.

— L'idéal serait sûrement que la chèvre retourne avec les lamas, conclut mon père, pragmatique. Tant que tu es trop occupée autour, et que tu n'as pas d'autres petits animaux, elle risque de s'ennuyer.

Je louche vers Biquette, qui m'observe de ses yeux croches. Je n'ai pas particulièrement d'affection pour elle – elle ne m'écoute pour ainsi dire jamais –, mais elle fait partie du décor et je me suis habituée à la voir là, comme une mascotte. Je tombe dans le sentimentalisme, c'est complètement idiot.

— Bonne idée, prends-la quelque temps. Je vais réfléchir à la meilleure option pour elle.

Le jeune homme acquiesce en silence. On dirait deux parents qui prennent une décision difficile concernant la garde de leur enfant.

— Bon, je vais aller la reconduire et je reviens t'aider avec ton poulailler. Je serai de retour dans une quinzaine de minutes.

— Merci.

Bien sûr, la chèvre le suit sans problème.

Mon père et moi regardons Albert s'éloigner.

— Il m'a l'air gentil, ce garçon.

— Oui.

— Mais ?

— Mais quoi ?

— Il y a un «mais», c'est évident. Je te connais assez pour le savoir.

J'hésite à m'ouvrir, même si je sais qu'il ne me jugera probablement pas.

— Je ne le connais pas depuis très longtemps. C'est difficile de se forger une opinion rapidement.

— S'il peut t'aider à devenir habile sur la terre, c'est toujours ça de positif.

Il a raison. Cependant, je trouve qu'Albert me tourne beaucoup autour. Le fait qu'il porte une certaine allégeance – si je peux utiliser ce terme – à Destinée me dérange. En ce qui me concerne, je préfère éviter tout ce qui touche de près ou de loin à cette fille. Je suis vraiment mitigée. Je me sens mal de profiter des services de mon voisin, sachant que lui-même semble me trouver de son goût, et je déteste qu'il pactise avec l'ennemi. D'un autre côté, c'est lui qui me propose son aide, et non l'inverse. Je ne profite donc pas à proprement parler de lui. Tout ça m'apparaît drôlement compliqué pour rien et je n'ai pas besoin que ma vie soit encore plus compliquée qu'elle l'est déjà. Je ferais mieux d'accepter son aide pour l'instant. S'il devient trop entreprenant, j'aviserai.

Quelques minutes plus tard, un autre camion se stationne dans l'entrée. Albert en est le conducteur. De l'arrière, il sort une énorme cage qu'il apporte près du poulailler.

— Qu'est-ce que c'est ? demandé-je.

— C'est pour les poules. Crois-moi, tu ne veux pas qu'elles soient dans les environs quand tu nettoies.

— Ah ! Bonne idée.

Je reste quelques secondes sans bouger, à le fixer. Je me demande s'il va me parler de sa visite de la veille ou de Destinée.

— Tu es prête ?

— Oui, oui, allons-y.

Peut-être que ça viendra sur le sujet plus tard. Nous entrons dans la petite installation et le jeune homme me montre comment attraper la volaille doucement, sans l'effrayer. Je suis terrorisée avec ma première poule, mais je prends tranquillement de l'assurance. Je n'aime pas trop quand elles se mettent à battre de l'aile et tentent de s'enfuir, mais je ferais sans doute la même chose si on essayait de m'expulser de mon domicile. Je pourrais essayer cette tactique pour éviter que Destinée m'évince de la fermette.

Pendant que nous nettoyons le poulailler, mon père change la serrure de la porte d'entrée. Tout l'après-midi, nous vaquons chacun à nos occupations : Judith « s'occupe » du plombier, mon père, de la sécurité, et moi, des poules. Je forme une équipe efficace avec Albert. Au fil du temps, je commence à m'assouplir. Il n'y a pas une once de malice en lui et il est de très bon conseil. Pourtant, je suis contente quand on en a fini.

J'ai mal à la tête, ce que je pourrais attribuer à deux choses: l'odeur, ou le bavardage incessant de mon compagnon. Sans blague, il n'arrête jamais de parler.

— Je dois nettoyer la place combien de fois par mois? demandé-je, quand nous sortons enfin au grand air.

— Deux, trois, si possible, mais si tu ramasses quotidiennement les excréments, le ménage va durer plus longtemps, c'est certain. Tu pourrais peut-être penser à aménager un enclos pour elles. Mme Lanthier n'en voulait pas, elle préférait garder ses poules à l'intérieur, mais tu as assez d'espace sur le terrain pour en construire un. Si tu le fais assez grand, ça pourrait devenir intéressant pour la chèvre aussi.

Je regarde autour, me demandant s'il est judicieux pour moi d'envisager une telle construction. C'est un pensez-y-bien. Il faudrait que je vérifie auprès de la propriétaire pour voir si elle est d'accord. Je pourrais réaliser le projet moi-même à moindre coût. Ça ne paraît pas beaucoup, mais je suis tout de même assez habile de mes mains.

— Il y a probablement de la broche à poules dans le cabanon. Ça servirait sûrement. Tu veux que j'aille jeter un coup d'œil?

— Non, je pense que tu en as fait suffisamment pour aujourd'hui.

Je devrais lui offrir un rafraîchissement pour le remercier de son aide, mais je n'éprouve pas le besoin de rallonger notre temps ensemble.

— Ça me fait plaisir. Je trouve qu'on a eu des discussions intéressantes.

Ah ! Première nouvelle. Je repasse dans mon esprit les propos que nous avons échangés durant l'après-midi. Je ne vois rien de bien exceptionnel qu'on puisse qualifier d'intéressant. Surtout qu'il a discouru presque tout seul.

— Euh, oui. En tout cas, merci encore.

Il salue mon père, qui a terminé sa besogne, reprend sa cage à poules et monte dans son camion. Nous lui faisons un dernier au revoir et je pousse un long soupir de soulagement.

— Mon Dieu, c'était si pire que ça ?

Je ne savais pas que mon paternel se tenait près de moi au point de m'entendre. Je joue l'innocente.

— Quoi donc ?

— C'est à cause des poules ou du garçon que tu soupires de la sorte ?

Je n'ai pas le temps de répondre, Judith sort accompagnée du plombier.

— C'est réparé ! annonce-t-elle fièrement comme si elle avait mis la main à la pâte. On peut utiliser l'eau de nouveau. J'ai déjà mis les serviettes à laver au sous-sol.

— J'ai ajusté la température du chauffe-eau du même coup. Elle était presque au plus bas. Je me demande comment le lave-vaisselle parvenait à laver quoi que ce soit, explique Cédric. Enfin, vous allez pouvoir vous octroyer de bons bains chauds, maintenant. Et les tuyaux d'eau chaude et froide étaient inversés. J'ai corrigé la situation. Bien sûr, la plomberie devra être refaite dans quelque temps, cette maison n'est plus une petite jeunesse.

— Je n'en doute pas. Une autre chose à ajouter à la liste, dis-je. Merci d'être venu si vite. Combien je te dois ?

— Ah, pas grand-chose, je vais juste te facturer les pièces.

— Vraiment ?

Je suis surprise, puis je vois le sourire que lui fait mon amie. Ces deux-là se plaisent. Ça semble être à mon avantage.

— Ça me fait plaisir. C'est la moindre des choses ; il faut s'entraider un peu. Je fais les comptes et je repasse, disons, demain ?

— Bien sûr, nous serons ici, l'assure Judith. Sinon, tu as mon cellulaire. Appelle quand tu veux.

— D'accord.

Il nous salue une dernière fois et remonte dans sa camionnette. Mon amie s'attarde un peu trop longtemps à lui dire au revoir, et nous l'observons en souriant, mon père et moi. Quand elle se tourne vers nous, elle semble surprise de nos airs moqueurs.

— Quoi ?

— Il est charmant, hein !

— Pas mal, oui, et il n'a pas regardé son cellulaire une seule fois. Pas comme l'autre moron avec qui j'ai soupé samedi passé.

— Est-ce qu'il t'a demandé comment tu t'étais amoché le visage ? Tu lui as raconté ta chute à vélo dans toute sa splendeur ?

— Disons que j'ai omis quelques détails peu glorieux. Mais devinez quoi ? Il m'a invitée à prendre un verre vendredi prochain. Génial, hein ?

— Chanceuse ! Moi, je vais être prise à ce stupide souper chez Destinée alors que tu vas te la couler douce avec monsieur le plombier aux gros muscles.

— Oui, mais ton beau chevalier servant sera là pour te protéger. Marie-Ève attire pas mal les hommes depuis qu'elle est arrivée dans le coin, explique-t-elle à mon père, qui nous écoute en silence depuis un moment.

— J'ai bien fait de changer la serrure, alors, répond-il à la blague. On ne sait pas qui détenait la clé de cette maison.

— Déjà que la voisine s'amuse à me voler mon whisky, je ne voudrais pas que les hommes se mettent à entrer ici comme dans un moulin en plus. Parlant d'alcool, je ne dirais pas non à une bière bien fraîche, moi. Vous en voulez une aussi ?

Pour la deuxième fois de la journée, nous nous installons à l'extérieur, bavardant gaiement. Nous visualisons divers plans possibles pour le terrain, allant de l'enclos pour les poules à l'emplacement possible des semences. Je me surprends à avoir plusieurs idées pour rendre l'endroit prospère. L'après-midi a apporté son lot de positivisme au projet. Je suis pleine de bonne volonté, il ne me manque que l'expérience. Heureusement, je suis entourée de gens compétents qui font preuve d'un grand sens de l'entraide.

Un peu avant dix-sept heures, notre invité tire sa révérence, prétextant un repas d'affaires en ville.

— J'espère que tu auras le temps de te changer avant, papa, sinon tes collègues vont trouver que tu empestes la campagne.

— Ne t'inquiète pas trop. Je ne suis pas pressé. Mon souper n'est qu'à dix-neuf heures. Prends bien soin de toi et appelle si tu as besoin de quoi que ce soit. De mon côté, je vais tenter de convaincre ta mère de passer te voir. Il faut bien que cette bouderie cesse un jour.

— Bof, je ne tiens pas particulièrement à la recevoir bientôt. Des plans pour qu'elle fasse une crise de cœur. Et j'ai assez de pain sur la planche comme ça pour le moment, ce n'est pas nécessaire d'en rajouter. Elle peut certainement prendre le temps qu'elle veut.

Après un dernier au revoir, je le regarde partir, bien heureuse qu'il soit venu passer un moment avec nous. Je rejoins Judith qui sirote une deuxième bière, les yeux fixés sur son cellulaire.

— Alors, cet après-midi avec Albert ?

— Mortel.

— Quoi ?

— Je te l'ai dit. Il est bien gentil et tout, mais il est d'un ennui… En plus, je commence à croire que tu avais raison et que je l'intéresse.

— Il y a pire comme problème dans la vie, non ?

— Oui, mais je me sens mal d'accepter son aide. D'ailleurs, qu'est-ce qui peut bien l'attirer en moi ? Je suis pratiquement une incapable sur la terre.

— Tu exagères. Tu manques seulement un peu d'expérience. C'est normal qu'il te trouve à son goût. Tu es une super belle fille, indépendante. En plus, tu es peut-être différente de celles qu'il fréquente habituellement. Tu représentes la nouveauté, les hommes aiment ça. Et tu as un intérêt certain pour le travail de la terre. Lui-même se consacre à l'élevage de ses lamas à temps plein. Il ne va certainement pas envisager de s'établir avec une femme qui n'aime pas les animaux. Oh ! Il te voit peut-être comme une bonne maman potentielle pour ses lamas. Comme c'est mignon !

— Franchement ! Tu racontes n'importe quoi. Justement, ses lamas, il n'arrête jamais d'en parler. C'est fatigant.

— Tu voudrais qu'il parle de quoi ?

— Euh, de rien, en fait. J'aimerais qu'il apprécie davantage le silence.

— C'est si pire que ça ?

— Écoute, sans blague, je ne sais pas quoi dire. Je n'arrive pas à me faire une tête sur le sujet. Il serait peut-être judicieux que je ne m'engage avec personne pour le moment, et que je me consacre plutôt à mon plan initial. Ce projet-là, je le fais pour moi à la base, pas pour me trouver un copain.

— Tu as totalement raison. Je te trouve très mature de penser ainsi. Tu en glisseras aussi un mot à Liam.

Je ne réponds rien. Mon amie n'est pas dupe, quand même. Tout ce beau discours, c'est pour me déculpabiliser, rien d'autre. Il est temps d'aborder un autre sujet.

J'entre dans la maison et elle me suit. Mon estomac émet un grondement.

Je jette un coup d'œil à la cuisinière pour voir l'heure, mais rien ne s'affiche. Même chose sur le micro-ondes.

— Avez-vous fermé le disjoncteur quand vous avez joué avec l'eau, tantôt ?

— Non, pourquoi on aurait fait ça ?

J'ouvre le réfrigérateur. Là encore, c'est noir. On dirait bien qu'on n'a plus d'électricité. Tu parles d'une affaire.

— Je n'ai plus de wifi et mon téléphone ne capte même pas le réseau, se plaint Judith. Zut ! Et moi qui voulais ajouter une nouvelle photo sur ma page Instagram. Je voulais montrer un vin que j'aime beaucoup. Le domaine Tariquet, tu connais ?

— Je ne sais pas trop. Pourquoi ?

— J'adore ce vin. Je veux faire semblant d'avoir visité ce vignoble ; j'en mettrai vraiment plein la vue à Destinée.

— Je ne comprends toujours pas ton plan. Si tu te faisais prendre ? On va se le dire : à part pour le boire à une vitesse excessive, tu n'as aucune spécialité particulière concernant le vin.

— C'est mal me connaître, ça. Tu sauras que je suis en train de développer un vocabulaire hyper spécialisé dans le domaine. Je deviendrai une sommité dans le temps de le dire. Et je pourrai même écrire quelques articles. J'ai toujours été bonne en écriture. En plus, je suis excellente pour prendre des photos. J'ai toutes les qualités pour être journaliste spécialisée.

— Hum, hum. On verra bien. En attendant, on n'a toujours pas d'électricité. Tu crois que c'est juste ici ou dans tout le voisinage ?

— Connaissant ta chance, le panneau électrique doit avoir sauté au complet.

Un bref élan de panique m'envahit. Non, pas ça en plus ? Je cours au sous-sol et je trouve l'installation électrique de la maison. Le panneau est minuscule et poussiéreux. Je l'inspecte quelques secondes, mais, comme je n'y connais rien, je ne pourrais même pas dire s'il est fonctionnel. Dépitée, je remonte à l'étage et je rejoins Judith à la cuisine.

— La ligne téléphonique fonctionne, m'apprend-elle, tout heureuse.

— Il ne faut même pas d'électricité pour ça.

— Tu as raison, mais c'est utile pour appeler le voisin et vérifier si c'est la même chose chez lui.

— Bonne idée. Tu le connais bien, je te laisse faire.

Une grande lassitude m'envahit et je me laisse tomber sur la petite chaise de cuisine inconfortable. Après un instant de réflexion, je me relève et, comme notre visiteuse du matin, je décide de me servir un whisky. J'entends mon amie qui bavarde gaiement au téléphone. Elle s'entend drôlement bien avec le voisin, comme avec son fils. Quand elle raccroche, elle m'annonce que nous ne sommes pas les seules à subir la panne. C'est une bonne nouvelle en soi. Elle se joint à moi en se prenant un verre de whisky et elle nous confectionne des sandwichs que nous accompagnons de *chips*.

— Tu sais, dit-elle entre deux bouchées, il y a une étape importante que tu as omise à ton arrivée.

— Ah ! Laquelle ?

— Nommer les poules. Comment peux-tu décemment t'en occuper si elles n'ont pas de prénoms ? Tu en as bien donné un à la chèvre !

— C'est vrai. Les pauvres. Elles doivent se sentir perdues. On doit remédier à la situation.

Le projet nous emballe bien trop, le whisky doit aider. Nous nous précipitons dans le poulailler où nous prenons une photo de chaque poule en rigolant, puis nous revenons à l'intérieur. Quand la bouteille arrive près du fond, toutes mes poules sont dotées d'un joli prénom.

13

L'électricité revient au beau milieu de la nuit. Je m'en rends compte, car la lumière de la chambre s'allume, nous aveuglant Judith et moi. Nous nous obstinons ensuite à savoir laquelle de nous deux va se lever pour aller l'éteindre. Mon amie finit par y aller en maugréant et j'en profite pour reprendre possession de ma partie de couverture. Nous nous levons bien passé l'heure des poules, un peu poquées toutes les deux. Nous nous traînons jusqu'à la cuisine, où nous restons en silence en attendant que le café ait coulé et que la première gorgée soit prise.

— Eh bien, grosse soirée pour un mardi, remarqué-je. Je sens que la journée ne sera pas de tout repos.

— Je suppose que c'est un avantage des agriculteurs. Une fois que les poules sont nourries, ils peuvent sagement retourner se coucher en attendant le lendemain.

— Si seulement… Bon, je vais aller nourrir nos cocottes.

— N'oublie pas ce dont nous avons convenu. On a travaillé fort, hier soir. Tu dois leur faire part de la nouveauté. Si tu veux les mettre à ta main, elles doivent connaître leur prénom le plus vite possible.

— Bien sûr.

Je secoue la tête devant le ridicule de la situation. À quoi bon nommer les poules ? Je doute qu'elles se reconnaissent. Pourtant, alors que j'ouvre doucement la porte du poulailler et que je passe la tête dans l'embrasure, je me surprends à les appeler par leur nouveau petit nom.

— Betty ? Veronica ? Bonjour ! Tiens, Cheryl, tu es là. Josie, Melody, Midge.

— Où sont Archie et Jughead ?

Je sursaute et je laisse tomber le panier dans lequel j'apportais les graines des poules. Cela enflamme les cocottes, qui se mettent à voleter partout, picorant pour attraper des graines tombées par terre. Je ferme la porte du poulailler avant que les bêtes ne tentent de s'enfuir.

— Désolé, dit Liam. Je ne voulais pas te faire peur. J'ai juste trouvé ça drôle. Tu as vraiment nommé tes poules d'après les personnages d'Archie Comics ?

— C'est intemporel. Tout le monde connaît. Tu ne trouves pas que c'est original ?

— J'espère juste que Betty et Veronica ne te feront pas trop la vie dure avec leurs caprices.

— J'avais déjà noté que Veronica était capricieuse. Betty, elle, est une perle.

C'est n'importe quoi. Je ne pourrais même pas différencier une poule de l'autre. Elles sont presque toutes pareilles. En plus, je dois avoir l'air d'une idiote. Judith et ses idées, aussi.

— Qu'est-ce que tu fais ici de si bon matin ?

— Je t'ai rapporté le vélo que j'ai réparé, comme convenu. J'avais un peu de temps avant d'aller travailler.

— Oh ! C'est vrai. J'avais complètement oublié le vélo. Tu as fait ça vite. Est-ce que je te dois quelque chose pour les pièces ou la main-d'œuvre ?

— Aucunement. J'avais déjà tout le matériel nécessaire à la maison et, comme tu le vois, ça n'a pas pris beaucoup de temps. Mais si tu tiens réellement à me dédommager, tu pourrais peut-être m'accompagner pour un verre ce soir.

Je suis agréablement flattée par cette invitation.

— Est-ce que Betty et Veronica sont invitées, elles aussi ?

— Je pense qu'il serait préférable qu'elles restent ici.

— OK. Elles vont être déçues, c'est certain, mais je vais venir quand même. C'est une bonne idée, merci de l'invitation.

Il me donne les coordonnées de l'endroit et je lui promets de l'y rejoindre à dix-neuf heures. Quand il part, ma gueule de bois s'est comme magiquement envolée, et je me sens prête à affronter tous les menus travaux de la journée. Je finis de nourrir mes poules, qui se sont calmées entre-temps, et je me précipite dans la maison où je trouve Judith pendue au téléphone de la cuisine. À croire qu'elle aime mieux ce nouveau moyen de communication que son cellulaire.

— À qui tu parles ? chuchoté-je.

Elle me fait de gros yeux et je comprends que je dois me taire. J'attends donc patiemment qu'elle termine sa discussion. Après ce qui me semble une éternité, elle raccroche.

— À qui parlais-tu ?

— À Destinée.

— Quoi ? Pourquoi l'avoir appelée d'ici ?

— Bien, ça fait beaucoup plus ésotérique, tu ne trouves pas ?

— Euh, non ! Ésotérique ? Qu'est-ce que tu veux dire par là ?

Elle soupire, comme si elle m'avait déjà expliqué son concept en long et en large et que je n'y comprenais rien à rien.

— Ma page Instagram est une page de plénitude. Je prône un retour aux valeurs de base et aux sources.

— Quel est le rapport avec les vignobles, ou même le journalisme ?

— On cultive la vigne depuis des lustres, Marie-Ève. En plus, les vins de Destinée sont bio. C'est bien plus près de la terre.

— D'accord, mais je ne vois toujours pas le lien avec le fait que tu lui parles d'une ligne fixe, ou encore avec le journalisme.

— Dans le retour aux sources, on laisse de côté la technologie. D'où la ligne fixe.

— Tout est publié sur ta page Instagram… Tu ne laisses pas vraiment la technologie de côté. Et le journalisme, lui ?...

— Tout ne peut pas être parfait. En tant que journaliste, il faut bien que je publie mes articles quelque part.

— Tu n'es pas journaliste.

— Joue le jeu, Marie-Ève, joue le jeu. L'important, c'est d'y croire. D'ailleurs, tous mes reportages sont faits dans le plus grand respect de la nature. Ce qui explique que je vais m'y rendre à vélo, et non en voiture.

— Et les fameux vignobles que tu as soi-disant visités ? Tu t'es rendue là en avion, certainement pas à vélo. Il n'y a rien qui pollue plus qu'un avion, hein ! Je pense que tous les bons journalistes savent ça.

— Oui, mais j'y suis allée dans le cadre d'un voyage humanitaire. Ça vient annuler toute démarche pollutive que je pourrais engendrer.

— Tu viens d'inventer ce mot-là.

— Bien sûr, mais il est déjà surutilisé sur ma page Instagram.

— Ton histoire est vraiment rendue loin.

— L'important, c'est d'y croire. Ça nous permet d'éprouver une belle confiance quand on se met dans la peau du personnage. Tu vas voir, les pions sont en place. Laisse-moi faire. Je te le garantis, quand je vais en avoir fini avec elle, on va connaître tous ses projets en détail et on pourra établir un plan de match en conséquence.

— Ça, ça reste encore à prouver.

Elle me fait signe de ne pas m'en faire et s'installe au salon, les yeux rivés sur son cellulaire.

— Ton retour aux sources aura été de courte durée. Tu ne travailles pas ce matin ?

— Oui, oui, dans quelques minutes.

— Hé, tu ne connais pas la dernière. Liam vient de m'inviter à prendre un verre avec lui ce soir.

— Oh ! Il t'a appelée ?

— Non, il n'a pas pu. Il essayait de me joindre sur la ligne fixe, mais ça sonnait constamment occupé, bizarre, hein ?

— Bon, bon.

— Il s'est pointé le bout du nez alors que je testais les nouveaux prénoms de nos poules. J'ai le don de ne pas trop me mettre en valeur depuis que j'ai emménagé ici.

— Ça fonctionne quand même. Tous les garçons te tournent autour. À Montréal, il n'y avait jamais personne qui s'intéressait à toi.

— Gentil de ta part de me le rappeler.

— Liam a l'air très agréable, du peu que je sache à son sujet. Il semble te plaire, en plus.

— Oui, c'est vrai. La conversation se passe bien entre nous deux.

— Et c'est un prof d'édu, renchérit mon amie. J'adore les jeunes profs d'éducation physique. Ils sont musclés et en forme.

— Jusqu'au jour où ils deviennent bedonnants et en manque de cardio.

— C'est le point de non-retour ! Qu'est-ce que tu vas porter pour ton rendez-vous ?

— Eh bien, ça, c'est un problème. Je venais ici pour m'occuper de la terre. Pas pour sortir flirter. Je n'ai pas grand-chose de potable dans ma garde-robe.

— Je peux m'en charger pour toi, si tu veux.

Je repense à l'ensemble de fermière qu'elle m'a composé pour mon arrivée ici. Des plans pour que je me trouve flanquée d'un drôle de chapeau. Non merci.

— Je pourrais aller magasiner un peu en ville, tantôt. J'ai vu une boutique intéressante à côté de la librairie dimanche passé. Je vais y faire un saut.

— Bonne idée !

Satisfaite, je me sers un autre café que je vais boire devant la grande fenêtre du salon. Je regarde le champ, essayant de l'imaginer en pleine croissance, le brun cédant sa place à la végétation verdoyante. Une fois ma tasse terminée, je décide d'aller planter les pousses que j'ai apportées. Ça ne peut pas attendre davantage. Je n'ai toujours pas fini de tondre le gazon, mais l'appel de la terre est plus grand.

— Je sors faire du jardinage.

— OK ! À tantôt !

La porte-moustiquaire claque derrière moi et je me dirige vers l'arrière de la maison.

J'analyse le positionnement du terrain afin de voir à quel endroit il serait le plus stratégique de planter ce que j'ai apporté. Avec tout l'espace dont je dispose, je peux certainement utiliser une grande superficie, ce qui permettra à mes plants de prendre de l'expansion. Je vais donc chercher une pelle dans la remise et je creuse quelques trous, à une distance que je trouve respectable. Après quelques minutes, je suis à bout de souffle. Manier la pelle est bien plus difficile que ça en a l'air. Je ne serais pas une bonne candidate à recruter pour creuser une tombe. Mes mains sont déjà meurtries ; il me faudrait une paire de gants de travail si je ne veux pas me blesser. Un peu orgueilleuse, je continue afin d'avoir au moins assez d'espace pour accueillir ce que j'ai sous la main. Pour les semences achetées à la quincaillerie, je trouverai une autre façon de procéder. Je fais plusieurs allers-retours dans la maison pour prendre mes plantes et je les dépose amoureusement dans les trous que j'ai creusés à la sueur de mon front. J'ai accompli environ la moitié du travail quand je m'octroie une pause. Je rentre prendre un verre d'eau.

— Ouf, tu t'es battue avec le terrain ?

— Il me semble avoir déjà entendu cette réplique.

— Les travaux de la terre sont salissants.

— Et durs pour la citadine que je suis.

Je montre mes mains, qui sont toutes rougies. Si je continue à manier la pelle à mains nues, elles seront bientôt couvertes d'ampoules.

— Je n'ai pas trouvé de gants dans la remise. Avoir su, j'en aurais acheté à la quincaillerie.

— Peut-être qu'Albert en aurait une paire à te prêter en attendant.

— C'est vrai.

Je prends un autre verre d'eau, réfléchissant à la possibilité de passer quelques minutes chez mon voisin.

— Qu'est-ce qu'il y a ? C'est si terrible d'aller lui demander un service ?

— Non, non. J'estime le temps que j'ai avant de dîner. S'il se met à parler de ses lamas, j'en ai pour une bonne demi-heure et je veux vraiment finir tout ça le plus vite possible.

— C'est vrai qu'il te faudra un bon moment pour décrasser tes ongles avant ton rendez-vous.

Je regarde mes doigts. Ouep, elle a raison. Mes ongles sont tout noirs. Ce n'est pas très propre.

— Écoute, vas-y et je vais t'appeler dans quinze minutes. Ça va te donner une raison de couper court à la discussion.

— Ah oui. C'est un bon plan. Dans ce cas, j'y vais. N'oublie pas. Quinze minutes.

Elle lève son pouce en l'air, mais ses yeux sont déjà fixés sur son cellulaire. Je devrais peut-être m'inquiéter. Si elle plonge dans les réseaux sociaux, je la perds pour un bout. Ce n'est pas grave, je saurai me débrouiller.

En chemin vers la ferme voisine, je me sens presque seule au monde l'espace d'un instant. Je ne rencontre aucune voiture sur mon passage. Rien à voir avec les rues bruyantes de Montréal. Je m'en rends compte maintenant que je l'ai expérimenté. Et la nuit, wow ! Il n'y a absolument aucun bruit, c'en est même légèrement angoissant. Je prends une grande respiration pour mieux oxygéner mon cerveau et faire le plein de l'environnement si apaisant qui m'entoure quand une odeur nauséabonde me saute au nez. Eurk ! On dirait que je viens de croiser un refoulement d'égout. Qu'est-ce que c'est que cette odeur ? Je ne vois rien autour qui justifie une telle horreur. Je me pince le nez et j'accélère le rythme.

J'arrive chez mon voisin au pas de course. Il me faut quelques secondes pour reprendre mon souffle. Je ne serais vraiment pas en forme pour aller courir avec Liam et sa bande. Personne n'est en vue. Je vais cogner à la porte, mais après quelques tentatives, je vois bien qu'Albert est absent. Cependant, la voiture est là. Il doit donc se trouver dans les parages. Je me dirige vers son champ lorsque je le vois arriver au volant de son tracteur. J'ai bien le temps de l'observer, car il ne roule pas très vite. Il me fait un salut de la main et il semble apparemment content de me voir. Il stationne son engin près de moi et en descend en sautant.

— Comment ça va ?

Je regarde fugitivement ma montre. Environ cinq minutes avant que Judith m'appelle. J'ai donc le temps de répondre à son « comment ça va », mais pas plus si je veux avoir l'occasion de lui demander une paire de gants avant de m'esquiver.

— Bien. Merci. Je suis en train de faire un peu de jardinage. J'ai apporté des plantes de chez moi et je pensais semer ce que j'ai reçu à la quincaillerie. Je maniais la pelle, mais regarde-moi les mains. Aurais-tu une paire de gants de travail à me prêter ?

— Certainement. Mais pourquoi fais-tu tout ça à la main ?

— Tu vois une autre option ?

— Bien sûr !

Il tapote gentiment la carrosserie de son tracteur. Je lorgne la machine, qui m'apparaît énorme et redoutable. Pourtant, elle représentait un engin romantique dans *L'amour est dans le pré.*

— Tu veux que je prenne ton tracteur pour planter une dizaine de plants ?

— J'ai vu ton sac de semences. Si tu veux prendre de l'expansion sur la terre, tu dois préparer ton terrain adéquatement. Je peux t'atteler la bête pour que tu traces des rainures.

Il veut ajouter une rallonge au tracteur ? Il est fou. Je vais certainement accrocher une voiture au passage ou même la clôture d'un voisin. J'avais espoir qu'il me propose un moyen plus simple pour ensemencer, mais je ne croyais pas que le tracteur faisait partie des plans.

— Tu sais conduire un tracteur ?

Je parie que Destinée, elle, sait conduire un tracteur. Je suis prise d'un élan de jalousie envers la vigneronne qui doit être si habile sur une terre, alors que je peine à planter quelques fines herbes avec mes mains. Ne voulant pas passer pour une incompétente, je me surprends donc à mentir.

— Bien sûr que je sais conduire un tracteur ! C'est la base quand on travaille à la ferme.

— OK, laisse-moi juste quelques minutes et je te prépare ça.

— Ça peut toujours attendre à demain, aussi.

— Ah non, je vais en avoir besoin demain. J'ai fini mon travail pour aujourd'hui, alors le moment est parfait.

Un silence plane. Juste assez long pour semer le doute dans son esprit.

— Tu es sûre que tu sais le manœuvrer ?

— J'ai déjà dit oui. Pourquoi je mentirais ?

Pourquoi pas ? Il serait légitimement en droit de se poser la question.

— Très bien. Si tu veux, je le conduis jusque chez toi quand j'aurai attelé la charrue derrière.

— Ça marche. En attendant, tu me prêtes une paire de gants ?

— Oui, certainement.

Je l'attends près du tracteur, fébrile. Pendant son absence, j'en profite pour faire le tour de la bête. J'ai déjà embarqué sur un petit tracteur servant à tondre le gazon. Ça ne doit pas être très différent. Il semble y avoir quelques manivelles de plus. Je pourrai toujours faire une recherche sur YouTube quand Albert sera parti. Il n'y a rien qu'on ne peut pas trouver sur YouTube. Le jeune homme revient rapidement et me tend une paire de gants.

— Tiens, tu peux la garder. J'en ai d'autres.

— Merci, c'est très gentil de ta part.

— Tu sais, je me disais que si tu es disponible ce soir…

Mon téléphone sonne au même instant. C'est Judith, avec une bonne dizaine de minutes de retard, mais le *timing* est parfait.

— Oh, excuse-moi, Albert, je dois vraiment le prendre.

Je m'éloigne de quelques pas et je décroche.

— Oui !

— On a un petit problème.

— Ah oui ? Je devrais venir immédiatement ?

— Non, on a un problème pour vrai. Et, oui, tu devrais venir.

Je fronce les sourcils.

— J'arrive.

Je raccroche.

— Est-ce que tout va bien ?

— Euh, je n'en suis pas sûre. Je dois partir. Je ne sais pas ça va prendre combien de temps. Je vais repasser quand je serai prête à utiliser ton tracteur. Ne le déplace pas pour rien.

— OK, je le prépare. Reviens quand tu veux.

Je suis déjà partie quand il prononce ces derniers mots. Une fois arrivée au bout de son allée, je me mets à courir. Je n'ai pas particulièrement aimé le ton de mon amie au téléphone. Quand j'arrive chez moi, je suis toujours à bout de souffle. À croire que je ne peux pas me déplacer sur ce chemin sans courir. Je reconnais tout de suite le VUS de Destinée. Il y a également quelques camions stationnés dans l'entrée. Que vient faire tout ce monde chez moi ? Plutôt que de transiter vers la maison, je me dirige vers le champ où se trouve un petit groupe. La vigneronne est facilement reconnaissable, en tant que seule fille de la bande.

— Est-ce que je peux vous aider ?

— Ah ! Tu es là ! s'exclame la jeune femme. Je trouvais étrange qu'il n'y ait personne. J'ai même cogné à la porte. Ne te dérange pas pour nous. On est juste venus faire quelques analyses de terrain et arpenter. Il y a la clôture juste là, ça va devoir partir, ajoute-t-elle à l'intention de son équipe.

— Destinée, qu'est-ce que tu fais, exactement ?

— Je me prépare. On n'a pas besoin que tu sois là. Tu peux gentiment retourner à l'intérieur.

Je sens la moutarde me monter au nez.

— La terre ne t'appartient pas. Tu ne peux pas débarquer ici et faire ce que tu veux comme si tu étais chez toi.

— Elle ne t'appartient pas non plus, me nargue-t-elle.

Nous nous tenons si proches l'une de l'autre que je peux sentir l'odeur de ses cheveux. Je me sens moche. Je dois empester la vieille terre sale.

— C'est mon droit, en tant que future acheteuse, de faire arpenter le terrain et de le faire inspecter. C'était écrit dans l'offre d'achat que j'ai faite à Mme Meunier. Va la lire, tu le sauras.

— Tu…

— Bon, je n'ai pas de temps à perdre. On en a seulement pour une heure.

Elle me renvoie du revers de la main et me tourne le dos.

— Oh ! ajoute-t-elle avec un sourire doucereux. Et n'oublie pas notre souper de vendredi. J'ai hâte d'apprendre à te connaître mieux.

J'ai envie de lui donner un coup de poing dans les dents. Rarement un individu m'a inspiré une telle colère. Je lui offre un rictus et je tourne les talons, puis je me réfugie dans la maison.

Je passe l'heure suivante à regarder l'équipe s'affairer sur ma terre. À l'aide de piquets et de cordes, ils établissent un périmètre pour je ne sais quoi. Ils tracent aussi des plans à l'aide d'un *spray* orange. Je serais curieuse d'avoir une vue aérienne de tout cela. Je les vois mesurer et écrire des chiffres tandis que Destinée explique ses projets en faisant des moulinets avec ses bras et en pointant à gauche et à droite. C'est assez intéressant à regarder, en fait. Quand tout semble terminé, chacun remonte dans son véhicule et quitte l'endroit. La viticultrice ne vient même pas me saluer, la vilaine.

— Alors, qu'est-ce qui se passe ?

Je sursaute. Judith vient d'enlever ses gros écouteurs. Tout ce temps, elle était en rencontre pour le travail.

— Destinée a fait arpenter le terrain. Elle a déjà mis ses plans en branle. Regarde, elle a placé des piquets et des cordes partout, pour délimiter un truc qui sera bâti à cet endroit-là. Si je lui avais laissé une heure de plus, elle aurait probablement tracé le contour de sa future piscine creusée.

Judith sourit. Je me trouve drôle de faire de l'humour dans ces circonstances.

— À ce rythme-là, je vais trouver un bulldozer devant notre porte demain matin. Elle n'aura qu'à apposer sa signature sur l'acte de vente et la maison sera réduite à l'état de poussière.

Je me passe la main dans les cheveux en signe de lassitude.

— Relaxe, me dit mon amie. Je parie que toute cette mise en scène est fausse.

— Quoi ?

— Tu sais combien ça coûte, établir un certificat de localisation ?

— Cher ?

— Voilà. Et en plus, c'est le propriétaire qui doit assumer les coûts. À moins que le projet n'ait été commandité par Mme Meunier et qu'elle lui ait demandé de superviser le tout, Destinée n'avait rien à faire sur le terrain aujourd'hui. À mon avis, ta chère copine là-bas a tout organisé pour que tu lèves les pattes au plus vite. Elle veut juste te mettre plus de pression.

— Tu crois ?

— J'en suis sûre. Qui sait, peut-être même que Mme Meunier refuse de signer l'acte de vente parce que tu habites ici ? Si Destinée te pousse à partir, Mme Meunier n'aura plus de raison de refuser la vente.

— C'est vrai. Je n'avais pas pensé à ça.

— Laisse-la faire ses affaires. Ça ne vaut absolument rien de toute façon. Au pire, tu effaceras les traces. Ça va être drôle quand elle va le découvrir.

L'idée s'insinue tranquillement dans mon esprit. À la guerre comme à la guerre.

— Oui, et je sais exactement comment je vais faire ça. Bon, annoncé-je, je m'en vais chez Albert.

— Encore ?

— Oui.

— Pourquoi ?

— Il me prête son tracteur pour l'après-midi.

— Ah ! Mais si tu commences à jouer du tracteur, tu n'auras pas le temps de te rendre en ville pour acheter un ensemble.

— Oh, c'est vrai. J'avais complètement oublié ça.

Je regarde ma montre. Il est déjà treize heures. Je pourrais toujours faire un saut très rapide en ville en fin d'après-midi. Liam ne m'attend que pour dix-neuf heures. Je devrais avoir le temps. Le manège que j'ai prévu ne devrait pas être si long que ça.

— Je vais être correcte. Au pire, mes ongles seront crottés. Je reviens dans quelques minutes.

— OK. À tantôt.

Comme plus tôt, je me dirige d'un pas rapide chez Albert. Je vois d'abord le tracteur auquel est accrochée une remorque qui sert à creuser des sillons dans la terre. J'en ai déjà vu une semblable dans mon émission de télévision. Le jeune homme n'est pas très loin, entouré de ses lamas. Quand il me voit, il vient me rejoindre à grandes enjambées.

— Salut, ça va ?

Je n'ai pas de temps pour des discours inutiles ! Je me contente de sourire.

— Toujours à l'aise pour conduire ? Je peux m'en occuper si tu veux.

— Non, non, ne t'inquiète pas pour moi. Donne-moi juste les clés et je pars à l'aventure.

— Les clés sont dedans. Tu es certaine que tu vas être correcte pour le manœuvrer ?

Autant il semblait avoir hâte de me prêter son tracteur, autant il n'a pas l'air convaincu de mon expérience. Je suis certaine que c'est à la portée de tout le monde. Ce n'est qu'un embrayage, un volant et un frein. Rien de bien sorcier. Je le pousse légèrement pour le convaincre de mes capacités, et je grimpe. Mes espadrilles n'ont qu'une semelle bien mince et mon pied glisse, me faisant dégringoler. Heureusement, Albert a le réflexe de me rattraper avant que je n'atterrisse sur les fesses.

— Ça va ? Fais attention, tu serais mieux avec une botte de caoutchouc qui a une semelle plus robuste.

Sans rien dire, je m'assure d'avoir une bonne poigne avant de me hisser à nouveau sur la bête. Je me glisse sur le banc, surprise de le trouver aussi confortable. Je vais peut-être y prendre goût. Première surprise, mes pieds ne touchent même pas les pédales. Il faut dire que le conducteur a au moins une tête de plus que moi. Je tâtonne le dessous du banc, presque certaine d'y trouver un levier me permettant d'ajuster le siège. Bingo ! J'offre mon plus beau sourire à Albert, toute contente de ma trouvaille. Il y répond, incertain. J'avoue que le fait que je sois si fière d'avoir réussi à ajuster le banc doit l'alerter encore plus qu'il ne l'est déjà. Je repense au conseil de mon amie qui s'apprête à mentir directement à Destinée : il faut avoir l'air confiant ! Je me tourne donc vers mon compagnon et lui lance :

— Tous les modèles se ressemblent !

Je ne suis pas certaine que ma pseudo confiance soit si perceptible, mais bon. Je ne peux plus revenir en arrière et déclarer que j'ai menti. D'abord, question de sécurité, j'attache ma ceinture.

— Qu'est-ce que tu fais ?

— Je m'attache.

— Pourquoi ? Tu iras au maximum à dix kilomètres à l'heure.

Liam et ses compagnons doivent courir plus vite que mon tracteur, mais si je tombais sur la route et que la machine continuait son chemin ? Je pourrais me faire passer dessus et mourir, comme dans le film que j'aimais tant quand j'étais jeune… C'est peut-être exagéré. J'ai toujours eu le sens du drame.

— On n'est jamais trop prudents, déclaré-je. Je ne connais pas bien les environs, je préfère m'attacher. Si je me fais choper par un policier, je risque une amende, non ?

— Tu as raison.

Il se lance dans une histoire concernant un jeune qui s'est fait arrêter dans les alentours alors qu'il conduisait une mobylette. Ne voyant pas trop le lien, je ne l'écoute que d'une oreille, concentrée sur mon nouvel environnement. Je jette un coup d'œil aux manettes et aux cadrans, peu familière avec ce genre de bidules. Ça doit bien servir à quelque chose, mais je m'en occuperai plus tard. Pour l'instant, je dois partir avant d'entendre l'histoire des arrestations de tous les habitants du rang. Je tourne la clé, mais rien ne se produit. Le moteur ne daigne même pas démarrer. Ça, c'est bizarre. J'espère que je n'ai rien brisé. Je doute cependant que le fait d'attacher ma ceinture ou bouger le banc ait eu un impact quelconque sur la mécanique du véhicule. S'il y a un responsable du bris, ici, c'est Albert. Je me demande s'il a de bonnes assurances…

— Il faut que tu pèses sur l'embrayage et sur le frein en même temps si tu veux que le moteur tourne.

— Ah oui, c'est vrai. J'oublie toujours.

Je fais comme il me l'a expliqué et je tourne la clé de nouveau. Le vrombissement me surprend tellement que je lâche la pédale d'embrayage, et le moteur cale.

— Oups! fais-je gaiement. Cette petite bête est plus réactive que je le pensais.

J'ai beau suivre le conseil de mon amie, ma fausse confiance s'évapore. La nervosité m'envahit rapidement et j'ai soudain très chaud. Je ne sais pas pourquoi je persiste à vouloir cacher que je n'ai jamais conduit une machine semblable. Non, en fait, je le sais très bien. C'est une question d'orgueil. En plus, j'ai un plan en tête et je ne crois pas qu'Albert sera enclin à m'aider à le réaliser. De toute façon, on s'entend que c'est puéril comme idée et je ne souhaite pas particulièrement la partager avec mon voisin. En plus, il semble copain avec Destinée. Je l'imagine sans peine lui raconter que je suis incapable de démarrer un tracteur. Je vois très bien la vigneronne s'esclaffer et clamer que je ne tiendrai pas une minute sur la terre si je n'ai même pas la capacité de dompter une machine si simple, et blablabla. Elle s'empresserait d'en informer Mme Meunier qui réviserait son choix de me confier son bien.

Je prends une longue inspiration pour retrouver mon calme. Je dois arrêter de me créer des scénarios impossibles. Albert ne semble pas du genre à parler contre les gens en général. Je l'imagine mal raconter l'histoire du tracteur à Destinée. Mais la vigneronne, elle, serait probablement capable de le cuisiner pour connaître mes réelles capacités. Je suis sûre qu'elle est en train de monter un dossier contre moi. Elle a peut-être même ma photo punaisée sur un mur de liège, reliée à d'autres photos avec un long fil de laine rouge, et elle fait des liens entre différents éléments pour remonter dans mon passé sombre. Ouf ! Je regarde trop de séries. Je n'ai tout de même pas de passé sombre à camoufler. Mon plus gros problème du moment, c'est ce tracteur qui ne coopère pas assez à mon goût.

Je tente la manœuvre de nouveau. Enfin, le moteur tourne. Je lâche doucement la pédale, je fais une légère embardée – que je réussis à contrôler – et je démarre finalement, à pas de tortue.

— Vas-y lentement, me recommande Albert.

Je ne peux pas aller moins vite que ça, sauf si j'arrête complètement la machine. Je crie par-dessus le bruit du moteur pour lui signifier que tout va rondement, je le salue gaiement, et je m'en vais. Très, très lentement. Si lentement que le jeune homme marche au même rythme que j'avance. C'est presque gênant. Je garde la tête droite, les yeux rivés sur la route. Quand j'arrive au bout de l'entrée, je dois monter une petite pente.

Je donne donc plus de gaz et je fais littéralement rugir le moteur, ce qui me fait sursauter de nouveau. Seigneur ! Est-ce que j'arriverai jusque chez moi sans encombre ? Enfin, je tourne sur la route poussiéreuse et je roule au milieu, n'ayant pas trop envie de me risquer sur le bord ceint d'une rigole qui pourrait faire basculer la machine si, par malheur, l'une des roues s'y aventurait. Je n'aurais jamais cru qu'un tracteur me rendrait aussi nerveuse. Pourtant, la conduite est simple, c'est la largeur du véhicule qui m'embête. Enfin, après ce qui me semble une éternité, je tourne dans mon allée, et je pousse un soupir de soulagement. Le terrain est plat – sans trous dévastateurs, je pourrai me promener sans trop d'obstacles. Je conduis la bête jusqu'au champ, où j'hésite. Je devrais arrêter, descendre et établir une stratégie. Mais j'ai peur de ne plus être capable de démarrer si j'éteins le moteur. De toute façon, mon plan est simple : détruire ce qui a été construit. Pas besoin de réfléchir pour ça.

J'embraye donc et je me lance à l'assaut du champ. Quand je passe devant la fenêtre du salon, je salue mon amie de la main, qui me regarde, un pouce en l'air.

Sans trop de difficulté, je parcours la largeur de mon terrain. Arrivée au bout, je tourne à droite afin de me rendre jusqu'au fond, là où se trouvent quelques piquets. Je ne peux retenir un sourire lorsque les roues écrasent le premier. Je continue d'avancer, effaçant au passage le *spray* orange qui servait à délimiter le terrain. Avec ma remorque, j'accroche une des ficelles et je me mets à tirer tous les piquets qui y sont reliés. Après quelques manœuvres supplémentaires, la section délimitée par la viticultrice est complètement massacrée. Un vrai carnage de terre. En ayant terminé avec ma tâche, j'accélère allègrement, rebondissant sur le banc. Je me sens comme une enfant dans un manège. C'est assez drôle, quand même. Je poursuis mon manège à travers le champ, appréciant la liberté et le bien-être que me procure ma petite vengeance. Quand j'ai terminé mon œuvre, je roule vers l'entrée, victorieuse. Soudain, la machine émet quelques secousses, qui m'auraient propulsée hors de mon siège si je n'avais pas été attachée, et elle s'arrête net. Plus un son, plus un mouvement. Je regarde autour de moi, surprise. Mon euphorie est vite remplacée par la peur d'avoir brisé le tracteur d'Albert. On me punit parce que j'ai tenté de me venger !

Je saute de l'engin les deux pieds devant, mais je glisse dans la boue et je m'étale de tout mon long par terre, maudissant mon idée d'avoir mis mes espadrilles ce matin. Me voilà toute sale, à présent. Je me lève et j'essaie d'enlever un peu de boue, mais c'est peine perdue. Je ne fais que l'étaler davantage. Judith, qui n'a pas manqué une minute de la scène, sort de la maison en portant une grande serviette qu'elle me tend sans un mot. Je m'essuie les mains et les bras en regardant la section ravagée de mon champ. Bon, c'était drôle pendant que je perpétrais mon crime, mais, là, je me trouve pathétique.

— J'ai tout filmé.

— Eh bien, merci.

— J'ajouterai ça à l'histoire du furet mort à ton mariage.

— Pourquoi pas, tant qu'à y être ?

— Qu'est-ce qui se passe ?

— Je pense que j'ai brisé le tracteur. Il a arrêté de rouler. Qu'est-ce que je vais faire si je dois le réparer ? Je ne peux pas piger davantage dans les fonds réservés à la maison.

— Tu veux que je vérifie ?

— Tu es experte en tracteur ?

— Non, mais il y a peut-être un détail qui t'a échappé.

— Peut-être.

Je regarde l'heure. Il est près de quinze heures. Si je veux faire un saut en ville, c'est le moment ou jamais, mais je dois prendre une bonne douche avant. Je me sens coincée.

— OK, tu peux regarder. Il va falloir trouver le bobo rapidement. Albert a besoin de son tracteur demain matin.

— Sinon, tu n'as qu'à lui dire qu'il roulait aujourd'hui et que oups ! il ne fonctionnait plus quand tu es montée dessus le lendemain.

— Ce ne serait pas tellement honnête de ma part. Il m'aide beaucoup depuis quelques jours. Je me vois mal lui faire un coup pareil.

Je réfléchis quelques secondes.

— Bon, ça ne sert à rien que je reste plantée ici. Je vais aller me doucher et tenter de trouver une solution.

Du coin de l'œil, je vois la camionnette de plomberie s'engager dans l'allée. Tiens, mon amie reçoit de la visite.

— Je vais demander à Cédric qu'il jette un œil, suggère-t-elle.

— Excellente idée. Merci.

Ce n'est pas que je ne fais pas confiance à Judith, mais, à part donner quelques coups de pied sur les pneus, je ne vois pas trop comment elle compte réparer l'engin. Je la laisse à son beau plombier et je file dans la maison. J'espère de tout cœur que ce n'est qu'un problème mineur.

14

L'eau sous la douche est beaucoup plus chaude que la veille. Ça valait la peine que le plombier ajuste tout ça. J'aimerais rester plus longtemps sous le jet, mais le temps file. Je passe dans la chambre m'habiller. Puis, je vais à la cuisine et je sursaute à peine lorsque je trouve ma vieille voisine installée à la table, en train de marmonner. Elle tient un jeu de cartes et le brasse, aussi dignement que n'importe quel croupier du casino. J'avoue que c'est impressionnant. Connaissant la routine, je me dirige vers le téléphone, mais je suis arrêtée dans mon mouvement.

— Assieds-toi, on joue.

— Madame Caron, je pense qu'il serait mieux que j'appelle votre fils parce que…

— J'ai dit : on joue !

Son ton ne laisse pas place à la discussion. J'ose à peine m'esquiver pour passer un coup de fil au voisin.

— Très bien, très bien, à quoi joue-t-on ?

— Au *Cribble.* La planche est dans le premier tiroir.

Je soupire. Déjà que j'ai un horaire serré et un problème de tracteur sur les bras, me voilà prise à jouer aux cartes avec ma voisine. Heureusement pour moi, je connais ce jeu. Une partie ne prend qu'une vingtaine de minutes. À moins qu'il ne lui faille un temps fou pour compter. Là, je ne suis pas sortie du bois. J'ouvre le tiroir indiqué. Étrange qu'elle se souvienne de l'endroit où se trouve la planche, mais pas du fait que sa copine ne soit malheureusement plus parmi nous. Je m'installe donc à la table, je dispose les fiches au point de départ et nous coupons le paquet chacune notre tour. Elle a le *Crib*. Je la laisse distribuer les cartes, mal à l'aise. Où peut bien être Judith ? Elle pourrait appeler M. Caron pendant qu'on dispute cette partie.

— Alors, tu joues ou tu attends ma mort ?

— Oh, pardon. Dix.

Elle maugrée un truc, et ajoute sa carte.

— Quinze, pour deux.

Je suis surprise par la fluidité de ses calculs. Peu à peu, je me prends au jeu et j'embarque dans la partie. Encore plus lorsque, ayant trois cinq dans ma main, et un valet, je coupe un autre cinq, de la même sorte que mon valet. J'y regarde à deux fois pour être sûre que c'est vrai. Je n'y crois pas ! Je jubile totalement. C'est mon jour de chance, j'ai LA MAIN ULTIME. La main de vingt-neuf, le maximum de points qu'on puisse faire. C'est impossible, je n'ai jamais vu personne réussir ce tour de force. J'ai hâte de voir la tête de mon adversaire quand je vais compter mes points. Est-ce qu'elle va réaliser ce qui se passe ? Je dois prendre une photo, filmer le moment, quelque chose ; je veux un public pour assister à mon instant de gloire. Mais avant que j'aie le temps de déposer ma première carte, le voisin fait irruption dans la cuisine, suivi de Judith et de Cédric. Mon amie a rassemblé la ville au complet. C'est excellent pour moi. J'aurai un public digne de ce nom. Des témoins, c'est important !

— Mon Dieu, je suis tellement désolé ! Maman, tu sais que tu ne peux pas partir comme ça de la maison. Nous étions inquiets.

L'homme approche de sa mère et lui retire ses cartes, qu'il lance sur la pioche posée sur la table. Il retourne le cinq et le place dans le fouillis des autres cartes. Je le regarde, les yeux ronds.

— Non !

— Vraiment, toutes mes excuses, répète-t-il.

Au passage, il m'enlève mes cartes, que je tiens d'une main molle, et remet le paquet dans son emballage.

— C'est son paquet fétiche.

— Non ! m'écriai-je, en me levant d'un bond. Non, non, non ! Vous ne pouvez pas faire ça ! J'allais gagner avec vingt-neuf. Vingt-neuf ! Mes cartes ! Il faut que je les récupère.

Judith, qui ne comprend manifestement pas les rouages du jeu, tente de rassurer tout ce beau monde dans ma cuisine.

— Ne vous inquiétez pas, elle blague. Elle subit pas mal de pression ces temps-ci. Elle est un peu sensible. Nous jouerons une autre partie tout à l'heure, m'assure-t-elle, même si elle n'en croit pas un mot. Laisse Mme Caron retourner chez elle.

C'est peine perdue. Je me laisse retomber sur ma chaise en tournant ma tête d'un côté et de l'autre en signe de désolation. Le jeu d'une vie vient de me passer sous le nez. Pas de chance ! J'ai envie de me servir un whisky pour faire passer la pilule.

— On se reprendra, Lucille, me promet ma voisine, d'un ton plus jovial qu'à son arrivée.

— Bien sûr, dis-je faiblement. N'importe quand.

— Marie-Ève, ne l'encourage pas à revenir, chuchote Judith.

Tout le monde a entendu son commentaire malgré tout. Nos invités s'en vont et Cédric promet de revenir dans quelques minutes.

— Ouf ! Dès qu'on a le dos tourné, elle se faufile dans la maison, remarque mon amie.

— On n'aura qu'à verrouiller la porte, la prochaine fois. Ça nous apprendra à être plus vigilantes. Où étais-tu, d'ailleurs ?

— Dans le champ ! Où voulais-tu que je sois ? J'essayais de régler le problème du tracteur avec Cédric. Nous avons vu sa grand-mère traverser la cour et entrer en véritable coup de vent. Il a tout de suite appelé son père, mais ça a pris un moment avant qu'il parvienne à le joindre.

— Ça ne te tentait pas de me prévenir ?

— J'avoue qu'elle me fait un peu peur.

— Tu parles peut-être de ta future belle-grand-mère. Attention à ce que tu dis. Je n'arrive pas à croire que tu m'aies lâchement abandonnée.

— Tu t'en es très bien sortie. Vous aviez l'air de bien vous amuser, toutes les deux.

— J'avais une main de vingt-neuf…

— Ah ! Et c'est bon, ça ?

— Laisse tomber.

— Tu pourrais peut-être me montrer à jouer. Ça occuperait nos soirées comme au temps de nos ancêtres, quand ils n'avaient pas d'appareils électroniques.

— C'est un jeu très agréable. La voisine était assez surprenante. Elle brassait comme une pro et comptait vite. Incroyable. Difficile de croire qu'elle souffre de démence. Tu as vu, elle m'a appelée Lucille. À mon avis, elle pensait jouer avec sa vieille copine. Je trouve ça triste pour elle.

— Eh bien, tu viens de te faire une nouvelle amie. Tu pourrais l'inviter de temps à autre à jouer. Boire du whisky et jouer aux cartes, il y a pire que ça, non ?

— Je ne sais pas trop. On verra. Et pour le tracteur, une idée ?

— Écoute, Cédric n'a eu qu'à vérifier deux ou trois trucs et…

— Et ?

— Tu as juste manqué d'essence, ricane-t-elle.

— Ah ! Quel soulagement ! Je m'imaginais être obligée de payer les réparations et tout, dire à Albert que j'ai malmené sa machine alors qu'il me la prête si gentiment. C'est juste l'essence. Fiou ! Je n'avais même pas pensé à ce détail.

— Cédric est parti en chercher. Il va falloir plus d'un bidon pour remplir le tracteur, par contre.

— Peu importe, c'est la moindre des choses. Il est pas mal serviable, ton beau Cédric.

— Je n'ai jamais rencontré de gars comme lui. Si j'avais su que la seule chose qu'il me fallait, c'était un séjour à la campagne…

— Dans une vieille bicoque peut-être hantée.

— Arrête avec ça ! Ça nous donne de l'expérience de vie, non ?

— On pourrait dire ça. Bon, si je veux trouver des vêtements intéressants pour mon rendez-vous, je ferais mieux d'y aller au plus vite. Quand Cédric sera de retour, demande-lui la facture. Je le rembourserai.

— OK. Oh, pendant que j'y pense, as-tu des préservatifs ?

— Quoi ?

— Tu as compris ma question.

— Non, je n'ai pas de préservatifs. Si je n'ai pas mis de vêtements pour flirter dans ma valise, j'y ai encore moins mis de condoms. Je m'en venais dompter une chèvre, pas baiser dans le champ. Pourquoi ? Tu en as besoin maintenant ?

— Mais non. C'est pour toi. Pour ta soirée avec Liam.

— Je…

L'idée que je pourrais en avoir besoin ne m'avait même pas effleuré l'esprit. Mes joues s'empourprent aussitôt. Dans ma tête, on allait prendre un verre, pas plus, pas moins. Sauf que… Nous sommes tout de même deux adultes consentants, qui se plaisent mutuellement.

— Tu devrais arrêter à la pharmacie en acheter, me suggère mon amie.

— Ah ! Tu sais que je déteste ça, acheter des condoms. Ça me met toujours mal à l'aise. Surtout à la campagne, comme ici. Ça va sûrement être comme à la quincaillerie et l'histoire va faire le tour du village : « Vous avez vu que la petite nouvelle en ville a déjà acheté des condoms ? Non, mais quelle dévergondée… »

— Relaxe, on n'est pas dans les années cinquante. C'est pour toi, si tu penses que ta vie sexuelle sera au point mort dans les prochaines semaines, ne passe pas à la pharmacie. Sinon, tu sais ce que tu as à faire.

Je lui jette un regard suspicieux.

— Et je suppose que toi, avec ton beau Cédric, tu n'auras pas besoin de marchandise particulière. Pourquoi tu n'irais pas en chercher toi-même ?

— Je n'ai pas l'intention de sortir. Tu vas déjà en ville, ne fais pas l'enfant. Passe à la pharmacie. Achète du savon en même temps, et de la gomme. C'est ça, le truc. Tu achètes un paquet de marchandise et ta boîte de condoms passe dans le lot sans que personne s'en aperçoive.

— Un *Playboy*, des cigarettes, une boîte de capotes. J'ai pigé.

— Donc, tu vas y aller ?

— On verra. À tantôt. Sois sage pendant mon absence.

Je sors et me réfugie dans ma voiture. Je baisse la vitre pour apprécier l'air chaud. Quand je passe devant chez Albert, je remarque qu'il est tout près du chemin. Comme il me hèle de la main, je n'ai pas trop le choix d'arrêter. Il se penche vers la fenêtre du conducteur.

— Salut ! Comment ça s'est passé avec le tracteur ?

— Tellement bien !

Hum ! Je suis peut-être trop enthousiaste. Ça pourrait paraître louche.

— Par contre, continué-je, j'ai manqué d'essence. Cédric est parti faire le plein pour moi. Je n'ai donc pas pu le rapporter. Je sais que tu en avais besoin demain matin, mais est-ce que ça peut attendre encore un peu, tu crois ?

— Oui, sans problème. Je crois que je devrai moi-même repousser mes travaux demain, à cause de Jules.

— Oh !

Ai-je envie de creuser davantage la question ? Le temps file, mais je perçois son trouble. Je peux bien m'attarder quelques minutes de plus.

— Comment va le grand malade ?

— Je ne sais pas trop encore, et c'est ce qui m'inquiète. Tu sais, Jules est un membre important de mon troupeau. Quand je l'ai eu, je me suis tout de suite attaché à lui. Il était différent des autres, on aurait dit qu'il pouvait communiquer avec moi.

Je trouve qu'il me fait un beau témoignage touchant, mais je commence à regretter mon élan de sollicitude.

— Je suis désolée de l'entendre, fais-je, en lui tapotant la main qu'il tient contre le cadre de ma fenêtre de voiture. Ce n'est pas que ça ne m'intéresse pas, mais je dois vraiment filer. J'ai des courses à faire en ville. Je te rapporte le tracteur demain sans faute.

— D'accord. Il n'y a pas d'urgence.

— Merci encore. À plus !

Je ne lui laisse pas le temps d'en rajouter et je redémarre, soulagée de le laisser derrière. Je me demande bien à quoi ressemblera la discussion vendredi soir avec lui qui parle de ses lamas et Destinée qui me cherche noise. Du plaisir assuré. Pauvre Liam, qui se trouve mêlé à ça contre son gré. Je lui dois bien un verre ce soir pour compenser.

Quelques minutes plus tard, je me stationne en ville, tout près de l'école secondaire, qui se trouve tout près de la boutique qui m'intéresse. Le hasard fait que je passe à côté du terrain de football et, justement, je reconnais Liam de loin, qui supervise un entraînement avec ses jeunes. Je regarde ma montre. Il est seize heures trente. L'école est déjà terminée, mais il est toujours là, avec son équipe. Il doit vraiment apprécier son travail. Je ralentis le pas quelques secondes pour l'observer davantage alors que je sais bien qu'il ne me porte pas attention. Il est vêtu d'un short et d'un t-shirt, et je remarque de nouveau ses jambes musclées. C'est bien la première fois que cette partie du corps d'un homme m'apparaît aussi attirante. J'observe les interactions qu'il a avec ses joueurs. À un certain moment, il s'empare même du ballon et montre à l'un des jeunes comment le tenir correctement. Je le vois ensuite mimer un lancer. Il semble vraiment investi dans sa relation avec ses élèves, et je trouve que c'est beau à voir. Je me rends compte que j'ai arrêté de marcher quand lui-même m'aperçoit. Il remet le ballon au jeune et se met à jogger dans ma direction. Je sens aussitôt le rouge me monter aux joues.

— Salut ! Qu'est-ce que tu fais en ville ? Tu es d'avance pour notre rendez-vous !

— Ha ! ha ! Non, j'avais quelques courses à faire. Je veux aller à la boutique de vêtements juste à côté.

— Ah oui ? Fais attention, elle est tenue par la meilleure amie de Destinée. Si tu voulais garder la taille de tes vêtements secrète, il vaut mieux que tu ne te pointes pas le bout du nez là.

— Oh ! Merci du conseil. Je ne voudrais pas qu'un tel secret vienne jusqu'à elle. D'ailleurs, elle a des oreilles partout, on dirait.

— Oui, je pourrais t'en apprendre pas mal à ce sujet. Lors d'un deuxième rendez-vous, peut-être.

J'aime l'allusion. Il sous-entend déjà un deuxième rendez-vous, et je comprends qu'il n'a pas envie de passer la soirée à parler de la vigneronne. C'est bien correct avec moi. Ce n'est pas en discutant de quelqu'un d'autre qu'on apprendra à faire plus amplement connaissance. Je constate que certains de ses jeunes nous observent, dont deux qui se donnent des coups de coude peu subtils. Je pense reconnaître les garçons qui avaient entendu notre allusion concernant l'énorme objet quand il m'a prêté sa paire de pinces. Ne voulant pas alimenter davantage les ragots, je m'éclipse en lui promettant d'être à l'heure pour notre verre.

Je me dirige d'un pas léger vers la boutique, me sentant réellement bien. Il fait beau, j'ai rendez-vous avec un gars séduisant. Un rien me rend heureuse. Ça doit être mon jour de chance, je vois une affiche indiquant des soldes dans la vitrine de la boutique. C'est parfait !

Environ une heure plus tard, je sors les bras chargés de sacs divers. Non seulement j'ai acheté deux ensembles – un pour ce soir et un autre pour vendredi –, mais j'ai aussi trouvé des vêtements intéressants et confortables pour travailler autour de la maison, en plus d'une paire de bottes en caoutchouc. Je passe à ma voiture déposer mes achats, mais, cette fois, le champ de football est vide. Ce n'est pas grave, je verrai Liam dans moins de deux heures. J'ai le temps d'arrêter à la pharmacie. Celle-ci se situe non loin et je décide d'y aller à pied.

Quelques minutes plus tard, j'entre dans la pharmacie. J'erre un moment dans les rayons, regardant les produits qui pourraient m'être utiles. Je me prends une brosse à dents, des tampons en spécial, un mascara et une boîte de condoms. Je prends celle-ci bien rapidement, évitant de croiser le regard du vieil homme qui se trouve dans la rangée en même temps que moi. Il ressemble étrangement à celui qui m'a aidée à charger ma voiture à la quincaillerie, et je ne voudrais pas qu'il raconte autre chose à mon propos – si c'est bien lui, évidemment. Je prends un petit paquet de chocolats au comptoir et je passe à la caisse. Il y a une femme devant moi qui est en train de payer et je regarde les revues pendant qu'elle discute avec le jeune commis. Tiens, un scandale dans la famille royale! Je poursuis ma lecture en diagonale tout en déposant mes effets sur le comptoir. Quand je lève la tête vers l'employé, j'ai la surprise de reconnaître l'un des jeunes faisant partie de l'équipe de football dirigée par Liam. Il a aidé à rattraper les poules et il était présent lors de la blague concernant la grosse paire de pinces.

— Bonjour, dit-il gaiement. Il fait beau, n'est-ce pas?

Je marmonne un truc assez vague, n'ayant certainement pas envie de m'éterniser à ce comptoir. Il prend la boîte de condoms, mais ne la passe pas au scanneur.

— Il y a souvent erreur concernant ce modèle, qui est en spécial cette semaine. C'est un format extrapetit, vous êtes sûre que c'est ce que vous recherchez?

C'est une question piège! Imaginons que je confirme que c'est le modèle que je cherche. À tout coup, il va présumer que son *coach* de football est doté d'un micropénis, et il pourra bien en rigoler avec ses copains. Je ne voudrais pas porter un tel préjudice à Liam. Mais si je dis non, j'avoue ouvertement que je n'ai pas couché avec lui, mais que j'ai bel et bien quelques intentions cachées. Peu importe ma réponse, je m'enfonce carrément. Pourquoi dois-je me justifier ainsi sur ma vie sexuelle auprès d'un adolescent ?

— Je peux vous le changer pour un autre modèle plus populaire, suggère-t-il.

— Pourquoi pas ? C'est toi l'expert.

Il quitte son poste et revient rapidement, une boîte colorée en main.

— Celle-ci contient plusieurs tailles, pour tous les goûts.

— Hum, hum, très bien, merci, mais ce n'est pas pour moi.

Il reste silencieux, la tête penchée vers sa caisse, mais je vois son petit sourire en coin. Devrais-je avertir Liam à ce propos ? Je m'imagine bien : « Tu sais, j'achetais des condoms et j'ai croisé ce gars qui est dans ton équipe de football. Ne t'inquiète pas pour ta réputation, j'ai pris une boîte qui contenait toutes les tailles de capotes et je lui ai dit que ce n'était pas pour moi. La preuve, j'ai aussi acheté des tampons parce que j'ai mes règles. » De quoi le mettre drôlement à l'aise. Je souhaite de tout cœur qu'il y ait un code d'honneur accompagnant le métier de commis dans une pharmacie. Je ne dois pas être la seule au monde à acheter des préservatifs. Je paie mes achats et je remercie le garçon bien trop chaleureusement, puis je sors en pestant contre Judith et ses idées. D'un autre côté, je ne peux pas nier l'effet que Liam a sur moi. Autant être équipée en conséquence.

Une vingtaine de minutes plus tard, je reviens à la maison et je remarque, en stationnant la voiture, que je me sens vraiment « à la maison ». Il est étonnant que je me sois attachée aussi vite à l'endroit. J'entre et je dépose mes articles achetés à la pharmacie sur la table de la cuisine, puis je passe dans la chambre pour déballer mes achats. Judith me rejoint et commente la qualité des vêtements, promettant de passer à la boutique elle aussi.

— Quels sont tes plans pour la soirée ? demandé-je, alors que je m'habille.

— Je n'ai rien de prévu pour l'instant. Toi, tu penses revenir vers quelle heure ?

— Je ne sais pas trop. Ça change quelque chose ?

Elle a un air mystérieux que je ne cerne pas trop bien.

— Je veux savoir, tout simplement. Est-ce que je t'attends avant de me coucher ou je me couche quand je me sens fatiguée ? Si tu me dis que tu reviens à dix heures, je vais t'attendre. Si tu penses rentrer plus tard, ou même ne pas rentrer du tout, ce serait bien que je sois au courant.

Je plisse les yeux en l'observant. Elle m'apparaît nerveuse, comme si elle me cachait un truc.

— Ne m'attends pas. Je ne vais pas me presser. D'un autre côté, c'est un soir de semaine. Je suppose que Liam ne sortira pas jusqu'à minuit.

Elle n'a pas l'air satisfaite de ma réponse, mais c'est le mieux que je peux faire pour le moment. Moi-même, je préfère n'avoir aucune attente. Cependant, quand mon amie sort de la chambre, je glisse ma brosse à dents et mon déodorant dans mon sac à main, juste au cas. Je devrais peut-être aussi prendre un ou deux condoms. On ne sait jamais ce que la soirée me réserve, mais le sac est sur la table de la cuisine. Déjà que j'ai vécu l'Inquisition avec le jeune homme à la pharmacie, je n'ai pas envie d'en rajouter avec Judith. D'ailleurs, toutes ses questions sont drôlement suspectes.

Je finis de me préparer rapidement et je passe au salon annoncer mon départ à ma copine, qui a encore les yeux rivés sur son appareil.

— Ne m'attends pas ! Et n'oublie pas de verrouiller la porte si tu ne veux pas que la voisine débarque à l'improviste.

— Oui, oui. Ne t'inquiète pas.

Elle sourit à son écran, signe qu'elle discute avec un garçon – Cédric, probablement. Je la laisse donc à ses histoires. Je passe en coup de vent à la cuisine, j'ouvre la boîte et je prends une rangée de condoms que je cache dans ma sacoche. J'espère avoir pris toutes les tailles offertes. Je referme la boîte du mieux que je peux et la remets dans le sac, aussi vite qu'une enfant qui vole des bonbons ou un autre truc interdit.

En chemin, mes pensées sont tournées vers Liam. Je me trouve vraiment chanceuse de l'avoir rencontré ainsi par hasard. Si je restais dans la région, je me verrais très bien entamer une relation avec lui. Il est encore tôt pour réfléchir à tout cela. Je peux commencer par ce premier rendez-vous et voir où tout cela nous mène.

15

Je trouve facilement notre lieu de rencontre et j'aperçois le jeune homme à travers la vitrine. Je prends quelques secondes pour l'observer. Il discute gaiement avec le serveur. Je présume qu'ils se connaissent, tous les deux. Tout le monde semble se connaître à Saint-Limoge. Le serveur délaisse la table et Liam m'aperçoit. Il me fait un signe de la main auquel je réponds avec un sourire avant d'entrer. Il se lève à mon arrivée et me fait la bise sur les deux joues avant de tirer ma chaise pour me permettre de m'asseoir. Je trouve cela très galant de sa part.

— Alors, qu'est-ce qu'on boit de bon, ici ? demandé-je en prenant la carte.

— Eh bien, c'est sûr que la bière est géniale, mais, si tu n'aimes pas ça, il y a aussi d'excellents cocktails. Tu peux aussi prendre du vin, il s'agit d'une sélection locale.

Par sélection locale, il veut probablement dire que l'endroit s'approvisionne directement au domaine viticole de Destinée. Malgré mon amour pour le vin en général, je n'ai vraiment pas envie de la mêler à ma soirée d'une quelconque façon. Je me décide donc plutôt pour une bière.

— J'ai pris la liberté de commander une assiette d'amuse-gueule, j'espère que ça ne te dérange pas trop.

— Non, pas du tout. Je meurs de faim. J'ai mangé des crêpes, ce midi, mais elles commencent à être loin. Et avec ma séance de magasinage en ville, je n'ai même pas eu le temps de souper.

— Tu as trouvé tout ce que tu cherchais ?

— Oui…

À quoi fait-il référence ? Son élève s'est-il précipité pour lui parler de mes emplettes à la pharmacie ? Et si Liam y était lui-même passé effectuer quelques achats en prévision de la soirée ? Le jeune aurait amplement de quoi rigoler avec ses copains dans les prochains jours. Je chasse cette idée de mon esprit, me concentrant sur l'homme qui se trouve devant moi.

— Je me suis acheté de nouveaux vêtements, j'aime bien la petite boutique ; je vais certainement y retourner.

Au même instant, le serveur arrive et dépose une assiette entre nous. Il dit un truc que je ne comprends pas, puis nous souhaite un bon appétit avant de s'esquiver.

— Je n'ai pas entendu ce qu'il a dit.

— Il m'a averti de t'en laisser avant de tout engouffrer. Je suis toujours gourmand quand je viens ici.

— Oh, alors je ferais mieux d'essayer avant que tu sautes dans le plat.

Je pige dans l'assiette et je goûte. C'est délicieux. Une bouchée fromagée comme je les aime.

— Miam ! Est-ce que c'est fait avec des produits de la région ?

— Eh oui ! C'est fréquent dans le coin. Les agriculteurs et les producteurs s'encouragent entre eux, ils n'ont pas le choix.

— En tout cas, mon séjour ici me permet de découvrir plein de belles choses.

— Dont le fameux métier d'agricultrice.

— Oui, ne m'en parle pas. Je pensais que ce serait bien plus facile que ça. J'ai à peine eu le temps de planter quelques pousses sur ma terre depuis que je suis arrivée. Je suis bien trop occupée à entretenir la maison. J'aimerais avoir plus de temps pour y arriver. Si seulement Destinée… Non, excuse-moi. On avait statué qu'on ne parlait pas d'elle ce soir.

Comme si elle possédait le don d'apparaître lorsque l'on prononce son prénom, la jeune femme pousse soudainement la porte du restaurant, un large sourire aux lèvres. Elle est suivie d'un homme dans la quarantaine, un beau monsieur portant un complet gris. Il a un air prospère et son visage me dit vaguement quelque chose, bien que je ne sache pas trop quoi. La vigneronne salue tous les gens dans la place, comme une héroïne qui rentrerait de la guerre après de longues années. Bref, elle en fait beaucoup, et le pire est qu'elle est acclamée de toutes parts. Je me demande comment les gens font pour l'apprécier. Personnellement, les chances que j'y parvienne sont très minces, et j'aimerais simuler une gastro pour annuler notre souper du surlendemain. Je réalise que je serre les dents quand elle arrive à notre table. Je suppose qu'elle vient quémander les salutations d'usage qui lui sont dues grâce à son rang.

— Tiens, tiens, qui vois-je ? Le nouveau couple chéri de la région. Oh ! Tu as commandé mes bouchées favorites, Liam. Comme si tu avais su que je venais ce soir.

Sans attendre d'y être invitée, elle en prend une et l'enfourne en se délectant. Je fulmine. Pour me calmer, je tente de penser à des choses plaisantes : Biquette, mes poules Betty et Veronica… non, ça ne fonctionne pas. Liam. Liam est plaisant. Et son humeur s'accorde à la mienne.

— Je t'en prie, Destinée, ne te gêne pas. Si quiconque veut se servir, lance-t-il à la ronde, c'est ma tournée. Tout le monde sait que les enseignants sont assez riches pour payer la traite au restaurant.

Quelques rires accompagnent sa réplique. Le regard de la jeune femme se tourne vers moi.

— Prends-en plus, proposé-je. Je fais attention à ma ligne. Je ne voudrais pas que le gras s'accumule exagérément sur mes fesses et mes cuisses.

Là, je l'ai piquée. Sans être ronde, elle a une bonne paire de fesses et je connais assez les filles en général pour savoir que ce genre de détail dérange toujours.

— Dis donc, Marie-Ève, enchaîne-t-elle, je crois que tu ne connais pas Pascal Dutreuil, le maire de la ville.

L'homme qui était discrètement resté derrière s'avance et me tend la main, m'offrant aussi un sourire digne des publicités de dentifrice. Il est clair qu'il a peaufiné son *look* devant le miroir. C'est mécanique et ça manque de naturel, mais l'effet y est tout de même.

— Bienvenue dans la région. J'espère que l'endroit vous plaît. Nous travaillons très fort pour en faire un lieu où il fait bon vivre.

— Ça fonctionne très bien... en général. Vous allez nous excuser, mais j'aimerais continuer à profiter de ma soirée avec Liam. Je suis sûre que toutes ces histoires d'agriculture sont sans intérêt pour lui. Je vous souhaite à tous les deux une belle soirée.

Destinée ouvre la bouche pour renchérir, mais son compagnon la prend par le coude et l'attire vers le fond de la salle, où une petite table les attend. Je sens son regard qui vibre dans mon dos et je ne sais pas combien de temps je tiendrai sous la pression. Je lui en veux de gâcher ma soirée en tête-à-tête.

— Tu préférerais qu'on aille ailleurs ? suggère Liam, bien conscient du malaise qui plane.

Je repense au terrain que j'ai massacré et au projet de Destinée que j'ai détruit, et je souris. Je ne peux m'empêcher de me tourner pour la regarder. Je parie qu'elle se demande pourquoi j'ai l'air si contente.

— Non, on va rester. On est arrivés les premiers. En plus, on va tous gentiment converser vendredi soir. Il faut que je m'habitue à me trouver dans la même pièce qu'elle.

— Ne t'inquiète pas trop pour la soirée. Destinée a beau être détestable de temps à autre, elle est réputée pour être une excellente hôtesse. Et Albert sera là. Je l'aime bien. Il est un peu niais, on va se l'avouer, mais il adore ses lamas, et cela mérite toute mon admiration.

— Niais ? Albert ?

— Oh, désolé, je ne voulais pas insulter qui que ce soit.

— Non, non, en fait, je vais t'avouer que je suis incapable de rester en sa compagnie sans mourir d'ennui.

— Ah oui ? Pourtant, il a passé pas mal de temps avec toi depuis ton arrivée. En plus, il a un physique qui plaît aux femmes en général.

— Oui, je ne peux le nier, le premier coup d'œil est agréable, mais dépassé ça, ouf. Comme tu dis, il est très gentil, et il veut vraiment m'aider sur la terre, mais notre relation s'arrête pas mal là.

— Tu sais, si tu as des questions, n'hésite pas à m'en poser. Comme pas mal de jeunes dans le coin, j'ai travaillé sur une ferme durant presque tous les étés de mon adolescence.

— Ah oui ! Tu m'en avais déjà glissé un mot. Et pratiquer ce métier ne t'a jamais intéressé ?

Il hésite un moment et prend une des bouchées. Il mastique et l'avale avant de répondre.

— J'aime trop mon poste d'enseignant. Et toi, tu t'imagines vivre sur la terre de Mme Lanthier à temps plein ?

— Je ne sais pas. Je ne suis là que depuis quelques jours, et de manière temporaire. Une chose est sûre, la fermette représente un potentiel intéressant pour quiconque souhaite y investir temps et argent.

— Tu as raison. D'ailleurs, cela faisait partie des plans de Mme Lanthier. Elle amassait de l'argent depuis de nombreuses années dans l'intention de relancer son exploitation agricole. Bien entendu, l'énergie n'y était plus autant qu'avant, mais elle avait de l'ambition et souhaitait remettre sa terre au goût du jour. Les rumeurs disaient qu'elle détenait déjà une petite fortune.

— Vraiment ? Des rumeurs qui venaient ?…

— D'un peu partout, mais je sais de source sûre qu'elle avait mis de côté une bonne somme.

Curieuse, je me penche vers lui pour entendre sa confidence. Il a baissé le ton, comme si des oreilles indiscrètes risquaient de saisir l'information au passage.

— Comment l'as-tu appris ?

— Elle me l'a mentionné, tout simplement. Ça fait des années que je cours chaque matin devant chez elle. Je me suis toujours arrêté pour la saluer. Une fois, mes gars et moi lui avons même filé un coup de main pour déplacer des trucs lourds. C'est ce jour-là qu'elle m'a expliqué que ce n'était qu'une question de temps avant que ça change sur sa terre, qu'elle avait enfin les moyens d'effectuer de grandes améliorations qui allaient permettre à son petit bout de terrain d'être exploité à son mieux.

— Mais elle n'a pas eu le temps, si je me fie à l'état des lieux.

— Non, elle est morte quelques semaines plus tard.

— La dame de la librairie m'a dit qu'elle était morte dans sa maison. J'avoue que j'aurais préféré le savoir avant de m'installer. J'étais sûre que l'endroit était hanté, surtout quand j'ai surpris la voisine dans la cuisine. Quel choc ! C'est mieux depuis que Judith me tient compagnie.

Il éclate de rire, ce qui attire quelques regards autour.

— Ne t'inquiète pas, cette vieille baraque n'est pas hantée. Et si c'était le cas, ce serait un fantôme très charmant.

— Enfin bref. Mais cette histoire d'argent, c'est drôlement intrigant. Personne ne l'a réclamé. En théorie, il devrait se trouver dans la succession, mais mon père ne m'en a pas parlé. Il n'y a que la terre qui fait partie des termes.

— Ça, ça reste un mystère. Je ne devrais pas participer aux ragots, mais tu dois t'être rendu compte que les commérages vont vite par ici. Une amie à moi travaille à la caisse et elle m'a affirmé qu'il n'y avait pas un sou dans le compte de Mme Lanthier. Je veux dire, pas de fortune amassée, juste l'ordinaire. Alors, à moins qu'elle ait planqué son argent quelque part, toute cette histoire n'était peut-être que du baratin. Mais d'un autre côté, je ne vois pas l'intérêt qu'elle aurait eu à me transmettre cette information si ce n'est pas vrai.

Je réfléchis à tout cela en grignotant une bouchée que je fais suivre d'une gorgée de bière. On ne connaîtra peut-être jamais le fin mot de l'histoire. Où est passé cet argent ? La pauvre dame est morte avant d'en avoir informé qui que ce soit. Et si le magot était caché quelque part dans la maison ? Après tout, plusieurs personnes âgées ont tendance à conserver leur fortune ailleurs qu'à la banque. Je repense à mon arrière-grand-père, qui ne faisait pas confiance aux institutions financières après que sa famille a été ruinée dans le Krach boursier de 1929. Ce n'est qu'une page d'histoire pour nous, mais des gens qui sont toujours en vie ont bel et bien vécu cet événement.

— Eh bien, à moins qu'elle ait laissé une carte au trésor dans un tiroir, je ne vois pas tellement à quel moment je ferai la lumière sur cette histoire.

Nous changeons de sujet et la discussion bifurque sur l'été qui est à nos portes et les plans de Liam pendant le congé scolaire. La conversation est si agréable que j'en oublie la présence de Destinée dans le resto. Ça ne me revient à l'esprit qu'au moment où elle part en compagnie du maire. Elle s'arrête à notre table avec un sourire.

— N'oubliez pas que je vous attends vendredi à dix-huit heures.

— On n'oublie pas. Ça va être une super soirée. Que veux-tu que j'apporte ? Un dessert ? Du vin ?

Le pire est que je me trouve très drôle.

— Ta présence sera suffisante. À vendredi.

— Oh ! Destinée, j'ai oublié de te mentionner un truc. J'ai pris le tracteur d'Albert cet après-midi et malheureusement, comme je ne suis pas habituée à le manier, j'ai accroché quelques-uns des piquets que tu as plantés. Rien de grave, ne t'en fais pas.

J'accompagne ma réplique d'un large sourire tout en dents. Je vois aussitôt une lueur suspicieuse s'allumer dans son regard.

— Allez, viens, lui dicte son compagnon. Je dois partir.

Il la tire carrément par le bras. Je suis étonnée qu'il s'affirme autant. Quand il est rentré avec elle, on aurait cru qu'il était aussi docile qu'un agneau.

Je la regarde sortir du restaurant, souriant toujours.

— Hum, j'ai l'impression que ce commentaire concernant les piquets cache quelque chose.

— On a dit qu'on ne parlait pas de Destinée…

— C'est vrai. N'empêche, j'ai le sentiment que tu trames un truc contre elle, et ça me plaît bien, ajoute-t-il.

— On en reparlera. Au deuxième rendez-vous !

Il sourit et la conversation bifurque sur d'autres sujets.

Il est déjà près de vingt-deux heures quand je regarde ma montre.

— Oh, déjà. Je te garde dehors très tard, et c'est un soir d'école.

— Ne t'inquiète pas, si j'ai des cernes demain, personne ne le remarquera. Je passe la journée dehors avec mes élèves. Je mettrai mes lunettes de soleil. De toute façon, il est rare que je me couche avant minuit.

— Je te lève mon chapeau. Je peine à me rendre à vingt-deux heures en règle générale.

— Allons-y, alors.

— Non ! Je ne disais pas ça parce que je veux m'en aller. Au contraire.

— Le propriétaire attend après nous pour fermer, me fait-il remarquer.

Je regarde autour et je réalise que nous sommes les derniers dans la salle. Gênée d'avoir tant tardé, je fais un petit signe au proprio et je me lève. Liam va régler l'addition et je sors. Il me rejoint quelques minutes plus tard et m'accompagne jusqu'à ma voiture. Nous déambulons tranquillement dans la rue largement éclairée, reprenant notre discussion où elle s'était arrêtée dans le bistro. Cependant, j'arrête de parler lorsque je vois ma voiture. Il y a un truc étrange. Je m'approche plus vite et je constate que l'un de mes pneus arrière est dégonflé.

— Bien voyons ! Qui a dégonflé mon pneu ?

Dans ma tête, ça ne peut être que l'œuvre de voyous. Je pense au garçon de la pharmacie qui m'a servie plus tôt. Voulait-il me jouer un mauvais tour avec sa bande d'amis ? Mais pourquoi s'en prendrait-il à moi sans raison ? Je ne vois pas. Puis, l'image de Destinée me traverse l'esprit. Il est évident qu'elle est l'auteure de ce méfait. Je l'ai piquée avec mon commentaire. Je fulmine littéralement. Si elle pense me chasser en me jouant des tours comme ça, c'est mal me connaître ! Au contraire, je suis davantage du genre à m'accrocher et à chercher la vengeance. Alors que les plans les plus revanchards se mettent en place dans ma tête, Liam se penche vers le pneu, la lampe de poche de son cellulaire allumée, et l'observe de plus près.

— Regarde, tu as un clou enfoncé. Ça n'a pas paru pendant que tu roulais, mais, dès que tu t'es arrêtée, le pneu s'est lentement dégonflé.

— Oh…

Je suis presque déçue. C'est trop simple. J'aurais préféré imaginer Destinée à quatre pattes près de mon véhicule, surveillant les alentours afin de ne pas se faire prendre pendant qu'elle perpétrait son crime. À bien y penser, ça n'aurait pas été tellement logique qu'elle agisse de la sorte ; elle est tellement connue en ville que je suppose qu'elle ne souhaiterait pas prendre le risque de ternir son image.

— Tu veux que je le change ? Ce n'est l'affaire que de quelques minutes.

Je sens soudain la lassitude m'envahir. Je n'aspire qu'à retrouver un lit douillet – espérant ne pas avoir à trop tirer la couverture cette nuit.

— Je vais régler ça demain. Il va falloir que je fasse réparer mon pneu de toute façon. Peux-tu venir me reconduire chez moi ? Ou je peux appeler un taxi.

— Je vais aller te reconduire, ce n'est pas un problème.

— Tu crois que je peux laisser ma voiture ici toute la nuit ?

— Bien sûr. Allez, viens.

Son propre véhicule n'est qu'à quelques pas. Je monte du côté passager en retenant un long soupir. Je me serais bien passée de cette crevaison.

Contrairement à plus tôt, où la discussion était fort animée, nous nous contentons d'écouter de la musique. Il ne faut qu'une dizaine de minutes pour arriver chez moi. Liam se stationne et descend pour me raccompagner. Je sors mes clés de mon sac à main et je m'arrête net devant l'entrée. Une cravate est accrochée à la poignée de porte. Je regarde mon compagnon pour vérifier s'il comprend le même message que moi, et je vois qu'il retient un sourire.

— Je ne pensais pas que le truc de la cravate était encore utilisé.

— J'avoue que je suis perplexe. Où a-t-elle déniché une cravate ?

Liam hausse les épaules. Qu'est-ce qu'elle est en train de faire à l'intérieur ? Je comprends maintenant pourquoi Judith insistait autant pour savoir à quelle heure je pensais rentrer. Zut ! Je ne veux pas interrompre quoi que ce soit, mais je dois vraiment aller à la salle de bain.

J'observe autour de moi à la recherche d'un potentiel endroit où aller faire pipi. Non, je ne vais pas aller dans un buisson quand j'ai une vraie toilette qui m'attend juste derrière cette porte. Je trouve Judith pas mal effrontée d'avoir invité un homme à partager son lit. NOTRE lit ! J'espère qu'elle aura au moins la décence de changer les draps avant que je me couche ce soir. Oh ! Ai-je envie de m'étendre dans ce lit maintenant qu'il a été baptisé par quelqu'un d'autre ? C'est moi qui me suis claqué l'achat des condoms en ville et c'est elle qui les utilise en premier. La vie est drôlement injuste.

— En tout cas, on dirait bien que le visiteur est venu à pied, remarque Liam. En plus, il n'y a pas une lumière allumée dans la maison.

— Tu as raison.

Je fais rapidement le tour jusqu'en arrière, puis je reviens. Par la grande fenêtre du salon, je n'ai vu personne.

— Allez, j'entre. Au pire, si j'entends des bruits suspects, je ressortirai après être passée à la salle de bain.

— Tu vas passer la nuit sous le porche ?

— Non, avec mes poules. C'est douillet dans le poulailler, et très propre, blagué-je.

Je déverrouille et j'ouvre. Il n'y a pas un son à l'intérieur. J'allume la lumière de l'entrée et je repère un *post-it* collé sur le mur. Je reconnais l'écriture de mon amie : « Ha ! Je t'ai bien eue avec ma cravate. Combien de temps as-tu hésité avant d'entrer ? Pas trop, j'espère. Je suis partie en ville, de retour ce soir, ou demain. Qui sait ! Je te tiens au courant. Xxx. »

— Tout cela n'était qu'une blague.

— Ta copine a un drôle de sens de l'humour.

Pour toute réponse, je secoue la tête.

— Je pense que je ne la reverrai pas avant demain. Je n'aurai pas besoin de tirer la couverture toute la nuit, c'est ça de positif.

— Tu es sûre que tu vas être correcte toute seule ?

Pendant un bref instant, je m'imagine partager mon lit avec lui. Je suis convaincue qu'on ne se battrait pas pour les draps ; on serait bien trop occupés pour ça...

L'idée est tentante, je l'avoue, mais ce serait peut-être un peu précipité. Il me plaît bien, mais je préfère qu'on ait encore quelques autres rendez-vous avant de passer aux choses plus sérieuses. D'ailleurs, je ne ferais pas le coup à Judith de partager « notre » matelas avec un troisième comparse.

— Ne t'inquiète pas, ça va bien aller. Je pense même qu'une nuit seule me fera le plus grand bien. Merci encore d'être venu me reconduire, et pour la belle soirée aussi.

— On remet ça sans faute. Je peux passer vers dix heures pour te conduire au garage. J'ai une période libre d'une heure.

— Tu n'as pas autre chose à faire que jouer au taxi ?

— Eh bien nous, les profs d'édu, on a le privilège de ne pas avoir trop de correction. Alors non, je n'ai rien d'autre de particulier. Puis, ça me fait plaisir de te rendre ce service.

Il se tient tout près de moi dans l'entrée. Je sens son parfum, qui est très agréable. Je me demande s'il va m'embrasser. Je suis moi-même trop gênée pour faire les premiers pas. Où est passée la fille qui cachait des condoms dans son sac à main ? Je pourrais cependant l'encourager en lui faisant un sourire ou en m'approchant davantage. Je n'agis pas assez vite. Il m'embrasse plutôt sur les deux joues. Je le raccompagne jusque dehors et je le regarde partir. Puis, je rentre et je verrouille la porte derrière moi, pour éviter toute visite impromptue.

16

Seule dans mon lit, je passe une excellente nuit. Je ne rêve ni de fantômes ni de Destinée. Je suis fraîche et dispose quand je me réveille le lendemain matin. Je passe à la cuisine me faire un café que je vais boire dans le salon. Quand j'arrive près de la porte-fenêtre, je prends une gorgée de ma boisson chaude, mais je la recrache net quand j'aperçois le paysage qui m'attend à l'extérieur. Toutes les pousses que j'ai plantées hier ont été déterrées et lancées un peu partout à travers le champ. Oh, il n'y en avait qu'une dizaine, mais les feuilles ont été arrachées et les racines tranchées, si bien que je vois des morceaux verts épars sur la terre brune un peu partout. Une bombe qui aurait explosé aurait fait le même travail. Mes pauvres plantes ! J'en prenais un si grand soin depuis le début de l'hiver, dans mon condo, et voilà qu'elles terminent tels des soldats à la guerre ayant malencontreusement pilé sur une mine antipersonnel. Je suis drôlement enragée.

Je vais déposer ma tasse dans la cuisine, puis je reviens avec des essuie-tout pour nettoyer le café qui a éclaboussé la fenêtre. Ensuite, je sors pour aller contempler le massacre. Je me promène parmi les débris de plante, cherchant un quelconque survivant à l'assaut. C'est peine perdue. Tout est à recommencer. Je vais devoir partir de zéro si je veux avoir des légumes cette année. Je m'assois sur la vieille chaudière rouillée quelques secondes et je réfléchis. Devrais-je envisager de planter quoi que ce soit ? J'ai l'impression que si j'entreprends un nouveau projet, la vigneronne m'attendra au détour pour le détruire. En plus, je n'ai toujours pas de nouvelles de mon père ni de Mme Meunier. Si elle a réellement décidé de vendre sa terre à Destinée, est-ce que ça vaut la peine que je sème ? Ce serait du gaspillage de ressources. La saison débute à peine ; je peux bien attendre encore quelques jours avant d'entamer un quelconque projet. Pour l'instant, je peux exécuter de menus travaux autour de la maison et m'occuper des animaux.

Résignée, je vais chercher un sac de compost dans la remise et je ramasse les résidus de plantes qui traînent un peu partout. Quand j'ai terminé, je décide de m'octroyer un café bien mérité. Je passe à côté du tracteur, réfléchissant au meilleur moment où aller le porter à Albert. Il m'a dit qu'il n'y avait pas d'urgence. Liam ne devrait pas tarder, nous pourrons aller récupérer ma voiture. Ensuite, je m'occuperai du tracteur.

J'entre dans la maison et j'en profite pour me changer. Il fait une de ces chaleurs ; une paire de culottes courtes serait appropriée. Je déniche des shorts de sport et je passe ensuite à la cuisine. Ma tasse en main, je retourne à l'extérieur, bien décidée à profiter du beau temps. La position du soleil n'est pas optimale sur le côté de la maison. Je déplace ma petite chaise en plastique blanc à quelques reprises, mais je ne trouve pas le bon angle pour avoir les rayons directement sur moi. Le mieux serait que je m'installe sur la galerie bancale en avant. Je sais que le bois est pourri à certains endroits, mais je ne suis pas si lourde que ça. Il ne devrait pas vraiment y avoir de danger. J'installe donc ma chaise et je m'assois tranquillement, profitant du soleil qui a, en général, un impact positif sur mon humeur. J'en ai bien besoin après la scène que je viens de découvrir dans le jardin.

Je termine ma dernière gorgée de café lorsque la voiture de Liam s'engage dans l'allée. Je fais un mouvement pour me lever quand crac ! les pattes de la chaise se brisent net et je tombe de tout mon poids sur le balcon. Les planches ne résistent pas à l'assaut et je passe directement à travers le bois pourri. Je me retrouve donc les fesses coincées dans la galerie, le souffle coupé par le choc. Liam se précipite pour m'aider à sortir de mon trou. Heureusement qu'il est arrivé. Je n'imagine pas comment j'aurais pu m'en sortir seule.

— Ne bouge pas, commande-t-il.

De toute façon, je ne pourrais pas remuer même si je le voulais. J'ai des échardes dans les mains, dont une qui fait toute ma paume.

— OK, tu es prête ? Je vais te sortir de là à trois. Ne fais rien, laisse-toi juste tirer.

Je hoche la tête. Il me prend les deux bras et me relève comme si je ne pesais presque rien.

— Ça va ? Es-tu capable de marcher ?

Pour toute réponse, je regarde mes mains et les lui montre. Ça n'a aucun lien avec le fait de pouvoir marcher ou pas, mais c'est la seule chose qui m'importe pour le moment.

— Oh, ce n'est pas beau. As-tu un nécessaire de premiers soins à l'intérieur ? Je vais te les enlever et désinfecter.

— OK.

— Fais attention, ta tasse s'est brisée et il y a des éclats un peu partout.

Le bas du dos en compote, clopin-clopant, je descends précautionneusement les quelques marches du balcon et je le suis à l'intérieur. Je sens que j'aurai un gros bleu sur les fesses.

— Les pattes de la chaise ont cassé net, explique-t-il. Le plastique a probablement été exposé trop longtemps au soleil. Ce genre de chaise peut devenir un véritable danger après plusieurs années dehors. S'il t'en reste, tu devrais les mettre aux poubelles.

— J'y compte bien. Et la galerie qui a cédé, c'est gênant.

— Le contraire m'aurait étonné. Je te trouve d'ailleurs très téméraire de t'être installée là.

— C'est l'endroit où se trouvait le soleil.

Je déniche une trousse de premiers soins dans l'une des armoires de la cuisine et je la lui tends. Je m'assois doucement sur l'une des chaises, et me relève aussitôt.

— Ça va ?

— Oui, mais j'ai vraiment mal aux fesses.

— Laisse-moi voir.

J'ai un mouvement de recul. Je ne vais pas me pencher et lui exposer mon derrière. Cette idée, aussi, d'avoir mis des shorts, ce matin. Avec un bon vieux jean, mon arrière-train aurait été protégé.

— Marie-Ève, je suis prof d'éducation physique et j'ai vu mon lot de blessures étranges dans ma vie. Je pourrais t'en raconter des pas mal bonnes, mais ce sera une fois que tu m'auras laissé regarder.

— Je peux aussi attendre que Judith revienne…

— Tu ne voudrais pas que ça s'infecte. Du vieux bois moisi dans ta peau…

Il ne m'en faut pas plus pour capituler. Je me tourne pour le laisser m'inspecter. Il se met à genoux derrière moi et lève le bas de mon short. Peut-être aurais-je dû choisir plus judicieusement mes sous-vêtements ce matin ?

— Je ne vois pas tellement bien. Le mieux serait que tu t'étendes sur la table.

— Quoi ? Directement dessus ? Une chaise vient de briser sous mon poids. Je t'avouerai que je ne suis pas tellement tentée de répéter l'expérience avec la table de la cuisine, qui doit être tout aussi vieille.

— Les pattes sont en métal. Impossible que ça casse. On pourrait aller dans le salon, mais la luminosité est bien meilleure ici. Je t'aide à t'installer si tu veux.

Vais-je réussir à conserver un peu de dignité ce matin ? Grimper sur une table n'est pas aussi évident que ça peut en avoir l'air, surtout avec des échardes dans le derrière. J'accepte le coup de main de Liam qui m'aide à monter, et, toujours aussi mal à l'aise, je m'étends sur le ventre.

— Dis donc, as-tu une pince à épiler et une aiguille ?

— J'ai une pince à épiler dans la salle de bain, dans mon coffre à maquillage. Il est sur le bord du lavabo.

— Je te l'apporte, alors. Et l'aiguille ?

— Oh, pour ça, je ne sais pas trop où fouiller.

— On va voir si on peut arranger ça avec la pince.

Personnellement, je n'ai pas tellement envie de me faire rentrer une aiguille dans les fesses. Déjà que la suite risque d'être pénible. Liam revient rapidement et me tend mon coffre. Je farfouille à l'intérieur et j'y trouve ma pince. J'ai un dernier mouvement de réticence avant de la lui tendre.

— On peut toujours attendre Judith.

Pour toute réponse, il m'arrache la pince, qu'il entreprend de désinfecter avec de l'alcool.

— Je ne te l'ai pas dit, mais avant de commencer mes études pour devenir enseignant, je voulais être ambulancier. J'ai commencé le cours, mais j'ai abandonné après une année. Je m'imaginais mal, finalement, travailler à toute heure du jour ou de la nuit. J'aime bien prodiguer des soins aux gens, mais je préfère avoir un horaire de travail plus régulier.

Il me pique la fesse avec la pince, ce qui me fait sursauter.

— Aïe !

— Désolé. Il y a pas mal de petites échardes. Ça risque de prendre du temps. Attends, regarde ça.

Il me montre un bout de bois qui est aussi long qu'une aiguille.

— Celle-là était facile. Sois patiente pour les autres.

Je soupire et je pose ma tête contre mes bras. Liam dépose la pince quelques secondes et se rend au salon. Il revient avec un coussin.

— Tiens, tant qu'à souffrir, il vaut mieux être confortablement installée.

Je lève la tête et m'appuie sur le coussin. C'est beaucoup mieux. Je ferme les yeux et je tente de m'imaginer que je suis installée pour un massage de détente plutôt que pour une extraction de bouts de bois de mon postérieur. Peine perdue. Chaque fois qu'il plante la pince, je sursaute.

— Désolé, répète-t-il pour la énième fois.

— Tu peux arrêter de t'excuser. Je sais que tu ne fais pas exprès.

Mon regard erre jusqu'au poêle et je remarque l'heure.

— Liam, tu vas arriver en retard à ton cours, si ça continue. Tu m'as dit que tu n'avais qu'une heure de pause.

— Ne t'inquiète pas. Je peux rester encore quinze bonnes minutes avant d'avoir à partir. Je pense que j'aurai le temps de m'occuper de… toute cette zone.

Je me tourne vers lui et je vois qu'il sourit, comme si ma situation avait quelque chose de comique. Je lui lance un regard d'avertissement, mais je pouffe aussitôt de rire.

— Wow, quelle belle façon de se mettre en valeur, hein !

— Ne t'inquiète pas. Ce n'est pas à proprement dire désagréable. C'est tout de même plus plaisant qu'enlever des échardes à un joueur de football de mon équipe.

— Ils ne doivent pas rencontrer bien souvent des galeries en bois pourri sur leur chemin.

— Tu pourrais être surprise. Les bancs de bois de l'école sont probablement aussi vieux que ta galerie.

— J'avoue.

Nous restons silencieux quelques secondes. Je m'apprête à relancer la discussion quand je vois ma vieille voisine faire irruption dans la cuisine. Encore ! Liam la regarde, surpris.

— Peut-on vous aider, Mme Caron ? demande-t-il poliment.

Comme la veille, elle a encore son paquet de cartes.

— On joue ! me dicte-t-elle.

Je n'ai pas le temps de répondre. Son fils se pointe le bout du nez à son tour. Cette fois, il a été rapide.

— Je suis vraiment désolé, elle m'a enfermé dans la remise, puis elle s'est sauvée. Maman, combien de fois t'ai-je répété de ne pas t'enfuir ?

Pour couronner le tout, Judith en profite pour faire son apparition.

— Qu'est-ce qui est arrivé à la galerie en avant ?

Elle s'interrompt net, surprise par la scène qui se déroule dans la cuisine. Il y a moi, couchée sur la table, les fesses presque à l'air, Liam qui tient la pince dans les airs, Mme Caron qui s'est installée près de ma tête et qui brasse maintenant les cartes, ainsi que son fils qui se répand encore en excuses.

— Qu'est-ce qui se passe ici ? demande Judith, en croisant les bras sur sa poitrine.

À voir son air, c'est comme si on avait organisé une fête à laquelle on ne l'avait pas conviée, et qu'elle avait découvert la supercherie.

— La chaise s'est fracassée sous mon poids et je suis passée à travers la galerie.

— OK, et ça ? demande-t-elle, en pointant la pince à épiler du doigt. Vous avez décidé de jouer au jeu Opération sans nous ?

— Marie-Ève s'est rentré pas mal d'échardes et elle n'était pas en mesure de les atteindre elle-même, explique Liam. Toutefois, maintenant que tu es là, je pense que je peux te passer le relais. D'autant plus que je dois retourner auprès de mes élèves. J'ai fini ici, de toute façon.

Il me gratifie d'une petite claque sur le bas des fesses, puis s'excuse aussitôt pour son geste déplacé.

— C'était un réflexe plus qu'autre chose. Vraiment désolé.

Je lui offre un sourire complice, et je vois une lueur briller dans ses yeux. Il me propose sa main pour m'aider à descendre de la table, ce que je fais, toujours sous le regard de mon public.

— Bon, je dois vraiment y aller. Veux-tu monter pour aller récupérer ta voiture même avec tes échardes dans les mains ?

Des images de tétanos ou d'infections graves me traversent l'esprit. Il est préférable que je résolve un problème à la fois.

— Si vous avez besoin d'aller en ville, je peux servir de chauffeur, propose mon voisin.

— Non ! réplique sa mère. On joue.

Ma vieille voisine semble bien déterminée à jouer sa partie de *Cribble*. J'analyse mes mains, qui ont besoin d'une bonne intervention. Je ne suis pas dans les meilleures dispositions pour une partie de cartes.

— J'enlève tout ça et je vais jouer ensuite.

Un sourire fleurit sur les lèvres de la dame. On dirait une enfant capricieuse à qui l'on vient de céder. Dégagé de ses responsabilités du moment, Liam s'apprête à partir.

— Je t'appelle plus tard ?

— OK. Merci de ton aide.

Le voisin, toujours planté au milieu de la cuisine, semble ne pas trop savoir quoi faire de ses dix doigts.

— Vous pouvez retourner chez vous, dis-je. Je viendrai la reconduire quand nous aurons fini notre partie.

— Vous êtes certaine ? Je me sens déjà assez mal de...

— Non, ça va. Elle va rester dans la cuisine avec nous. On va jouer.

Il réfléchit quelques secondes avant d'acquiescer.

— Très bien. Je vais aller ranger mon équipement. Quand vous serez prête, je vous reconduirai en ville. Maman, tu restes ici.

Pour toute réponse, elle lui fait un signe de la main, comme si elle en avait marre de le voir dans la même pièce qu'elle. Il hausse les épaules et il s'en va.

— Tu es sûre que c'est une bonne idée ? chuchote Judith.

— Bien sûr. Il n'y a pas de danger. Elle cherche seulement un peu de compagnie. Allez, tu peux m'enlever tout ça ?

Je m'assois délicatement sur la chaise. C'est sensible, mais tolérable. C'est plutôt le bas de mon dos qui est douloureux. Mon amie prend la pince et entreprend d'arracher mes échardes. Je dois dire qu'elle ne fait pas preuve d'autant de douceur que Liam un peu plus tôt.

— Alors, comment est-ce arrivé ? demande Judith.

— J'étais assise tranquillement sur le balcon, je m'apprêtais à me lever et boum. La chaise a craqué sous mon poids.

Quand je suis tombée, mes fesses ont totalement traversé le bois pourri. Ça a fait mal en tabarouette. Une chance que Liam est arrivé, sinon je pense que je serais encore prise là.

— C'est la première fois que je vois quelqu'un qui se rentre des échardes dans les fesses. C'est quand même très drôle.

— J'aurais préféré qu'il explore mon postérieur dans d'autres circonstances.

Mme Caron éclate de rire. Tiens, je ne pensais pas qu'elle suivait la discussion.

— J'ai fini, annonce mon amie. Je vais aller me préparer, maintenant. C'est aujourd'hui que je me fais passer pour une journaliste.

— Liam a rapporté le vélo hier. Il est contre la remise.

— Génial ! J'ai hâte de voir la tête de Destinée quand je vais arriver sur cette bicyclette et lui exposer mes connaissances viticoles et journalistiques. Je vais gagner sa confiance, et la questionner ensuite.

— Tu devrais enregistrer votre conversation. Je brûle d'entendre ça. Je te donne des points bonis si tu réussis à lui faire avouer que c'est elle qui a trucidé mes pauvres plantes dans le jardin. Quelle tristesse !

— Quoi ?

Je lui raconte en quelques mots ma découverte du matin. Elle réfléchit un moment avant d'ajouter :

— Dire que tu t'es échinée sans bons sens hier là-dessus. Heureusement que tu as encore le tracteur. Tu vas pouvoir préparer le champ pour semer.

— Non, je pense que je vais attendre avant d'entamer quoi que ce soit d'autre.

— Ça suffit, le bavardage de fillettes, on joue ! nous interrompt la voisine.

— Je vous laisse, dit Judith, on en reparlera plus tard.

— Très bien, merci d'avoir enlevé mes échardes.

Elle sort de la cuisine et je regarde mes mains, maintenant exemptes de petits bouts de bois.

— Il va falloir réparer la galerie. Un autre projet, maugréé-je.

— Tu commences enfin ton projet, Lucille ? me demande la vieille dame.

Je la regarde curieusement.

— Quel projet ?

— Voyons, Lucille. Ton projet ! Tu as enfin ramassé assez d'argent. Il est temps de commencer avant de mourir. Sors tes sous et vas-y !

Puis, elle se met encore à rire.

— Cet argent, madame Caron, il est où ? À la banque ?

— Mais non. Caché ! C'est bien mieux. Aucun risque de le perdre.

Je fais le tour de la cuisine des yeux, puis je réfléchis à la disposition de la maison. Il ne doit pas y avoir trente-six endroits où Mme Lanthier aurait pu planquer son argent.

— On joue ? répète ma visiteuse.

— Bien sûr. Allons-y.

Mme Caron brasse les cartes. Même si mon esprit vogue ailleurs – j'ai un tracteur à rapporter, une voiture à récupérer, un planticide à élucider et un balcon à réparer –, je décide de prendre une vingtaine de minutes et de me concentrer sur la partie. Qui sait, peut-être que ma chance de la dernière fois se présentera de nouveau !

Vingt minutes plus tard, je vis une défaite cuisante. Ma partenaire de cartes s'amuse comme une folle, c'est évident. Tant mieux si ça lui donne du bonheur. Sa vie ne doit pas être rose.

— Allez, madame Caron, je vous raccompagne chez vous.

Je me lève et je grimace. Ouf, j'ai vraiment mal, maintenant. La vieille dame me suit sans rechigner. Je suis surprise de sa docilité. Elle prend elle-même le chemin de la sortie.

— On refait ça demain, ma Lulu.

— On verra.

— En tout cas, je suis contente que tu commences ton projet. Tu ramasses ton argent depuis tellement longtemps. Il faut le faire avant qu'il soit trop tard.

— Oui, oui.

Que répondre de plus ? Nous marchons silencieusement jusque chez elle, et je suis surprise de la vigueur de son pas. Il faut dire que je traîne de la patte à cause de mes courbatures. Je la raccompagne jusqu'à la porte. Son fils sort quand nous arrivons, ainsi que son épouse – je suppose –, qui s'excuse elle aussi des immersions inopinées de sa belle-mère chez moi. Je la rassure en lui disant que je suis convaincue qu'elle trouve dans cette maison un lieu de paix et de joyeux souvenirs. J'accompagne mes propos d'un sourire rassurant, mais ce serait mentir que d'affirmer que je n'ai pas hâte qu'elle cesse ces intrusions à toute heure.

— Êtes-vous prête à partir ? me demande M. Caron.

— Si vous pouviez me laisser une vingtaine de minutes, j'irais me changer.

— Bien sûr, prenez votre temps. Appelez-moi quand vous êtes prête.

— Merci, c'est bien gentil. Au revoir, madame Caron !

— Bye, Lulu !

Je descends les marches du perron, appréciant la solidité du bois sous mes pieds – genre de détail auquel je ne m'étais jamais attardée auparavant.

17

Quelques minutes plus tard, je découvre que j'ai encore un visiteur : Albert. Les gens se succèdent chez moi, ce matin. Je n'ai pas particulièrement envie de le voir maintenant. Je veux juste me changer et aller récupérer ma voiture. Je suis prête à parier qu'il me parlera de Jules et de trucs que je n'ai pas le goût d'entendre. Malgré cela, après un soupir, je plaque un sourire sur mon visage. Je ne peux rien faire d'autre : il m'a vue, et s'approche déjà à pas vifs.

— Qu'est-ce qui est arrivé au balcon ? Et au terrain ?

— Rien de bien méchant.

— Tu es sûre, parce que…

— Albert, s'il te plaît ! Je sais ce que je suis en train de faire et tout est sous contrôle. En fait, je suis contente que tu sois là. Je n'ai plus besoin de ton tracteur. Tu peux le récupérer.

Je m'imagine mal rebondir sur mon derrière endolori en conduisant jusque chez lui. Non merci !

— Tu as vraiment terminé ? Ce n'est pas que je juge ton travail, mais…

— J'ai décidé que j'attendrais encore un peu avant d'entamer le projet. Comme je ne sais pas trop ce qui risque de se passer avec la terre, je préfère ne rien entreprendre. Je vais attendre d'avoir des nouvelles officielles de Mme Meunier. Quand je saurai à quoi m'en tenir, je reprendrai peut-être ta machine, si ça te convient, bien entendu.

Il reste silencieux un moment, réfléchissant à mes propos. C'est bien la première fois depuis que je le côtoie qu'il ne dit rien. Ça me plaît, en fait.

— Bien sûr. Fais-moi signe quand tu en auras besoin.

— C'est très généreux de ta part. Si tu veux bien m'excuser, je dois aller chercher ma voiture en ville. J'ai eu une crevaison hier soir et elle est encore devant le petit bistro.

— Tu es sortie en ville hier soir ? Tu aurais pu m'appeler, j'y serais allé avec toi.

— Euh… je n'y ai pas pensé. Et je me suis dit que tu serais sans doute occupé à prendre soin de Jules. Enfin, je ne vais pas te retenir plus longtemps. Je dois vraiment partir.

— Comment comptes-tu te rendre là-bas ? As-tu besoin d'un conducteur ? Ça me ferait plaisir de t'accompagner.

— Non, non, tout est arrangé. Merci.

Il a l'air déçu. On dirait bien qu'il a envie de passer plus de temps en ma compagnie. C'est très charmant de sa part, et je me sens mal de le décourager ainsi sur toute la ligne. Il m'a quand même aidée, à sa façon.

— Aimerais-tu qu'on monte ensemble demain pour aller chez Destinée ? propose-t-il.

— Non merci. Je vais plutôt prendre ma voiture. Comme je disais, je me suis blessée tantôt. S'il advenait que je doive partir plus tôt à cause de mon dos, je ne voudrais gâcher le plaisir de personne.

L'excuse est vraiment excellente. C'est beaucoup mieux que simuler une gastro. J'entamerai la soirée en racontant ma mésaventure – même si ça me donne l'air assez ridicule – et je passerai évidemment sous silence la partie où Liam m'enlevait les échardes des fesses, mais, dès que l'occasion se présentera, je me plaindrai de maux de dos, question de partir au plus vite. Comme Liam m'aura servi de chauffeur, il n'aura pas le choix de partir en ma compagnie et nous terminerons la soirée ensemble, ici. L'idée me fait sourire. Seule ombre au portrait : Judith. Il faudrait que je l'envoie ailleurs quelque temps. À moins que la soirée ne se termine plutôt chez Liam. Nous pourrions...

— Marie-Ève, ça va ?

— Hein ?

— Ça fait deux fois que je te pose la même question.

— Oh, désolée, je pensais à ma voiture. Un pneu à plat, c'est tellement dérangeant. Qu'est-ce que tu me demandais ?

— Je voulais savoir si tu avais revu Liam.

— Ah ! Pourquoi tu veux savoir ça ?

— Il me semble avoir vu souvent sa voiture dans le coin et je me demandais si c'était parce qu'il te rend visite.

— Eh bien, oui, il m'a aidée à déverrouiller ma remise. Il y avait un gros cadenas et il m'a prêté les pinces qu'il utilise à l'école. Je n'ai jamais vu une aussi grosse paire de pinces.

Je pouffe de rire. Albert fronce les sourcils. Bon, il ne peut pas piger la blague, je comprends. Il est temps de clore la discussion, je crois.

— Eh bien, c'est gentil d'être passé. Et encore un gros merci pour ton tracteur. Je dois vraiment y aller maintenant. Bye !

Je ne le laisse pas placer un mot de plus et je rentre. Je m'attarde quelques secondes dans la fenêtre, discrètement. Le jeune homme se dirige vers son tracteur, grimpe dessus, le démarre du premier coup et prend le chemin du retour. Une fois qu'il a disparu de mon champ de vision, je verrouille la porte. Voici une bonne habitude à prendre.

Judith est encore dans la maison et elle se prépare pour son escapade au vignoble. Elle me raconte en long et en large le périple à vélo qu'elle souhaite entreprendre ainsi que les questions qu'elle compte poser à Destinée. Je l'écoute, debout, même si je meurs d'envie de me laisser choir sur le divan. J'ai le sentiment que mes fesses n'approuveraient pas trop le mouvement.

— Je doute de la pertinence de ton projet, Judith. Même si on apprend la raison pour laquelle Mme Lanthier refusait de céder la terre à Destinée, ça ne l'empêchera probablement pas de l'acheter à Mme Meunier.

— C'est là que tu te trompes. On peut jouer la carte sentimentale avec Mme Meunier. Si elle apprend que Destinée veut massacrer la terre et détruire la maison, ou construire un truc pas possible, elle refusera peut-être de la lui vendre, en souvenir de sa bonne amie qui avait une vision pour sa fermette.

— C'est un peu tiré par les cheveux. Je crois qu'elle n'avait pas vu ladite bonne amie depuis au moins vingt ans. Qu'est-ce que ça lui chante que quelqu'un qu'elle ne connaît pas ait des projets ici ? Tant qu'elle a l'argent, ça ne changera rien à sa vie.

— Tu es dans quel camp ?

— Dans le tien. Bien entendu. Tu sais quoi ? Tu fais bien d'y aller. Tu devrais en profiter pour lui jouer un mauvais tour. Elle le mériterait bien après avoir arraché mes pauvres plantes.

Mon amie, qui adore les commérages, se frotte soudainement les mains, comme si elle mijotait effectivement un coup.

— Tu as raison, réplique-t-elle. Il faut frapper fort. Laisse-moi m'en occuper.

— C'est comme tu veux. Je vais récupérer mon auto et revenir ici t'attendre. Dis donc, tu as dormi chez Cédric, hier ? Avoue que tu m'as envoyée acheter des préservatifs pour toi, au fond.

Elle sourit, mais ne dit rien. Je suppose qu'elle veut avoir plus de temps pour tout me raconter. De toute façon, je dois rappeler le voisin pour qu'il me conduise en ville. Les vingt minutes sont largement dépassées.

Mon cellulaire vibre. J'ai un message de Liam qui m'indique que ma voiture a été remorquée jusqu'au garage du coin, mais que le garagiste ne pourra pas s'en occuper avant la fin de l'après-midi. Eh bien, ça change mes plans. Un deuxième message m'apprend que mon copain propose de la ramasser pour moi en fin de journée et de me la rapporter. Je souris, contente à l'idée de le revoir aussi vite. Je lui réponds un: « Très bien, mais juste si tu me laisses t'inviter à souper. » Mon commentaire obtient aussitôt un pouce en l'air.

— Bon, bien c'est réglé pour la voiture. Liam s'en occupe.

— Excellent. Quelle chance que tu l'aies rencontré!

— Oui, je m'en rends compte chaque jour. J'espère que notre relation évoluera positivement. Une journée à la fois!

Je passe à la cuisine appeler le voisin et, quand je raccroche, Judith est fin prête à partir.

— Je vais prendre le vélo. Heureusement que Destinée n'habite pas trop loin.

— Je suis convaincue que les réparations de Liam sont très correctes. Tu ne devrais pas te retrouver les quatre fers en l'air comme la dernière fois. D'ailleurs, ton visage guérit très bien. Tu as réussi à camoufler les éraflures.

— Je veux être à mon mieux pour cette rencontre. Que penses-tu de mon look?

Elle a un habillement particulièrement réussi. Elle a enfilé un chandail beige à mailles très larges qui tombe sur son short en jean coupé et troué. On croirait celui-ci tout droit sorti d'une friperie à cause de l'usure. Elle porte également de petits bottillons en cuir beige et un foulard autour du cou dans les teintes terre aussi. Elle ne fait qu'un avec la nature ! J'aurais préféré qu'elle me choisisse ce *look* pour m'installer à la campagne plutôt que celui, plus farfelu, qu'elle m'a imposé. Je me demande encore, d'ailleurs, si ce n'était pas qu'une bonne farce. Elle ajoute une paire de lunettes de soleil rondes à sa tenue et un grand sac à dos en cuir. Puis, elle passe un appareil photo autour de son cou.

— Où as-tu déniché cette antiquité ?

— C'est à Cédric. Je l'ai vue chez lui hier. Il s'agit de l'article par excellence pour compléter mon portrait.

— C'est parfait. Tu as l'air d'une journaliste bohème.

— En plein le style que je cherchais. J'y vais, alors. Souhaite-moi bonne chance. Crois-moi, à nous deux, on viendra à bout de cette Destinée.

— Hum, hum... bonne chance ! Reviens-moi en un morceau avec des détails croustillants.

Je la regarde enfourcher le vélo, prendre quelques clichés d'elle-même avec son iPhone, et quitter tranquillement l'entrée. Si j'avais ma voiture, je l'aurais suivie sans scrupule pour voir son évolution sur le chemin poussiéreux. Mon amie a vraiment de drôles d'idées. Je rentre dans la maison, je verrouille la porte, et je me rends à la cuisine. Qu'est-ce que je pourrais bien cuisiner de bon ce soir ? J'ouvre le frigo et je plonge la tête dedans. La sonnerie crépitante du téléphone me fait sursauter et je me frappe le crâne contre la porte du congélateur. Je lâche un juron et je me frotte pour chasser la douleur, puis je vais répondre d'un ton abrupt.

— Allô.

— Marie-Ève, c'est moi.

— Maman !

— C'est Clémence !

La bouderie aura duré moins longtemps que je le pensais. Je ne saurais dire, cependant, si je suis contente d'entendre sa voix.

— Comment as-tu eu ce numéro ?

— C'est ton père qui me l'a donné. Je me suis dit que tu risquais de ne pas répondre si je t'appelais sur ton cellulaire.

Et pourquoi aurais-je agi de la sorte ? C'est elle qui boudait, pas moi. Je m'abstiens de répondre à son commentaire. Comme le fil du téléphone est très long, et que, connaissant ma mère, la conversation pourrait certainement s'éterniser, je me déplace jusqu'au réfrigérateur et je continue mon inspection.

— Je voulais savoir comment se passe ton expérience dans cette maison. Est-ce que tu aimes ça ?

— Eh bien, ça ne fait que quelques jours. Il m'est arrivé pas mal de petites aventures et j'apprends sur le tas. En gros, je dirais que ça va plutôt bien, selon le moment de la journée. Je suis assez bien entourée. Les voisins sont charmants et m'aident beaucoup. J'ai une voisine qui me prend pour l'ancienne propriétaire et elle persiste à m'appeler Lucille – c'est le prénom de l'ancienne proprio. Elle se faufile dans la cuisine presque tous les jours et m'oblige à jouer au *Cribble* avec elle. C'était assez stressant au départ. Pas le *Cribble*, mais les intrusions. Maintenant, je m'y suis habituée. Sais-tu que j'ai eu une main de vingt-neuf ? Je n'arrivais pas à y croire. Malheureusement, je n'ai aucun témoin qui peut confirmer mes dires.

Je suis surprise d'être aussi loquace. Il s'agit peut-être de l'influence du téléphone à cordon enroulé. Ça laisse place aux discussions qui peuvent durer de longues heures, puisqu'on a une certaine mobilité dans la cuisine. Puis, je me traite d'idiote. Comme si mon téléphone cellulaire ne m'offrait aucune mobilité ! Après réflexion, je remarque qu'en fin de compte, malgré tous les pépins rencontrés depuis mon installation ici, je commence à m'habituer à ma nouvelle vie.

— Tu n'es pas obligée de tout me raconter en détail, je t'ai juste demandé si tu aimais ça.

Eh bien, je vois que mes propos l'intéressent. Je prends un ton plus cassant.

— Oui, j'aime ça. Mais ça ne durera pas longtemps. Une fille de la région veut acheter la terre. Elle a déjà fait une offre à Mme Meunier.

— Donc, ça te plaît. Les poules, la chèvre, la vieille maison.

— Oui, ce n'est pas si mal. Mon condo est mieux, c'est sûr, mais il y a quand même certains éléments ici qui méritent qu'on s'y attarde.

L'image de Liam me traverse l'esprit. Je ferme la porte du réfrigérateur et je m'assois très doucement sur l'une des chaises de la cuisine, écoutant ma mère se mettre à parler du marché immobilier. En fait, je n'écoute que d'une oreille. Mon esprit dérive vers Liam, son sourire et son sens de l'humour. Clémence interrompt rapidement ma rêverie.

— En tout cas, on se reparle bientôt. Je viendrai voir ça. Peut-être samedi.

— Ce n'est pas nécessaire de te déplacer, dis-je mollement.

— On se voit en fin de semaine. Bye.

Elle raccroche. Bon, je n'aurai pas le choix de l'accueillir. Je pourrais essayer de faire concorder ça avec une intrusion de la voisine; les deux auraient peut-être des points en commun. Une fois qu'elles auront disputé une partie de *Cribble*, j'inviterai ma mère à s'installer dans le fauteuil défoncé. Je ricane à cette idée. Je dépose le combiné et je reste quelques secondes plantée dans la cuisine, réalisant que je suis seule et sans plan particulier. J'ai le bas du dos pas mal courbaturé et je me vois mal entamer un projet quelconque. Je dois me laisser un peu de temps. J'erre donc dans la maison, voyant toutes les tâches qui sont à faire, mais n'entreprenant rien. En fait, plusieurs choses me chicotent: ma mère, évidemment, Liam – mais de façon positive –, mais aussi cette histoire d'argent perdu. Ces rumeurs sont très intéressantes. S'il s'avérait que le magot soit caché quelque part ici? Ce ne serait pas impossible. Cependant, tant que la place appartient à Mme Meunier, il est mieux que je ne fouille pas trop les recoins. Ce serait encore pire si le contrat de vente était signé et que Destinée en était maintenant la propriétaire. Je m'imagine sans peine trouver des liasses de billets et être obligée de les remettre à la vigneronne, qui se les mettra dans les poches sans poursuivre le rêve de Mme Lanthier. Ce serait très dommage qu'une situation semblable arrive. Dommage, et malheureusement très probable. Je sais que si Judith trouvait le butin, elle serait du genre à cacher la vérité, mais mon côté moral très développé m'empêcherait d'agir de la sorte.

Malgré tout, mes pas me guident jusqu'au corridor principal du rez-de-chaussée. Je m'arrête sous la trappe qui mène au grenier. Un cordon avec une petite boule y est suspendu. Si je me lève sur la pointe des pieds, je pourrai le tirer et faire descendre, je présume, un petit escalier intégré me permettant d'accéder au grenier. Je me doute que l'idée n'est pas géniale : m'aventurer en haut alors que je suis seule dans la maison… Avec ma chance habituelle, il est évident qu'une mésaventure s'imposera. Je devrais aller m'étendre sur le divan et profiter du calme qui règne. Cependant, la tentation est trop grande. Un petit coup d'œil ne peut pas faire de mal. Je me hisse sur la pointe des pieds et je tire. Rien ne bouge. Je tire encore, plus fort cette fois. Je suis pratiquement pendue au bout du fil quand l'escalier cède enfin d'un coup. Je suis aussitôt assaillie par la poussière et des brindilles diverses qui me tombent sur la tête. Je sautille d'un bord à l'autre en lâchant des « hiii ! » et des « haaa ! ». Quelque chose de dur m'a frappée directement sur le front. Je ressens un haut-le-cœur quand je constate qu'il s'agit d'une souris qui s'enfuit en courant dans le corridor. Je me colle contre l'un des murs, aussi apeurée que si je venais de découvrir un nid de dragons. Ce n'était qu'un nid de souris, il faut que je me calme. Tout de même, en voilà une en liberté dans la maison. Quant aux autres, qui sait où elles se cachent ? Maintenant que plus rien ne bouge, je m'approche de la scène de crime. Il y a quelques cadavres de souris séchés, de la paille et d'autres végétaux qui ont servi de base au nid. Et aussi des petites crottes. Beaucoup de petites crottes. S'il fallait que Judith voie ça, elle ferait bien une attaque. Elle déteste ces petites bestioles. Comme il n'y a plus de mouvement, je vais chercher le balai et un grand sac et je ramasse toute la cochonnerie qui est tombée. Je passe un coup d'aspirateur et je nettoie le plancher. Une fois que tout est propre, je me questionne sur la suite des choses. Je monte ou j'abandonne le projet? En proie à ma réflexion, je me passe la main dans les cheveux et j'y découvre des débris qui me sont tombés sur la tête. La réponse est claire. J'abandonne le projet de fouiller le grenier au profit d'une bonne douche.

Je m'assure de tout refermer et je me réfugie sous le jet brûlant. Il y a toujours ce problème de souris dans la maison qui reste à régler. Je me demande si Mme Lanthier n'avait pas quelques trappes dans un tiroir. Ça pourrait certainement servir. Quand je sors de la douche, j'entends du bruit dans la cuisine. Je m'essuie vite et je m'habille, puis je vais voir qui est mon visiteur. Je trouve mon amie, qui m'a l'air bien agitée. J'espère qu'elle n'a pas vu la souris…

— Tu es déjà de retour du vignoble? Ça s'est bien passé?

— Un véritable désastre.

Je m'assois à la table, prête à écouter son récit. Au fond, je ne suis pas si surprise que sa rencontre avec Destinée se soit mal déroulée. La vigneronne n'est pas nécessairement sympathique au premier abord.

— Elle sait tout !

— Qu'est-ce que tu veux dire par là ?

— Elle connaît tout de notre plan.

Je deviens soudainement nerveuse.

— Raconte-moi ce qui s'est passé.

— Eh bien, tout allait rondement au départ. Je me suis rendue à vélo, j'ai pris plusieurs photos sur la route.

Je lui fais signe de sauter au prochain chapitre.

— Quand je suis arrivée, j'ai décidé d'arracher une grappe de raisins pour prendre une jolie photo. J'ai à peine eu le temps de faire une pose que Destinée est arrivée comme une furie près de moi. Cette femme est drôlement intimidante.

— Tu as arraché une grappe ? Malheur ! À quoi as-tu pensé ?

Je me souviens avoir entendu que, pour les petits producteurs, chaque grappe de raisins compte. Mon amie n'a pas choisi la bonne manière de faire son entrée sur le vignoble. D'un autre côté, Destinée a bien détruit toutes mes futures récoltes. C'est bien fait pour elle.

— Je n'en savais rien, moi. Des raisins parmi tant d'autres, qu'est-ce que ça change ? J'aurais pu être un chevreuil qui vient grignoter, ça aurait été pareil.

— Non, ce n'est pas pareil. Mais peu importe. Continue !

— Oui, bon. Justement, elle m'a démasquée assez facilement. Je lui ai posé quelques questions sur son vin bio, ses recettes de vin…

— Ses recettes de vin ? Tu croyais que tu allais passer un entretien avec Ricardo, ou quoi ?

— J'étais nerveuse à cause des raisins. En plus, elle répondait uniquement par monosyllabes, tout en me scrutant de son regard d'acier. Je n'aimerais pas me retrouver dans un coin noir avec elle. Elle me fait peur. Pourtant, elle avait l'air si gentille quand je lui parlais au téléphone.

— C'était avant que tu trucides sa récolte.

— Enfin, elle m'a emmenée dans la salle où elle fait fermenter son vin et c'est là qu'elle m'a asséné le coup fatal.

— C'est-à-dire ?

— Elle m'a accusée d'espionnage industriel.

Je réprime un fou rire. Espionnage industriel, vraiment ?

— Tu n'es pas sérieuse.

— Oui. Elle avait tout compris : elle m'a parlé de mon faux compte Instagram. Elle a fait des recherches sur moi auprès de ses contacts et il ne lui a pas fallu beaucoup de temps pour savoir que je n'étais pas une vraie journaliste. Elle m'avait fait venir pour me piéger. Elle croyait dur comme fer que je voulais empiéter sur son territoire.

J'imagine sans peine mon amie, acculée dans un coin sombre de la salle de fermentation, entre deux cuves de vin, répondant aux accusations de Destinée. Même les plus courageux n'y auraient pas résisté.

— Au départ, elle pensait que je travaillais pour un vignoble compétiteur. Elle voulait vraiment savoir qui était mon employeur et en quoi consistaient mes plans. Elle m'a assuré qu'elle écraserait toute compétition dans la région. Ça avait le mérite d'être clair. L'endroit lui appartient. Ouf, je sentais la sueur couler dans mon dos, si tu savais.

— Alors, comment as-tu réglé ça ?

— Je n'ai pas eu le choix. J'ai tout avoué : notre amitié, et le fait que ma visite avait pour but de faire la lumière sur ses projets. Plus j'y réfléchissais, moins je comprenais pourquoi elle s'acharne à obtenir ce petit bout de terre. On s'entend, qu'est-ce qu'elle pourrait bien faire alors qu'elle a déjà tout un terrain à son actif ? Il doit y avoir autre chose qui l'intéresse. Pas la maison, c'est certain.

— Pas la maison, non, mais peut-être ce qui s'y cache. Ou encore, ce qu'elle pourrait faire du terrain une fois qu'elle l'aura acquis.

— Qu'est-ce que tu veux dire par là ?

— Si je me fie aux propos de ma mère, une terre dans les environs représente un investissement à long terme. Si Destinée réussissait à l'acquérir pour une somme dérisoire, elle pourrait la revendre ensuite et faire ainsi un coup d'argent intéressant. Je ne sais pas à quoi ressemblent ses finances, mais, malgré le succès de son produit, les affaires ne roulent peut-être pas nécessairement rondement. Destinée semble très ambitieuse, mais encore faut-il qu'elle ait les moyens de ses ambitions.

— Donc, tu crois qu'elle voudrait seulement faire un coup d'argent ?

— Possible. Ou…

— Ou quoi ?

— Eh bien, il y a des rumeurs qui circulent en ville concernant la vieille Mme Lanthier.

— Quel genre de rumeurs ? demande Judith.

— Comme quoi elle aurait amassé un paquet d'argent, mais personne ne sait ce qu'elle en aurait fait. Certains pensent qu'elle aurait pu le cacher ici, puisqu'il ne se trouve pas à la banque.

— Ici ? Vraiment ? J'aurais pensé trouver un cadavre enseveli avant une montagne d'argent, on va se le dire franchement.

— Tu exagères. Je trouve cette maison assez sympathique. Bon, elle a besoin d'amour, mais rien n'est insurmontable.

— Surtout si elle cache une mine d'or.

— Je ne me fais pas trop d'illusions. Mme Lanthier ne devait pas être si fortunée, mais n'empêche. Nous pourrions peut-être être surprises. Si, et seulement si, nous trouvions quelque chose.

— Qu'est-ce qu'on attend, alors ? Cherchons !

— Non, c'est une mauvaise idée.

— Pourquoi ?

— La maison n'est pas à nous. Si on trouve l'argent, il va aller directement à la propriétaire et ça ne veut pas dire qu'elle l'investira ici.

— Tu préfères que ça tombe entre les griffes de Destinée ?

— Je ne sais pas. Que veux-tu que je fasse ? Je n'ai aucun droit sur cette propriété. Mais revenons-en à Destinée. Comment s'est terminé votre entretien ?

— Elle a bien compris que je ne faisais pas d'espionnage industriel quand je lui ai avoué que j'étais ta meilleure amie. Là, elle s'est mise à rire. Je n'ai pas tellement aimé ça.

— Moi non plus...

— En tout cas, elle m'a dit qu'elle trouvait ça très puéril de ta part de m'envoyer la questionner.

Je serre les dents. Je savais que cette idée n'apporterait rien de bon. Je vais avoir l'air d'une vraie idiote lors de notre souper demain. Autre bonne raison de ne pas avoir envie de mettre les pieds là-bas. Mon amie remarque mon air et me rassure.

— T'inquiète. Je lui ai dit que tu n'étais au courant de rien, que toute cette histoire était entièrement mon idée.

— Tu penses qu'elle t'a crue ?

— J'ai été très insistante sur ce point. Et tu ne connais pas la meilleure.

— Il y a autre chose ?

— Oui, madame. Alors que je quittais sa propriété, j'ai parlé avec quelques-uns de ses employés.

— Oui, et alors ?

— J'ai laissé entendre que leur patronne avait un petit problème de jeu et qu'elle avait des dettes.

— Quoi ? Ben voyons. Tu as glissé ça de même, dans la discussion : « Eh salut, je pars, ne faites pas attention à moi. Saviez-vous que votre patronne a des problèmes de jeu et qu'elle a un paquet de dettes ? »

— Pas exactement comme ça, mais pas loin. La machine à rumeurs est lancée. Il va maintenant falloir l'entretenir. Je compte sur toi pour m'aider.

Elle se met à rire et je secoue la tête. Mon amie a vraiment de drôles d'idées. N'empêche, maintenant, je vais devoir me pointer le bout du nez chez Destinée et affronter son regard alors qu'elle pense que je l'espionne. Ce sera vraiment plaisant.

Je savais que rien de bon ne sortirait de cette visite au vignoble.

18

Comme elle a pris du retard dans son travail, Judith s'installe à son bureau. De mon côté, je fouille dans la cuisine à la recherche de trappes à souris, puis je vais voir dans la remise, mais je ne trouve rien. Je devrai remettre ma chasse, en espérant que ma chère invitée ne s'infiltrera pas dans mon lit pendant la nuit. Pendant que ma copine travaille, je m'installe sur le divan et je fais des recherches sur Destinée.

À force de fouiller, j'en apprends pas mal sur la vie de la vigneronne. Le vignoble appartenait d'abord à ses parents, qui ont acheté la terre dans les années 1970. Ils ont lancé leur production à petite échelle et les affaires ont démarré assez lentement. Quand ils sont décédés, elle a repris l'entreprise familiale et a décidé d'obtenir une certification bio. Je suis impressionnée par ce qu'elle a réussi à accomplir. Je poursuis mes recherches, que je trouve fascinantes. Je ne croyais pas que ce métier était si difficile. En fait, je ne m'étais jamais réellement attardée à la question, m'intéressant plutôt au vin dans son format embouteillé. Le temps file et, quand j'éteins mon téléphone, je réalise que l'après-midi est drôlement avancé. Liam viendra me rejoindre pour le souper et je ne sais toujours pas ce que nous allons manger ni ce que je vais faire de mon amie. La maison n'est pas si grande que ça.

— Dis donc, tu n'as pas de plans avec Cédric, ce soir ?

Judith lève la tête de son écran d'ordinateur et me regarde, l'air perdu.

— Hein ?

— Cédric, tu ne le vois pas ce soir ? Vous pourriez sortir, maintenant que ta réelle identité a été dévoilée au monde entier.

— Très drôle. Non, on n'a pas de plans ce soir. En fait, il doit travailler. On va se voir demain.

— Ah.

— Arrête d'être contente comme ça de passer la soirée avec moi.

— J'avais invité Liam à souper.

— Je ne vous dérangerai pas. Je vais m'installer dans la chambre. À moins que tu aies besoin de la chambre ? lance-t-elle avec un haussement de sourcils subjectif.

— Si tu es ici, je vais me sentir comme si ma mère m'observait. On revient au bon vieux temps des chaperons, on dirait.

— Je vais faire exprès de m'asseoir entre vous deux sur le divan.

— Je ne suis pas certaine qu'il résisterait à la surcharge de poids.

Pour toute réponse, elle prend un coussin et me le lance. Je l'esquive assez facilement en riant.

— Il fait beau, on en profitera pour aller se balader dehors.

— Tes fesses vont-elles résister ?

— Ça va quand je suis debout. C'est quand je m'assois que c'est plus compliqué.

— Et couchée, ça va ?

— Arrête avec tes insinuations. Ça ne fait même pas une semaine qu'on se connaît. Je ne vais pas l'inviter dans mon lit tout de suite.

— Aurais-tu peur de l'engagement ?

Je reste silencieuse quelques secondes. Ai-je peur de l'engagement ? Cette idée me semble rapide. Liam me plaît bien, mais nous n'avons passé que quelques heures ensemble.

— Je sens ton cerveau rouler à pleine vitesse, remarque Judith. Je t'ai rarement vue t'emballer pour un homme de la sorte dans les dernières années. Tu n'auras pas le choix de rester ici si tu veux que la relation survive.

— On est loin d'être rendus là. Voyons d'abord si nous survivons à notre souper de demain, ajouté-je en soupirant.

— Je pourrais profiter de votre tête-à-tête ce soir pour me réfugier au sous-sol, propose mon amie.

— Non.

— Pourquoi tu dis non ?

— Parce que je te connais, tu vas fouiller. On ne va pas mettre la baraque sens dessus dessous et démolir les murs.

— Tu as déjà commencé par le balcon en avant, on pourrait simplement étendre le projet.

— Non. Mauvaise idée.

Mon cellulaire m'annonce l'arrivée d'un texto. Je souris lorsque je reconnais mon destinataire, mais mon sourire déserte vite mon visage.

— Oh !

— Que se passe-t-il ?

— Liam m'apprend que ma voiture ne sera pas prête avant demain.

— Bon, ce n'est pas un drame à proprement parler.

— Je l'ai invité à souper et il vient de décliner mon invitation.

— Il a expliqué pourquoi ?

— Non. Seulement qu'il devait remettre ça à une autre fois.

— Il a mis des émoticônes pour justifier ses propos ? Un sourire, un bonhomme clin d'œil, une face tristounette ?

— Même pas. Je devrais m'inquiéter ?

Son moment de réflexion ne m'échappe pas.

— Judith !

— Mais non. C'est reconnu que les hommes communiquent moins que les femmes. Il a un empêchement, ça peut arriver à tout le monde. On va passer la soirée ensemble, tu vas voir, on va bien s'amuser. Pour faire bonne figure, j'ai acheté une bouteille de vin à Destinée tantôt. On pourrait la boire.

Avant que j'aie le temps de répondre, la lumière du salon s'éteint.

— Eh bien, on dirait qu'on a encore une coupure de courant, dis-je. Ça va être toi, moi, les chandelles et la planche de *Cribble*.

— Sans oublier Betty et Veronica !

Quelques heures plus tard, nous sommes installées dans la cuisine en train de jouer. Mon amie s'améliore de partie en partie ; elle manque seulement d'entraînement pour calculer. Alors que nous savourons le vin de Destinée, Judith me raconte de nouveau sa visite au vignoble, ajoutant des détails qu'elle avait omis la première fois. En outre, elle n'a rien appris de nouveau sur la vigneronne ; elle n'a réussi qu'à perdre la face et à m'inclure dans son jeu. C'est charmant. Malgré tout, elle semble bien contente d'avoir mis son petit grain de sel à la fin de sa visite en lançant cette histoire sur les dettes et le problème de jeu. Ne reste qu'à voir si la rumeur va se propager.

Je viens de prendre les devants dans la partie quand mon téléphone vibre sur la table. Il s'agit d'un numéro inconnu et je suis tentée d'ignorer le message, mais une photo en pièce jointe attire mon attention. Je la télécharge et l'observe de plus près. Mon expression a changé, car les traits de mon amie se froncent.

— Qu'est-ce que tu viens de recevoir là ?

Pour toute réponse, je lui tends mon appareil.

— Oh…, fait-elle.

— Tu en penses quoi ?

— Eh bien, je…

— Voilà, que dire de plus ?

Amère, je me lève et je vais prendre la bouteille de vin sur le comptoir. Je remplis mon verre et agrippe mon appareil de nouveau. J'ai reçu une photo de Liam. D'après ce que je vois, il se trouve au bistro où nous sommes allés la veille. Ce n'est pas tellement important, en fait. Ce qui me dérange, c'est plutôt la femme avec qui il se trouve. Elle a de longs cheveux blonds. Il est difficile d'estimer son âge, car l'image est un peu floue, mais ils sont très près l'un de l'autre. Liam a les coudes accotés sur la table et est penché vers elle pour écouter ce qu'elle raconte. Même si je ne connais pas l'identité de la personne qui m'a envoyé ce message, j'ai un certain doute.

— Tu crois que ça vient de Destinée ? demande Judith.

— Je ne vois pas qui d'autre. Grâce à toi, elle pense que je l'espionne. Il serait normal qu'elle tente elle aussi de s'immiscer dans ma vie d'une façon ou d'une autre. À moins que ce soit Albert. Il ne semble pas tellement apprécier l'intérêt que je porte à Liam.

— C'est drôle, je n'imaginais pas Albert comme étant un gars jaloux.

— On ne le connaît pas tellement. Je ne pourrais pas te dire grand-chose sur lui à part qu'il adore ses lamas. Sinon…

— Tu as pourtant passé pas mal d'heures en sa compagnie quand vous avez nettoyé le poulailler, entre autres.

— Oui, c'est vrai, mais j'ai de la difficulté à me concentrer sur ses propos. Mon esprit dévie toujours quand il me parle et je pense à autre chose.

— Comme à Liam !

J'esquisse un sourire, mais le cœur n'y est pas. J'éteins mon téléphone et le pose contre la table.

— Bon. Je n'ai plus tellement envie de jouer. On pourrait faire autre chose.

Comme si ma prière avait été entendue, l'électricité revient au même moment. C'est une bonne nouvelle !

— Ne t'en fais pas, Marie-Ève. Cette fille, ça peut être n'importe qui. Une copine du secondaire, une cousine, sa mère.

— Sa mère ! Tu exagères, quand même.

— En plus, une photo prise hors contexte comme ça ne signifie absolument rien.

J'effectue un mouvement de tête qui lui donne raison.

— Il a quand même annulé notre soirée, ajouté-je faiblement.

— Après être passé pratiquement tous les jours sans aucune raison valable. À ta place, je ne m'inquiéterais pas trop. Qui sait, il est peut-être en train de rompre avec cette fille. Il lui baratine un truc du genre : « Chérie, j'ai enlevé les échardes du derrière d'une super belle fille ce matin. C'est fini entre nous ! »

Cette fois, je souris pour vrai.

— Crois-moi, j'ai rencontré mon lot de garçons pas intéressés dans les dernières années et je peux te garantir que ton Liam, lui, il est intéressé. Attends de voir ce qu'il va te dire demain avant de t'imaginer tous les scénarios possibles.

— Tu as raison. Je vais attendre.

— D'ici là, tu devrais appeler au numéro qui t'a envoyé ce message, question de savoir de qui il s'agit.

— Tu crois que la personne serait assez idiote pour répondre ?

— Peut-être, s'il s'agit d'Albert !

— Non, je ne veux pas embarquer là-dedans. Je veux pouvoir baser ma relation avec Liam sur la confiance. Je ferais mieux de voir s'il me parle de ce rendez-vous avant de lui balancer quoi que ce soit.

— Tu sais quoi ? Tu m'impressionnes vraiment. D'abord, tu veux qu'on attende pour partir à la chasse au trésor dans la maison, puis tu veux attendre pour entendre les explications de Liam. Tu es la reine de la patience.

— C'est certain que je n'ai pas ton tempérament frondeur. Je ne suis même pas certaine que le mot « attendre » fait partie de ton vocabulaire.

Elle réfléchit un instant, puis reste en silence, encore.

— Qu'est-ce que tu fais ?

— Bien, j'attends ! Je te montre que je suis capable.

— Bon, bon. Je vais aller prendre un bain.

— Comme tu veux, je vais t'attendre ici.

— Arrête donc.

Elle me sourit de toutes ses dents. Heureusement, grâce à sa présence, je ne me morfondrai pas toute seule dans mon coin.

Je prends un des livres achetés à la librairie et je me réfugie dans la salle de bain. J'allume quelques chandelles, de façon à avoir un éclairage tamisé juste assez fort pour que je puisse lire. Aussi bien rendre ce temps productif. Quelques minutes plus tard, je me glisse dans l'eau chaude, déterminée à en apprendre plus sur l'élevage des poules et des chèvres.

Je lis depuis une quinzaine de minutes, tout au plus, quand un cri strident retentit juste à côté de la porte. J'en échappe mon livre directement dans le bain. D'un bond, je sors et j'attrape la serviette. Je repêche mon ouvrage et le dépose sur le bord du lavabo, puis j'ouvre la porte.

— Quoi ? Qu'est-ce qui se passe ?

— Une souris ! Il y a une souris dans la maison ! Elle était juste là, au bout du corridor.

— Oh…

— Oh ! C'est tout ce que tu as à dire ?

— Eh bien, on est dans une vieille maison, je pense qu'il est normal d'y trouver quelques bestioles nuisibles. Ce n'est pas si dramatique que ça. On va s'en débarrasser. Je vais aller acheter des trappes demain.

Judith pose les mains sur ses hanches et me scrute. Je baisse les yeux et je remarque que je suis en train de dégouliner sur le plancher. Le moment me semble propice pour aller me sécher dans la salle de bain, à l'abri du regard inquisiteur de mon amie.

— Tu le savais ! Avoue. Tu es trop bien organisée dans tes démarches.

— Franchement, n'importe qui aurait le réflexe d'acheter des trappes à souris.

— Non, mon premier réflexe est plutôt de grimper sur une chaise et de crier.

— Où est ta chaise, alors ?

— Marie-Ève !

— Bon, bon, je ne t'ai pas tout dit. Pendant que tu visitais le vignoble, j'ai eu l'idée d'aller fouiller dans le grenier.

— Ah ! Tu n'es donc pas si patiente que ça, finalement. Et moi qui faisais l'éloge de tes qualités.

Elle secoue la tête comme si elle regrettait chacune de ses paroles. Je note ici une légère exagération.

— Je ne suis même pas montée au grenier. J'ai plutôt débusqué un nid de souris.

Je la vois frémir. Je sais d'instinct que nous ne passerons pas une bonne nuit. Chaque mouvement lui fera probablement imaginer des bestioles courant un peu partout sous la couette.

— Il s'agissait d'un vieux nid, avec des cadavres tout séchés. Il n'y en avait qu'une seule en vie. Elle a probablement plus peur de nous que l'inverse.

— Qu'en sais-tu ?

— Relaxe, ce n'est qu'une petite bête. Une fois la surprise passée, elle est mignonne comme tout.

— Dis-moi, Marie-Ève, comment se fait-il que tu arrives à tuer des animaux aimés de leur propriétaire, comme le furet, mais qu'une simple souris puisse se faufiler sous ton nez ?

— Je ne comprends pas trop la logique derrière tes propos. Je croyais, d'ailleurs, qu'on ne mentionnait plus cet épisode du furet. Il faut en revenir un jour. Est-ce que je peux aller m'habiller, là ?

— Je ne suis pas certaine. Imagine qu'elle revienne.

— Tu es plus grosse qu'elle. Dans le doute, écrase-la avec ton pied.

Je n'attends pas qu'elle renchérisse et je retourne dans la salle de bain. J'enfile rapidement mon pyjama et je récupère mon livre qui dégoutte. On dirait une perte totale. Je vais le laisser sécher et voir s'il est récupérable. Dommage, l'information me semblait très pertinente. Je sors et je trouve Judith exactement au même endroit, figée telle une statue.

— Tu te prépares à poser pour le musée Grévin ?

— Ne blague pas. Tu sais que j'ai une peur maladive de ces bestioles. Qu'est-ce qu'on va faire cette nuit ?

Sa crainte est réelle. Pauvre Judith.

— Bon, va chercher le balai.

Elle ne bouge pas d'un poil. Je retiens un soupir et je vais moi-même le chercher. Je reviens quelques secondes plus tard.

— Où as-tu aperçu la souris la dernière fois ?

— Là, elle est entrée dans le placard.

— Reste ici et surveille le placard. Je vais aller sécuriser la chambre pour cette nuit.

Je me sens comme un garde du corps défendant sa cliente contre des ennemis nationaux. Heureusement, il n'y a pas vraiment de meubles dans la chambre derrière lesquels notre invitée pourrait se faufiler. Je regarde sous le lit, et je donne quelques coups de balai. Il n'y a qu'un peu de poussière. Je tire l'unique commode, qui s'avère vide. J'ouvre la porte du garde-robe. Les planchers sont propres, et il n'y a aucun endroit où se faufiler. Je referme la porte et j'indique à Judith qu'elle peut venir dans la chambre sans problème. Elle entre et court vers le lit. Arrivée tout près, elle se précipite dessus comme pour éviter qu'un inconnu, caché sous le matelas, lui agrippe les chevilles au passage.

— Ça va ? Tu te sens en sécurité ?

Elle s'assoit en tailleur et prend quelques secondes pour regarder autour d'elle.

— Ça va, oui, mais je viens de réaliser que j'ai oublié ma bouteille d'eau à la cuisine.

— Très bien, j'ai compris. Surveille la porte.

Je sors et vais chercher sa bouteille, que je lui apporte.

— Vas-tu vraiment rester ici jusqu'à ce que tu te couches ? À mon avis, la petite bête est loin à l'heure qu'il est.

— Je ne bougerai pas tant que le jour ne sera pas levé.

— Je ne vois pas trop le rapport.

— Je me comprends. Il va falloir trouver quelque chose qu'on peut placer sous la porte pour que la souris ne se faufile pas dans la chambre durant la nuit. Je pense que ça fonctionnerait avec une serviette.

— Très bien. Faisons cela.

Je me rends jusqu'à la lingerie et je prends une serviette. Je reviens ensuite sur mes pas.

— Je vais aller regarder la télé. Tu ne veux pas venir avec moi ?

Je vois qu'elle hésite, mais la peur l'emporte sur tout.

— Non, je préfère rester ici sans bouger.

— Comme tu veux. J'espère que tu as au moins pris le temps de te brosser les dents !

Je ne lui laisse pas le temps de répondre. Je ferme derrière moi et je place la serviette de façon à empêcher une souris de passer sous la porte. Pauvre Judith ! Il faudrait qu'elle apprenne à gérer cette peur, surtout à la campagne.

Environ deux heures plus tard, je cogne des clous sur le divan. Je décide donc d'aller me coucher. À quelques reprises, j'ai regardé la photo de Liam et de la fille blonde. Je ne sais pas pourquoi je me torture ainsi. Il ne me doit absolument aucune explication et ce n'est pas comme si nous nous étions engagés l'un envers l'autre. Théoriquement, je ne suis que de passage ici. Il n'a peut-être pas envie de développer une relation avec une femme qui menace de partir à n'importe quel instant. Pourtant, il me semble avoir ressenti un truc spécial entre nous ; je ne peux certainement pas avoir inventé ça, non ?

J'entre dans la chambre et je trouve Judith en train de ronfler. L'épisode de la souris ne l'a pas affectée tant que ça, alors. Comme convenu, je ferme la porte et je pousse la serviette pour empêcher une bestiole de se glisser en dessous. Même si je cognais des clous quelques minutes plus tôt sur le divan, il me faut beaucoup de temps avant de m'endormir.

19

Je me réveille d'une humeur égale. J'ai beaucoup réfléchi pendant la nuit. Même si j'aime bien Liam, il n'est peut-être pas judicieux que je m'engage avec lui pour le moment. Je suis ici temporairement, jusqu'à ce que Mme Meunier décide ce qu'elle compte faire de sa maison. Si elle décide de vendre à Destinée, je retournerai à ma vie en ville. Il n'existe pas d'autre scénario, puisque je n'ai pas les fonds nécessaires pour acheter la terre moi-même, à moins de vendre mon condo ; ce qui ne fait pas du tout partie de mes intentions. Je préférerais le louer avant de m'en départir officiellement. Je ne peux qu'attendre pour voir où me mènera tout ça.

Je suis surprise de trouver mon amie debout, déjà à sa table de travail. Je remarque qu'elle est assise en tailleur sur sa chaise et que le balai ne se trouve pas loin.

— Tu as décidé de ne pas poser tes pieds sur le sol aujourd'hui ? Vais-je te voir bondir de meuble en meuble comme le ferait un chat ?

— Si j'étais un chat, je m'occuperais d'abord de tuer cette maudite souris avant de bondir d'un meuble à l'autre, grogne-t-elle.

— Ne t'inquiète pas, la chasse commence très bientôt. Dès que je récupère ma voiture.

— Ce n'est pas la peine. J'ai appelé Cédric. Il va passer à la quincaillerie acheter du poison. Il s'en vient porter tout ça.

— Il est de bonne heure sur le piton.

— C'est un vrai prince charmant, prêt à tout pour aider une femme en détresse.

— Tu n'avais pas l'air trop en détresse cette nuit. Tu as ronflé comme un moteur.

— Il s'agit de ma façon bien personnelle d'évacuer mon anxiété.

— Bien sûr… Bon, je te fais un café ?

— Oui, et tu serais bien gentille de m'apporter un truc à grignoter. Je me sens en sécurité ici, pas question que je bouge.

— Oui, cheffe !

Même si je fais preuve de confiance, et que la petite souris ne me fait pas tellement peur, je me surprends à examiner les alentours avec circonspection. En tenant à l'œil les angles morts de la pièce, je fais du café pour deux. Puis, après avoir déposé la tasse sur le bureau de mon amie, je sors visiter mes poules.

— Betty, Veronica, Cheryl ! C'est moi !

Comme si elles me reconnaissaient, les poules avancent vers moi en oscillant leur petite tête. C'est trop mignon. Charmée, je me penche pour en flatter une, qui me flanque un coup de bec.

— Hé ! Je pensais qu'on était amies, dis-je. Traîtresse.

Je prends quelques minutes pour les nourrir et ramasser les œufs, puis je sors, refermant la porte derrière moi. Toujours vêtue de mon pyjama, je me dirige vers la maison quand je vois Albert se pointer, traînant Biquette. Il est de bonne heure lui aussi. Je dépose mon panier à la porte et je m'avance vers lui.

— Elle t'a tenu réveillé toute la nuit alors tu as décidé de t'en débarrasser ? blagué-je en réceptionnant la corde de ma chèvre.

— Non, il y a un virus qui court parmi mes lamas. Le vétérinaire m'a recommandé d'éviter le contact avec des animaux d'autres fermes.

Je regarde Biquette en reculant d'un pas. J'aurais probablement eu le même mouvement de recul en rencontrant un pestiféré.

— Je devrais m'inquiéter ?

— Non, ce n'est pas dangereux pour les humains.

— Mais elle pourrait le refiler aux poules.

Je m'imagine sans peine une épidémie de grippe aviaire… ou de chèvre folle. Est-ce que la chèvre folle existe ? J'observe Biquette et ses yeux croches. Si oui, je pense qu'elle en souffre déjà.

— Il s'agit plutôt d'une mesure de précaution. C'est à cause de Jules, il est...

Je suis distraite par des coureurs qui passent sur la route. En tête, je reconnais Liam. Il me salue de loin, mais ne fait pas le détour pour venir me voir. Est-ce à cause de la présence d'Albert ? J'avoue que le *timing* n'est pas extraordinaire. S'il était passé cinq minutes plus tôt, mon voisin n'aurait pas encore été sur les lieux. Je regarde donc le groupe passer, pleine de dépit et d'amertume. Au fond, je ne lui dois pas d'explications. Lui-même n'était-il pas avec une femme, hier soir ? Comme Albert en a fini avec son histoire de lamas, je décide de le questionner.

— Dis donc, j'ai vu Liam, hier, en compagnie d'une femme aux longs cheveux blonds. Tu sais qui ça peut être ?

— Ça ne me dit rien. Je lui demande ce soir, si tu veux.

— Oui, c'est une bonne idée !

Je m'en veux d'agir de la sorte. Ce tempérament jaloux ne me ressemble pas.

— Je vois que tu as récolté pas mal d'œufs. Comment ça se passe avec les poules ?

— Ça va quand même bien. Ah oui ! J'ai lu quelque chose d'intéressant à leur sujet hier et je voulais savoir ce que tu en pensais. Ne bouge pas, je vais aller chercher mon livre. Tu peux aller reconduire Biquette dans le poulailler en attendant si tu veux.

— Bien sûr.

J'entre en coup de vent et je vais récupérer mon livre, qui a trempé dans le bain la veille. Les pages sont gondolées, mais toujours lisibles. Je rejoins vite Albert dehors.

— Oh, qu'est-ce qui s'est passé ? demande-t-il en pointant du doigt mon ouvrage.

— Une petite souris nous a rendu visite, expliqué-je. J'ai laissé tomber mon livre dans le bain.

— Tu étais dans le bain, lâche-t-il.

— Euh, oui. Bon, regarde le plan que j'ai fait.

— Tu te souviens de la première fois qu'on s'est vus ? Je sortais de la douche.

Comment oublier cette image ? Le coup d'œil en valait tout de même la peine. Je décide toutefois de ne pas donner suite à son commentaire. Je ne voudrais pas qu'il se fasse trop d'espoir à mon endroit.

— Ça me semble dater d'une autre vie, clamé-je enfin. Regarde. Je voulais savoir ce que tu en penses. Il est indiqué ici qu'il serait préférable pour elles d'avoir un enclos. Penses-tu que j'aurais l'espace nécessaire pour en aménager un ? Un qui ressemblerait à celui-là.

Je lève la page directement sous son nez, ce qui me soustrait totalement à son regard. Il n'a donc pas le choix de penser à autre chose qu'à ma personne dans le bain. D'ailleurs, j'aurais dû prendre deux minutes et mettre un soutien-gorge quand je suis retournée dans la maison. La vue de ma camisole légère ne le laisse peut-être pas indifférent. Mon plan fonctionne, car son attention est détournée vers mon projet. Il me fait certaines suggestions et nous évoquons quelques possibilités ensemble. Je note ses recommandations dans la marge du livre, que je laisse ensuite dans le poulailler tandis que j'accompagne mon compagnon à l'extérieur pour visualiser le plan. Nous parlons encore un bon moment, énonçant différentes idées. Pour la première fois, je trouve que nous avons une discussion intéressante. Je retourne dans le poulailler pour récupérer mon livre, afin d'y noter une liste sommaire de matériaux dont je vais avoir besoin, et je découvre Biquette en train de le mâchouiller.

— Hé ! Qu'est-ce que tu fais là, toi ?

Il me faut plusieurs tentatives pour le lui arracher de la gueule, mais elle en conserve tout de même quelques bouts de pages.

— Sale chèvre, maugréé-je. On ne peut pas te tourner le dos.

Mon livre est foutu. Au moins, les pages qui me sont utiles sont toujours intactes. Quelques minutes plus tard, Albert retourne chez lui. Je le regarde s'éloigner un moment. Il est très serviable. Il m'a même proposé son aide pour la construction. S'il ne parlait pas autant de ses lamas, je pourrais peut-être considérer aller à un rendez-vous avec lui. Je chasse aussitôt cette idée de mon esprit. Et elle est tout de suite remplacée par l'image de Liam passant devant la maison sans s'arrêter.

J'entre dans la maison et Judith m'apprend que le garagiste a téléphoné pour m'informer que ma voiture était prête. Il s'agit d'une excellente nouvelle.

— Il faudrait aussi faire des courses, non ? Le réfrigérateur est presque vide, ajoute-t-elle.

— Je vais aller prendre ma douche et trouver un moyen de me rendre en ville.

— Cédric s'en vient avec le poison à souris. Il pourrait peut-être te conduire au garage ensuite.

— Oui, ça pourrait être utile. Ça m'éviterait de déranger les voisins ou même de prendre un taxi.

Je saute donc sous la douche afin d'être prête le plus vite possible. Je profiterai de cette balade en ville pour passer à la quincaillerie faire faire une estimation du coût de mon projet.

Quelques minutes plus tard, je trouve Cédric dans le salon, en pleine discussion avec Judith, toujours assise en tailleur sur sa chaise. Comme mon amie l'avait prévu, le jeune homme se montre plus que disposé à m'embarquer jusqu'au garage, une fois qu'il a posé le poison à souris à divers endroits de la maison.

Dans le camion, la conversation avec Cédric est agréable. Je comprends qu'il plaise à ma copine. Je le remercie chaleureusement pour tout quand il me dépose près de ma voiture.

Quelques minutes plus tard, je ressors du garage, satisfaite de retrouver une certaine liberté. Je suis aussi très contente que le garagiste m'ait fait un prix « d'amie », puisqu'il connaît bien Liam.

Je fais un premier arrêt à la quincaillerie. Contrairement à ma première visite, où je me suis faite toute petite, je me dirige directement au comptoir, mon livre tout gondolé et mâchouillé en main, et j'ai une bonne discussion avec le propriétaire qui m'offre ses recommandations. André – celui qui était présent la dernière fois et qui semble faire partie des meubles – ajoute lui aussi son grain de sel, même si on ne lui a rien demandé. Je trouve tout de même cela sympathique. Je reste une bonne heure à la quincaillerie et j'en sors avec une estimation très complète. Le coût des matériaux est assez élevé, ce qui me fait hésiter. Je suis d'avis que mes poules ont besoin de liberté, mais pas à n'importe quel prix. Il me faudra réviser le budget qu'on m'a alloué.

Comme l'heure du dîner est largement passée, j'arrête au petit bistro où j'ai mangé avec Liam et je me commande un sandwich. Le propriétaire me salue comme si j'étais une habituée et je m'installe sur un tabouret au bar. La dame assise près de moi semble d'humeur bavarde, et elle se tourne d'emblée pour me parler.

— Je vous ai vue au marché local dimanche passé, lance-t-elle.

— Ah ! Oui, c'est vrai. Est-ce qu'on a été présentées ? J'ai rencontré beaucoup de gens et je ne me souviens pas de tous.

— Non, non, je connais Albert, tout simplement. Vous étiez en sa compagnie.

Elle hausse un sourcil suggestif.

— Oui, il s'est montré très amical depuis mon arrivée.

J'insiste sur le mot « amical ». Le serveur dépose un gros sandwich appétissant devant moi, dans lequel je mords à belles dents, espérant ainsi montrer à ma voisine que la conversation est close. Elle en décide autrement.

— Donc, vous vous installez officiellement dans la région ? demande-t-elle. Sur la terre de Mme Lanthier ?

J'avale ma bouchée et je m'essuie la bouche.

— Hum, j'y suis, pour le moment, de façon temporaire. Je prends soin de la terre en attendant que la propriétaire décide ce qu'elle compte en faire.

— J'ai entendu dire qu'il y avait de la demande pour cette fermette. Certaines personnes de la région veulent l'acheter.

— Oui, je sais, grommelé-je, avant de croquer de nouveau dans mon sandwich.

Je suis en train de perdre l'appétit. Je me serais bien passée de cette discussion.

— Je pensais que Destinée l'achèterait, mais finalement, je crois qu'elle n'aura pas les reins assez solides.

Je suspends mon geste et me tourne franchement vers mon interlocutrice.

— Que voulez-vous dire par là ?

Apparemment contente de confier ses précieux renseignements, elle se penche vers moi.

— J'ai entendu dire qu'elle avait de sérieux problèmes de dettes. Elle aurait dépensé une bonne partie de son héritage au casino. La pauvre. Quand ça va se savoir officiellement...

Je trouve ça drôle qu'elle dise « la pauvre » alors qu'elle-même contribue à répandre la rumeur auprès de toute oreille attentive. Je n'arrive pas à croire que le mensonge de mon amie ait déboulé aussi rapidement. Elle n'a pas su coincer Destinée, mais elle a vite trouvé à qui il fallait parler pour que la machine se mette en branle. Je me sens vaguement mal à l'aise d'en discuter ainsi, au beau milieu de la place publique. Je finis mon sandwich et je paie mon addition. Je salue le propriétaire et je jette un dernier regard à mon interlocutrice, qui est en train de poursuivre sa mission auprès d'autres clients.

L'après-midi est déjà avancé. Il me reste à passer à l'épicerie. Je prends mon cellulaire pour consulter la liste que je me suis faite et je remarque que ma pile est à plat. Pas étonnant que je n'aie pas été dérangée de tout mon périple en ville. Personne n'était en mesure de me joindre. J'espère qu'il n'y a pas eu d'urgence. Comme toujours, lorsque je me sens coupée du monde ainsi, j'ai un bref moment de panique. Puis, je me calme. Je serai de retour à la maison dans une heure tout au plus. À part une attaque massive de souris, je ne vois pas ce qui aurait pu se passer pendant mon absence. En fait, c'est plutôt moi qui ai de l'information nouvelle à communiquer à mon amie. Je monte dans ma voiture et prends le chemin de l'épicerie. Cependant, en route, je remarque que les petits kiosques sont installés au même endroit que le dimanche précédent. Comme je n'ai pas eu le temps de tout explorer, je décide d'arrêter voir ce que les gens de la région ont à offrir. Je pourrais peut-être même acheter des produits frais. Je me stationne tout près et je descends, m'octroyant une petite demi-heure pour faire mon tour.

L'ambiance au marché est festive, me faisant momentanément oublier la scène du bistro. Les gens sont souriants, il y a des musiciens qui contribuent au plaisir de tous et le kiosque de crème glacée fonctionne à plein régime en cette magnifique journée. On croirait que tout le monde est en congé en ce beau vendredi après-midi. Je circule entre les étals, regardant ce qui est offert. Je discute avec une agricultrice du coin et je lui achète quelques légumes. Le même scénario se produit un peu plus loin alors que je me procure des pommes et des fraises. Je trouve aussi du fromage de chèvre – j'ai une petite pensée pour Biquette – ainsi que d'autres produits artisanaux. Au bout du compte, la demi-heure que je m'étais octroyée est largement dépassée, mais la chance d'avoir rencontré de sympathiques gens de la région prime sur mon horaire.

Je passe tout de même en vitesse à l'épicerie. Je n'en reviens pas comme l'après-midi a filé rapidement. Quand je monte dans ma voiture, il est presque dix-sept heures et je commence à ressentir un brin de nervosité. Je vais manquer de temps si je veux être à l'heure chez Destinée.

Quinze minutes plus tard, je me frappe le nez contre la porte verrouillée. Tiens, c'est bien la première fois que Judith pense à mettre le verrou. Le problème est que je n'ai pas la clé. Je l'ai laissée sur le comptoir. Je tambourine à la porte une fois, et une autre, puis encore plus fort.

— Judith ! Ouvre la porte ! crié-je, à bout de patience.

J'espère qu'elle n'est pas partie, je serais bien mal prise dehors, des sacs plein les mains. Enfin, j'entends des pas. Mon amie ouvre, vêtue de son peignoir et encore humide.

— Tu n'avais pas ta clé ?

— Bien sûr que oui, je voulais seulement te tirer de sous la douche pour pouvoir prendre ta place.

Je lui fais signe de se tasser et je vais déposer mon fardeau sur la table de la cuisine. Je jette un coup d'œil à l'horloge. Je n'ai pas le temps pour une douche. Je vais ranger l'épicerie, me changer et me maquiller, puis il sera l'heure de partir. Tant pis, c'était à moi de ne pas traîner autant. Judith reste dans la cuisine avec moi et m'aide avec mes achats. Je suis surprise de la voir marcher « librement » dans la maison. La gentille souris semble être maintenant chose du passé.

— Ta mère a appelé, me signale-t-elle. Il faudrait que tu la rappelles. Elle a dit que c'était vraiment important.

— Eh bien, ça attendra à demain.

— Ton père aussi a appelé.

— Est-ce qu'il a dit que c'était important ?

— Euh, non.

— Mais je devrais peut-être le rappeler, dis-je, songeuse, en regardant l'horloge.

— Pourquoi tant de presse ? Il n'y a probablement pas d'urgence. Qu'as-tu fait de ton téléphone ? J'ai passé l'après-midi à jouer à la secrétaire. Liam aussi a appelé. Il a dit qu'il viendra te chercher un peu avant dix-huit heures.

— Tu crois qu'il sera accompagné de sa grande blonde ? demandé-je, un brin d'amertume dans la voix.

— Tu exagères. Attends avant de tirer des conclusions. Je suis certaine qu'il y a une explication à tout cela.

— Tu as raison. Je ne dois pas me laisser perturber. J'ai passé une très belle journée dans les environs. Mon escapade en ville en valait vraiment la peine. Tu sais que la rumeur que tu as lancée circule déjà dans les rues ?

— Non ! Mais c'est parfait, ça, s'exclame-t-elle.

— Je ne sais pas trop. Je n'aime pas jouer avec la réputation des gens.

— Elle n'avait qu'à se montrer plus gentille à la base. Elle le mérite bien. Et je suis convaincue que tu n'es pas la première à qui elle fait la vie dure. Ne t'inquiète pas pour elle. Elle fera en sorte que tout revienne à la normale bien vite.

Je ne réplique rien. Je ne cautionne pas ce que mon amie a fait, mais une petite partie de moi ne peut s'empêcher d'apprécier cette vengeance.

— Qui t'a mise au courant de la rumeur ?

— Une dame que j'ai rencontrée au bistro. Elle semblait en connaître long sur les habitants de la région en général. Elle n'a pas arrêté de bavarder pendant que je mangeais.

— Elle ne t'a pas parlé du trésor caché dans la maison ? Il faudrait peut-être songer à questionner les gens autour. On pourrait débusquer quelques informations ici et là.

— J'y ai bien réfléchi et je suis sûre que c'est de la frime. Avec tous les coûts engendrés par l'entretien de la terre en général, je serais surprise que Mme Lanthier ait réussi à mettre autant d'argent de côté. À mon avis, elle a fait croire à ses projets parce qu'elle voulait repousser ceux qui souhaitaient mettre la main sur sa propriété.

— Peut-être. Ce serait une astuce bien sentie. En tout cas. Oh, et Albert aussi a appelé.

— Coudonc, c'est vrai que tu as passé l'après-midi à jouer à la secrétaire.

— J'aimais bien la ligne fixe, mais je commence finalement à trouver cela désavantageux. Tu devrais peut-être considérer la faire enlever.

— Désolée de t'avoir imposé ça. Qu'est-ce qu'Albert voulait ?

— Eh bien, il voulait s'assurer que tu n'avais pas besoin d'un conducteur ce soir.

— Oh ! Tu lui as dit que Liam passait me prendre ?

— Non.

— Je lui ai spécifié, hier, que je n'avais pas besoin de chauffeur. Il est drôlement insistant.

Comme nous en avons terminé dans la cuisine, je vais me changer dans la chambre. En silence, mon amie me suit et me regarde faire.

— Ton nouvel ensemble te va très bien. Tous les hommes n'auront d'yeux que pour toi. Ça ne plaira pas à Destinée.

Je lui souris dans le miroir.

— Toi, qu'est-ce que tu vas faire de ta soirée ?

— Cédric va venir me chercher plus tard. D'où la douche. Ne m'attends pas.

— OK, profites-en bien. Planifies-tu lui parler de… l'avenir ? Tu comptes sûrement retourner en ville bientôt.

— C'est ça, le hic. Je ne sais pas trop sur quel pied danser pour le moment. Je suppose qu'on verra ça un jour à la fois.

— Tu sais que tu peux rester ici aussi longtemps que tu le souhaites. J'aime bien ta compagnie.

— Merci de le dire. Je m'en doutais, mais c'est agréable à entendre. En plus, je trouve que l'endroit est favorable pour travailler. Il y a moins de distractions qu'en ville.

— Tu en es sûre ? Il me semble que les visiteurs font la file à la porte, ou encore au téléphone.

— Ça va se tasser. Quand on sera débarrassées de la souris, tout sera parfait.

On cogne à la porte au même instant.

— Ça doit être ton cavalier ! Je te laisse répondre, je ne suis pas certaine qu'il aimerait que j'ouvre seulement vêtue de mon peignoir.

Je déglutis, nerveuse. Toute cette histoire de photo de la veille me chamboule plus qu'elle ne le devrait. Mon cœur s'emballe légèrement lorsque je vois Liam sur le pas de la porte. Il s'est habillé chic. Je l'aime bien en vêtements de sport, mais il est encore plus *sexy* vêtu d'une chemise. Je suis contente d'avoir moi-même soigné ma tenue pour l'occasion. Toutes mes appréhensions relatives à la photo de la veille disparaissent dès qu'il ouvre la bouche.

— Wow, tu es super jolie ! Je t'emmènerais bien ailleurs que chez Destinée.

— Oui, bien, il semble qu'on ne puisse pas y échapper.

Je pointe du doigt l'entrée, où la voiture d'Albert vient de s'engager. Décidément, il me colle au derrière, lui.

— Qu'est-ce qu'il fait là ?

— Aucune idée. J'avais été assez claire, il me semble.

J'attends que l'intéressé sorte de sa voiture. Il nous rejoint à grandes enjambées.

Il n'a pas l'air content de voir Liam. J'aurais dû lui dire la vérité la veille plutôt que de lui faire croire que je prenais ma voiture.

— Bonsoir, Albert, on ne devait pas se joindre chez Destinée directement ?

— Je n'étais pas certain que tu avais récupéré ton véhicule, répond-il.

— Eh bien oui, comme tu peux le voir.

Le silence tombe un moment. Je ne sais pas trop quoi dire.

— Voulez-vous qu'on monte les trois ensemble ? suggère-t-il.

— Non !

Nous nous sommes exclamés en même temps, mon compagnon et moi.

— Nous allons faire un petit détour, explique Liam. Je dois montrer un truc à Marie-Ève, ça ne prendra que quelques minutes. Ça tombe bien que tu passes. Comme tu arriveras le premier, tu pourras informer notre hôtesse de notre léger retard.

— Très bien, fait Albert, du bout des lèvres. À votre place, je ne tarderais pas. Destinée déteste les gens qui ne sont pas à l'heure. Elle trouve que c'est un manque de savoir-vivre.

Une raison de plus pour elle de me détester…

— Ne t'inquiète pas pour nous, déclare Liam. On y va ?

Mon voisin nous quitte, de mauvais poil. La soirée sera assurément un succès. Je file à la cuisine prendre les fromages que j'ai choisis au marché comme cadeau d'hôtesse, je salue Judith, et je vais rejoindre mon compagnon qui m'attend dans sa voiture.

— Alors, qu'est-ce que tu voulais me montrer ?

— Bien, rien, en fait. Je voulais juste qu'il s'en aille.

— Oh ! Bon plan. Donc, on attend ici que le temps passe ?

— Certainement. Raconte-moi donc de ta journée.

Toi, raconte-moi donc de ta soirée, ai-je envie de renchérir. Je décide plutôt de laisser aller les choses. Il m'en parlera en temps et lieu. Du moins, je l'espère.

— Je suis allée en ville. Je suis passée par la quincaillerie, j'ai eu un très bon service. J'ai fait des plans pour construire un enclos pour les poules et Biquette. Puis, je suis allée dîner au bistro où nous sommes allés mercredi.

Je laisse ma phrase en suspens, question de voir si l'allusion au bistro le poussera à me faire part de son rendez-vous de la veille. Mais non, il continue seulement à m'écouter attentivement.

— Et je suis allée au marché. J'ai rencontré plein de gens très sympathiques. Sans blague, je commence à vraiment aimer la région.

— Ça me fait bien plaisir de l'entendre, répond-il, en démarrant la voiture.

Nous continuons à discourir sur les découvertes que j'ai faites pendant les cinq minutes de trajet qui nous séparent de chez Destinée. Même si elle est ma voisine de derrière, je ne m'étais pas encore aventurée dans son coin de terre. Les grands champs de vignes nous accueillent. Je vois les bâtiments dont Judith me parlait, là où on fabrique le vin. Le tout est très impressionnant. Liam dépasse l'endroit et se dirige plus loin, au bout du chemin. J'ai un mouvement de surprise lorsque je découvre la demeure de la vigneronne. Je ne m'attendais certainement pas à une telle architecture au Québec. La maison est en pierre grise. La toiture pentue occupe environ les deux tiers de la construction, ce qui fait que la porte et les fenêtres ont l'air minuscules. Sur le côté gauche, il y a une tourelle avec une petite fenêtre. Cela me laisse croire que le premier propriétaire de l'endroit a voulu se bâtir un château, mais a manqué de fonds en cours de route. Sa princesse a dû se contenter d'une petite tourelle tristounette.

— Tu as l'air surprise.

— Je… Cette maison a tout un style.

— C'est vrai. Je m'y suis habitué avec le temps, mais, pour un œil nouveau, c'est hors du commun.

— Destinée habite ici? On se croirait dans un petit village perdu du nord de la France. La maison aurait été victime de la guerre et l'autre tourelle aurait été détruite par une bombe quelconque…

Je dis n'importe quoi. Je ne suis jamais allée dans le nord de la France.

— Je pense que l'idée était justement de reproduire ce que l'on peut retrouver comme type d'habitation dans les vignobles européens.

— L'architecte a manqué son coup. Désolée, je ne devrais pas juger ainsi.

— Hum… je le pense aussi. Mais n'en parle pas à Destinée. Elle est très fière de sa maison.

— Je surveillerai mes moindres paroles, ce soir. Je ne voudrais pas faire de faux pas.

Déjà qu'elle pense que je l'espionne… À coup sûr, si elle a écho de la rumeur concernant l'argent qu'elle a «perdu» au casino, elle pensera que ça vient de moi. Je ferais mieux de faire profil bas. Je pousse un long soupir. La liste des sujets possibles me semble très restreinte. Je céderai la place aux autres convives.

— Tu es prête?

— Autant qu'on peut l'être. Allons-y.

Nous sortons du véhicule et Liam me tend naturellement la main, que je prends, un sourire aux lèvres. Nous remontons l'allée de pierre et je frappe à l'aide du heurtoir sur la porte en bois massif. Chose surprenante, c'est Albert qui nous accueille.

— Entrez. Destinée est au téléphone, annonce-t-il. Une conversation très importante. Elle nous rejoindra sous peu.

L'entrée s'ouvre directement sur la salle de séjour. L'intérieur, comme l'extérieur, est en pierre. De larges poutres foncées au plafond assombrissent l'endroit. Les petites fenêtres laissent peu entrer la lumière. Mon regard embrasse la pièce dans son ensemble. Un feu brûle dans la grande cheminée de pierre. Sans doute pour chasser le froid humide qui doit régner en permanence. Tout près de la cheminée trône une large table de bois entourée de grandes chaises dont les dossiers très hauts sont ouvragés. De lourds chandeliers ont été déposés au centre de la table. Je ne sais pas pourquoi, mais je me sens comme si je pénétrais dans le château du comte Dracula. Je ne serais pas surprise que les coupes de vin soient déjà remplies de sang. Je fais un pas derrière et je marche sur le pied de Liam.

— Tout va bien ?

— Oui, oui, excuse-moi. Tout ça est… ouf. Quel endroit, hein ! On se croirait à une autre époque.

— C'est la seule pièce qui n'a pas été rénovée, m'apprend Albert. Le reste est très contemporain, mais Destinée voulait conserver une part d'histoire dans sa maison.

— C'est très réussi.

Quand on aime les histoires d'horreur. Albert nous invite à nous asseoir au salon et nous propose un verre. J'accepte du vin et Liam prend une bière. Nous nous installons ensuite côte à côte sur la causeuse pendant que notre hôte improvisé s'occupe de nos consommations.

— Je me demande ce qui peut retenir Destinée au téléphone ainsi, dis-je. Ça doit être très important. Elle semblait se faire un réel plaisir de nous recevoir.

Devant mon ironie du moment, mon compagnon m'offre un sourire complice. Pour une raison que j'ignore, cela me donne envie de l'embrasser. Est-ce à cause de son parfum, ou de sa seule proximité ? Je ne saurais le dire, mais la tentation est là. En fait, je suis simplement contente qu'il soit présent pour me soutenir dans cette épreuve. Plutôt que de lui tendre les lèvres, ce qui ne serait pas particulièrement approprié dans les circonstances, je me tasse un peu plus vers lui sur le divan. Il passe son bras derrière mes épaules et le pose sur le dessus de la causeuse.

— Je remarque que tu ne sembles pas avoir trop de difficulté à t'asseoir. Tu t'es remise de ta mésaventure d'hier ?

— On m'a bien soignée.

— Quelle mésaventure ? demande Albert en revenant dans la pièce, les consommations en main.

— Tu sais, quand je suis passée à travers le balcon ? J'ai un gros bleu dans le bas du dos aujourd'hui, mais ce n'est pas aussi grave que je l'aurais pensé. Juste inconfortable.

— Il va falloir refaire la galerie au complet, remarque-t-il.

— Plusieurs choses sont à rénover, en effet.

Je jette un regard autour de moi. Malgré la décrépitude de ma fermette, celle-ci est encore plus conviviale que cette maison.

— Destinée ne devrait pas tarder, elle est dans son bureau.

— Ça doit être important comme appel, surtout un vendredi soir.

Personne ne répond à mon commentaire. Nous restons là plusieurs secondes, en silence, ne sachant trop comment relancer la discussion. Il va me falloir plus de vin si je veux passer à travers cette soirée. Même si je suis confortablement installée, le bras de Liam autour de moi, je décide de me lever pour regarder les photos qui ornent le mur près de la cheminée. Il y en a plusieurs de Destinée. La jeune femme pose alors qu'on lui remet un prix ; elle est toute souriante au volant d'un tracteur – tiens, elle sait le conduire, elle –, puis on la voit, de dos, vêtue de bottes de caoutchouc, qui arpente son vignoble. Je l'envie d'être si à l'aise dans cet environnement. Comme le silence persiste, je retourne m'asseoir sur la causeuse et j'observe tour à tour les deux autres convives. Je prends une gorgée de vin et je me racle la gorge. Je m'apprête à émettre un commentaire positif sur la qualité de ma boisson quand notre hôtesse déboule dans le salon. Je ne la connais pas beaucoup, mais il est évident qu'elle est de très mauvais poil. Pourtant, elle semblait tellement se réjouir de nous recevoir ce soir…

— Toi ! rugit-elle en me pointant du doigt.

Je suis surprise par son ton et son allure. Ses cheveux, habituellement bien souples et coiffés à la perfection, pointent dans tous les sens.

— Euh, oui. Bonsoir, Destinée. Ta maison est très charmante.

Je suis toujours assise, mais je me suis reculée dans la causeuse. Je me sens soudain opprimée, comme si je manquais d'air.

— Toi ! répète-t-elle, en faisant un pas vers moi.

Je jette un regard paniqué à Liam, qui semble aussi déstabilisé que moi par cette entrée hors du commun. Dans les circonstances, je suis presque étonnée de voir la vigneronne porter des vêtements normaux, et non une longue cape noire. Sa ressemblance avec un monstre sanguinaire n'en serait que plus frappante. Quelle mouche la pique ainsi ? Ah non ! Je sais : la rumeur s'est rendue jusqu'à elle, et elle veut régler ses comptes. Je devrais peut-être me trouver une arme. Le lourd chandelier serait-il approprié ?

— Qu'est-ce qui se passe, Destinée ? demande Albert.

Elle tourne la tête vers lui d'un geste sec, et lui jette un regard à faire frémir n'importe qui. À bien y penser, je crois que même le comte Dracula se serait montré plus charmant dans les circonstances. Les yeux acier reviennent vite sur moi.

— Tu as tout manigancé. C'est toi qui as acheté la terre, avoue-le !

La terre ? Je n'y comprends plus rien. Si elle avait parlé de dettes, j'aurais mieux saisi.

— Tu as trouvé l'argent, c'est ça ? Le magot caché. Il était où ? Tu peux bien nous le dire, personne ne viendra te le voler maintenant que la terre t'appartient.

— Quelqu'un aimerait grignoter un truc ? suggère Albert en se levant d'un bond. J'ai faim et Marie-Ève a apporté des fromages.

— Assieds-toi, Albert. On ne va pas régler ça en se goinfrant dans le fromage.

L'interpellé pose ses fesses dans un fauteuil, surpris par la rudesse du ton. Ne voulant pas me laisser intimider, je reprends une certaine confiance en moi.

— Écoute, Destinée, je t'avoue que je n'ai aucune idée de quoi tu parles. Je n'ai pas acheté la terre. Je n'ai même pas d'argent pour ça. Je ne vois pas comment j'aurais pu trouver les fonds.

— Avec le magot ! C'est évident.

Je me tourne vers Liam, à la recherche d'un peu d'aide, mais il est figé sur la causeuse.

— Peux-tu reprendre du début, s'il te plaît ? demandé-je.

Elle renifle un bon coup et laisse échapper un petit ricanement.

— Je parlais avec Mme Meunier, que tu connais bien, ajoute-t-elle à mon intention.

Oui, bon, pas vraiment, mais je préfère ne pas rectifier le tir.

— Elle m'a informé qu'elle s'apprêtait à accepter une offre, mais pas la mienne. Une offre très généreuse, qu'elle n'a pas pu refuser. Cette personne ne peut qu'être toi. Qui voudrait de ce vieux lopin qui tombe en ruine ?

— Hum… toi ? dis-je faiblement.

Je me trouve bien courageuse.

— Je te jure que ce n'est pas moi. Je n'ai pas d'argent pour ça. J'ai déjà un condo à Montréal. Je ne roule pas sur l'or.

— Menteuse ! Tu penses que je vais te croire après que tu as envoyé ta copine pour m'espionner ?

— Je ne…

— Ce n'est pas elle, c'est moi.

Toutes les têtes se tournent vers Liam.

— C'est toi ! s'exclame Destinée. Comment as-tu osé ?

— J'ai les mêmes droits que toi. La terre m'intéressait, alors j'ai fait une offre.

Un silence accueille la nouvelle.

— Ça ne peut pas être Liam, renchérit Albert. C'est moi. J'ai fait une offre pas plus tard qu'hier.

Les têtes se tournent maintenant vers l'autre extrémité de la pièce, où Albert se tient. Autre déclaration choc. OK, c'est bizarre. Tout le monde veut acheter la place sauf moi, mais je suis celle qu'on accuse. Je devrais clamer haut et fort cette injustice ! Mais le moment est loin d'être approprié.

— Un instant, dis-je. Liam, tu veux acheter la fermette ?

— Oui, j'avais rendez-vous avec une agente immobilière hier soir. C'est pourquoi je n'ai pas pu venir souper avec toi. Elle m'a montré toute la documentation, la valeur marchande et tout. Je me suis donc lancé. Elle devait me revenir dans les quarante-huit heures avec une réponse.

Je me tourne ensuite vers Albert, lui faisant signe de s'expliquer à son tour.

— J'ai fait une offre hier après-midi. Cette terre est parfaite pour moi. Celle que j'exploite appartient encore à mes parents. J'aurais mon petit coin sans être trop loin d'eux.

— Tu savais que je la voulais et tu me joues dans le dos, braille Destinée.

— Tu as déjà un super grand terrain. Tu peux bien en laisser un peu aux autres.

— On avait un arrangement ! Tu devais…

— Un instant, les coupé-je. C'est beau tout ça, mais est-ce que l'un d'entre vous a eu une réelle confirmation que la terre lui appartenait ?

Je sens que nous allons à la dérive. Si nous continuons à nous accuser l'un l'autre, ça risque de mal tourner. Les trois principaux intéressés se fusillent d'ailleurs du regard.

— Si je comprends bien, aucun de vous n'a reçu de nouvelles de son agent alors que Mme Meunier t'a dit que la vente était conclue. Donc, qui est l'heureux propriétaire ?

Personne ne dit mot. Je me sens comme dans le jeu *Clue*, où l'on tente de débusquer le coupable. Le moment serait opportun pour lancer un «Colonel Moutarde, dans la bibliothèque, avec le chandelier!» Mais comme ma meilleure amie n'est pas là pour rire de ma blague, je préfère ne pas tenter le coup.

— Peu importe, j'en ai assez. Allez-vous-en, dit Destinée.

Elle ne le répétera pas deux fois! Liam se lève et pose sa bière sur la table basse. Mon verre rejoint le sien aussitôt. En silence, nous traversons la pièce et je m'assure de passer le plus loin possible de notre hôtesse. Si l'envie lui prenait de me mordre au cou!

— En passant, Destinée, ce n'est pas moi qui ai lancé la rumeur selon laquelle tu aurais perdu tout ton argent au casino. Je voulais juste que tu le saches.

— Quoi? crache-t-elle.

Je ne m'attarde pas une seconde de plus dans la maison. Je m'empresse de monter dans la voiture. Je jette un dernier regard à la demeure de pierre sombre, espérant bien ne plus jamais remettre les pieds là.

20

Nous roulons quelques minutes en silence. Quand nous arrivons au chemin qui mène vers le village, Liam s'arrête et se tourne vers moi.

— Veux-tu que nous allions manger un morceau ? Je pense que nous avons des trucs à nous dire.

— Je n'ai pas envie d'aller m'asseoir dans un resto.

— On se prend quelque chose et on va chez moi ?

— OK.

Une vingtaine de minutes plus tard, j'entre derrière lui dans un coquet appartement. Tout est propre et ordonné. Nous déposons nos repas sur la table basse du salon.

— Tu permets que je branche mon cellulaire ? Il est totalement à plat.

— Bien sûr. Il y a une prise sur le comptoir de la cuisine. Je te sers un verre.

— Oh oui, s'il te plaît. Quelle soirée ! Et quelle maison ! Je me serais crue dans l'antre de Dracula.

Il rit de bon cœur, ce qui me fait plaisir.

— Alors, tu as des choses à me raconter, dis-je, en m'installant sur le canapé. Tu voulais acheter la terre ! C'est une idée récente ?

— Pas récente, non. J'y pensais depuis plusieurs années déjà. J'ai longtemps caressé le projet d'avoir moi-même un petit bout de terrain à entretenir, mais j'ai fait mes études, puis je me suis trouvé un emploi et, comme tu as pu le constater, je suis assez investi auprès de mes élèves. L'équipe de football prend beaucoup de mon temps. Enfin, les années ont passé et j'aime bien mon appartement ici, au centre-ville.

— Qu'est-ce qui t'a fait changer d'idée, alors ?

— Destinée.

— Ah !

— Comme tout le monde, je savais qu'elle voulait agrandir son vignoble, mais le fait que le projet se concrétise réellement ne m'a pas plu. Quand tu es arrivée la semaine passée, tout a déboulé en deux temps, trois mouvements. Destinée s'est lancée pour avoir son petit bout de terre, tu lui mettais des bâtons dans les roues sans le vouloir, ça a créé une drôle de confusion et je me suis dit : « C'est le moment de faire le saut. »

Je sens un malaise m'envahir au fil de ses paroles. Suis-je un pion dans son histoire ? A-t-il tenté de se rapprocher de moi juste pour mettre le grappin sur la terre ? Il doit percevoir mon trouble, car il me rassure aussitôt.

— Tout cela n'a absolument aucun rapport avec nous deux, je veux que ce soit clair. On a passé du très bon temps ensemble cette semaine et je mentirais si je disais que mes sentiments pour toi n'évoluent pas rapidement. Je souhaite vraiment qu'on dissocie cette histoire d'offre d'achat de notre relation.

— Ça ne me semble pas si évident. Je vais t'avouer que je me sens manipulée de tous les côtés. Tiraillée, aussi. Je suis venue ici de façon temporaire, je l'admets, mais cette semaine m'a permis de découvrir une réalité qui me plaît bien. Je pourrais envisager de déménager dans le coin. Mais là, avec toute cette histoire de terre vendue à, finalement, on ne sait pas trop qui, je ne sais plus où j'en suis. Et Albert qui se mêle de ça ! Voyons, tout est bien trop compliqué pour rien. Tout le monde se bat pour son petit bout de couverture ; une couverture pas mal maganée, on va se le dire.

Nerveuse, je me lève d'un bond et j'arpente le salon. Je n'ai pas tellement faim, finalement. Je n'ai qu'une envie : retourner à la maison. D'un autre côté, je n'ai pas trop le goût d'être seule. Sentant ma nervosité, Liam se lève à son tour et s'approche de moi. Il pose ses mains sur mes épaules et me fixe dans les yeux.

— Je te propose une trêve.

— Une trêve ? On n'est pas en guerre, quand même.

— Je sais, mais c'est le premier mot qui m'est venu à l'esprit. Je trouvais que ça sonnait bien. Je suis content d'être avec toi ce soir, et surtout d'avoir finalement pu éviter cette soirée chez Destinée.

— Oui, moi aussi.

— Si on laissait tomber cette histoire et qu'on essayait de passer un bon moment malgré tout ? On mange, on prend un verre, on regarde un film ou on jase ; c'est toi qui décides du plan. Oublions la terre pour quelques heures, d'accord ? De toute façon, il nous manque encore pas mal d'informations et je ne vais certainement pas me mettre à creuser le sujet ce soir. Je suis bien trop en bonne compagnie pour ça.

L'idée est séduisante. Nous pourrions certainement passer une belle soirée – pour ce qu'il en reste – si je mettais cette histoire de côté, ce que je suis bien capable de faire. Je n'ai pas su sur quel pied danser toute la semaine à cause de cette terre. L'espace d'un moment, je pourrais seulement être Marie-Ève, la femme célibataire en compagnie d'un beau gosse qui lui plaît.

— Ça te dit qu'on regarde la série *Dracula* sur Netflix ?

Le lendemain matin, Liam vient me reconduire chez moi en fin d'avant-midi. Je ne suis pas rentrée pour la nuit. Nous avons visionné la série complète et j'ai ensuite prétendu avoir trop peur pour dormir toute seule. Bête excuse ! Comme il a un entraînement de football prévu avec ses jeunes, il n'a pas le choix de me laisser chez moi, mais promet de me retrouver à l'heure de l'apéro. Je déverrouille la porte en sifflotant quand je vois arriver la Jaguar de ma mère. C'est vrai, elle avait parlé d'une possible visite le samedi. Je suis mûre pour un sermon ; j'ai bien vu qu'elle m'a laissé un paquet de messages, mais je n'ai tout simplement pas pris le temps de lui répondre. Je me donne une mine de repentie afin qu'elle reçoive mes excuses les plus sincères, mais j'ai la surprise de la voir bondir hors de son véhicule, apparemment d'excellente humeur. Elle tient une bouteille de champagne dans une main, et sort un bouquet de ballons du coffre. Puis, ses talons hauts s'enfonçant dangereusement dans la terre molle, elle marche difficilement jusqu'à moi, un large sourire aux lèvres. Quelque chose cloche. Ma mère déteste abîmer ses souliers.

— Bienvenue chez toi ! s'exclame-t-elle d'un ton chantant.

— Quoi ?

— Bienvenue chez toi, répète-t-elle.

Elle me donne le bouquet de ballons d'un geste sec.

— Bon, allons voir ça. J'ai hâte de boire le champagne.

— Qu'est-ce qui se passe, exactement ? Pourquoi tu dis : « Bienvenue chez toi » ?

— Parce que tu es chez toi ! J'ai acheté la fermette à la vieille Mme Meunier. Je suis allée jusque chez elle pour lui faire mon offre. Elle n'a pas pu refuser, tu savais qu'elle était venue à notre mariage à René et moi ? Je ne m'en souvenais plus. Elle a sorti ses vieux albums et tout. Ça a joué en notre faveur. Elle avait reçu un paquet d'offres pour sa terre, mais j'ai joué gros et j'ai remporté la mise. Je t'avais dit que je ne laisserais pas passer ce bijou.

Tout ce temps, j'ai gardé la bouche grande ouverte. Ma mère passe et pousse même mon menton pour que je la referme.

— Ne fais pas cette tête. On dirait que je t'annonce une mauvaise nouvelle. Au contraire, réjouis-toi.

— Je devrais me réjouir de vivre dans ta maison? On va être colocataires?

— Mais non. Je t'ai dit bienvenue chez TOI. J'ai fait l'offre en mon nom, mais, dès que les papiers seront signés, on fera le transfert chez le notaire. Ton père va tout arranger. Ça fera partie de ton héritage. En tout cas, c'est ce que René a dit.

Je secoue la tête, trop abasourdie par tant d'informations.

— Maman.

— Clémence!

— Clémence, ça ne te tentait pas de m'en parler avant de faire une affaire semblable? Il me semble que ça me concerne, non?

— J'ai essayé. Tu n'as pas répondu à mes appels. Le temps pressait, Marie-Ève. Il y avait au moins trois offres sur la table, je n'ai pas eu le choix d'aller de l'avant. Et tu m'as dit que tu aimais ça, vivre ici. Ça veut tout dire, non?

— Bien sûr, mais que fais-tu de mon condo en ville?

— On va le vendre, ça te fera plus d'argent, tout simplement.

Nous sommes toujours dehors, j'ai le bouquet de ballons dans les mains qui volette au vent, ma mère n'attend que le moment propice pour ouvrir son champagne. Je devrais être contente. Je viens de couper l'herbe sous le pied de tout le monde sans avoir levé le petit doigt. Pourtant, ça ne fait pas mon affaire. Au contraire, j'aurais aimé avoir le choix, plutôt qu'on mc l'imposc. Jc rcpcnse à Liam et à son désir d'acheter la terre pour en faire quelque chose de bien. Moi, je n'y connais pas grand-chose. En réalité, ce qui me retient ici, pour le moment, c'est lui. Je ne veux pas m'engager à long terme, ce serait de la folie, mais il devrait bien y avoir un moyen de conjuguer les deux ; Liam et la fermette.

— Maman.

— Clémence !

— Oh, arrête avec ça. Tu aurais dû me consulter avant de faire quoi que ce soit.

Comme une enfant, je tourne les talons et je tente de me réfugier dans la maison. Je me bats quelques secondes avec la serrure. Lorsque je réussis à entrer, je claque la porte derrière moi. Je me dirige au salon, les ballons toujours à la main. Je les lance à bout de bras, mais ils retombent mollement sur le plancher.

— Tu as fini ta crisette ?

Je me tourne vers ma mère, qui se tient sur le seuil du salon. Elle peut bien parler de crisette. Elle a boudé au moins quatre jours avant de me relancer.

— Il n'a jamais été question que je m'installe ici officiellement. Pourquoi avoir acheté sans me consulter ?

— Je pensais faire une bonne action. René n'a pas arrêté de me dire à quel point tu avais l'air d'aimer l'endroit.

— Il t'a raconté l'après-midi que nous avons passé ensemble ?

— Oui. Je sais bien qu'il exagérait dans le but que je recommence à te parler, mais il ne mentait pas pour autant.

Je réfléchis à mes quelques jours passés ici. C'est vrai que je suis bien. Ce n'est pas parfait, pas encore, mais ça pourrait certainement le devenir.

— Lui, il réussit toujours à te faire plaisir, mais, quand ça vient de moi, ce n'est jamais correct.

Je m'apprête à lui servir un : « Tu exagères ! », mais elle a partiellement raison. Je favorise généralement mon père et ses idées. Je me suis montrée injuste envers ma mère dans les dernières années. Je me radoucis quelque peu.

— Tu veux t'asseoir ?

Elle se dirige vers le fauteuil. Je la regarde faire, les yeux ronds comme des billes. Vais-je enfin vivre la scène que j'imagine depuis mon emménagement ici ?

— Non ! Attends, pas là. Va plutôt sur la causeuse.

Finalement, je n'ai pas un tempérament si revanchard. Judith, elle, l'aurait probablement regardée s'effondrer avec grand intérêt. Ma mère s'installe sur la causeuse et je prends la chaise que mon amie utilise pour travailler.

— Je ne vais pas lâcher mon emploi pour m'installer ici à temps plein, annoncé-je.

— Personne n'a parlé de ça. Qui voudrait s'appauvrir en vivant d'agriculture ? Non, je voulais seulement que tu aies des options pour le futur. Je persiste à croire qu'il y a de l'argent à faire avec cet endroit. Quiconque a un montant de base à investir pourrait revendre la fermette à fort prix.

— J'ai appris que l'ancienne propriétaire avait de grands projets pour sa terre. Elle ne l'a pas exploitée beaucoup dans les dernières années, mais elle souhaitait lui redonner sa prestance d'autrefois. Si ce n'est pas moi qui reprends l'affaire, il faudrait la vendre à quelqu'un qui aurait la même idée qu'elle.

Je pense à Liam. C'est évident que j'ai un parti pris pour lui, plutôt que pour Albert ou même Destinée, mais je suis convaincue qu'il pourrait mener le projet de Mme Lanthier à terme.

— Très bien. Qu'est-ce que tu proposes, alors ?

— Eh bien, je pense que je devrais conserver mon projet de départ et rester sur place pendant huit semaines. Ça me permettra de voir si j'aime vivre ici.

— Et ensuite ?

— Ensuite, on verra. Si ça ne me convient pas, je pense que je connais la personne idéale qui pourrait prendre le relais. On pourrait certainement lui vendre la terre au prix qu'il a offert à Mme Meunier.

— Tu…

— Clémence ! S'il te plaît. C'est de mon héritage qu'il est question. J'en ferai bien ce que je veux, non ?

Elle pince les lèvres, et je souris.

— Je pense que ça mérite bien une bouteille de champagne, non ?

Quelques heures plus tard, ma mère s'en va avec la ferme intention de ne pas revenir de sitôt. Elle a été bien claire à ce sujet. Elle n'aime pas trop la campagne et l'odeur de bouse de vache. Je ne sais pas de quoi elle parle, il n'y a même pas de vaches autour, mais je n'ai pas envie de la contredire. J'envoie un message à Judith pour l'informer que j'ai un paquet de trucs à lui raconter, mais je n'ai pas le temps de lire sa réponse. Je vois le VUS Mercedes de Destinée s'engager dans l'allée. Flûte. J'étais de bonne humeur, je n'ai pas envie de lui parler ou de me chicaner avec elle. Cependant, elle tient une bouteille de vin à la main. Je suppose que c'est un signe de trêve entre nous. Elle n'est certainement pas venue ici pour m'en lancer le contenu au visage. Quoique… Malgré le risque possible, je sors de la maison.

— Qu'est-ce qui est arrivé à la galerie ? demande-t-elle d'emblée.

— Je suis passée à travers. Il va falloir la remplacer. Comme pas mal de trucs autour de la maison.

Elle hoche la tête. Pour une fois, son sourire, qui me donne tant envie de la frapper, n'occupe pas son visage.

— J'aimerais discuter avec toi si tu as le temps. J'ai apporté du vin en signe de ma bonne foi.

Champagne, vin, grosse journée. Tant qu'à avoir déjà de l'alcool dans le sang, je peux bien continuer. Je l'invite à me suivre d'un mouvement de tête et nous nous installons dans la cuisine. Je sors deux coupes et je la laisse nous servir.

— Bon, dit-elle. Premièrement, je tiens à m'excuser pour mon comportement d'hier.

— Juste celui d'hier?

Oups! Je suis prompte. L'effet du champagne ne s'est pas encore totalement dissipé.

— Je suis désolée pour tout. Je t'ai attaquée dès notre première rencontre, et ce n'était pas tellement gentil de ma part. Ça fait partie de mon tempérament d'être fonceuse de la sorte.

Je ne dis rien. Je trouve très louable de sa part de s'excuser. Je devrais faire la même chose.

— Je suis aussi désolée d'avoir effacé toutes les traces de ton travail sur la terre. Ça m'a fâchée de te voir débarquer ici avec ton équipe.

— C'est toujours moins dommageable que la rumeur que tu as lancée à mon sujet…

— Non, ça, ce n'était pas moi.

— Peu importe. Je trouverai bien qui est à l'origine de cette médisance. En tout cas, j'ai mal agi, hier. Je ne suis pas fière de moi. Profites-en, c'est rare que je dise cela.

Je hoche la tête.

— Dis-moi, Destinée, pourquoi Mme Lanthier refusait de te vendre la terre ?

Elle réfléchit.

— Elle n'aimait pas mon vin.

— Pardon ?

— Elle n'aimait pas mon vin, répète-t-elle. Elle adorait les grands crus et l'alcool pur malt.

Ça explique les bonnes bouteilles de whisky cachées dans l'armoire de la cuisine.

— Un jour, elle a goûté mes produits et les a comparés à de la piquette.

— Ouf. Pourtant, tout ce que j'ai bu était très bon.

— Meilleur que du temps de mes parents. Je travaille mon produit depuis une bonne dizaine d'années déjà, et nous avons bénéficié de nombreuses subventions qui m'ont permis de mettre des moyens en place pour améliorer mon vin. J'ai pédalé fort pour acquérir une certaine renommée.

— Je n'en doute pas. Malgré tout, elle ne voulait pas te vendre sa fermette juste parce qu'elle n'aimait pas ton vin ? Ça me semble tiré par les cheveux.

Elle sourit franchement.

— OK, elle ne m'aimait pas tellement non plus.

Ha ! Là, c'est plus logique.

— Disons que je ne suis pas toujours douce et amicale, continue-t-elle. Ça ne lui plaisait pas. Et je n'ai jamais caché ce que je souhaitais réellement faire ici. Elle n'était pas d'accord ; elle voulait relancer l'agriculture sur sa terre, que l'endroit appartienne à quelqu'un qui allait l'exploiter comme elle le faisait quand elle était plus jeune, en compagnie de son mari.

— Je vois. Elle mettait de l'argent de côté pour redémarrer le projet, selon ce que j'ai entendu.

— Ça, c'est une autre histoire. Ma copine qui travaille à la caisse m'a conté que Mme Lanthier s'était vantée d'avoir amassé une certaine somme, mais qu'elle n'a jamais placé un sou en banque. Elle présumait donc qu'elle avait gardé cet argent chez elle.

Il doit s'agir de la copine qui a vendu la mèche à Liam. Je trouve que cette fille a la langue bien pendue. Il faudrait lui faire réviser le concept du secret professionnel. Destinée observe les alentours avec circonspection, comme si une pile d'argent était susceptible d'apparaître comme par magie dans son angle de vue.

— Il n'y a rien ici, dis-je.

— Tu as fouillé ?

— J'ai préféré m'abstenir de trop fouiner. Si j'avais trouvé la somme, il aurait fallu que je la remette à Mme Meunier qui en aurait disposé à sa guise.

— C'est vrai. D'ailleurs, il va falloir que je lui reparle, à elle. Je veux savoir qui a acheté la terre.

— C'est ma mère, avoué-je.

Il est inutile de garder le secret plus longtemps. Elle va bien finir par le savoir.

— Ta mère ? Elle s'intéresse à l'agriculture ?

— Non, plutôt au marché immobilier en général. Je te jure que je n'étais pas au courant. Je l'ai appris ce matin. Elle ne m'en avait même pas parlé. C'est autant une surprise pour toi que pour moi.

Ses traits se crispent quelques secondes, puis se détendent.

— Bon, alors, c'est terminé. J'ai perdu la partie. Je trouverai bien une autre façon d'agrandir quelque part. De toute façon, je ne suis pas certaine que la ville aurait accepté le changement de zonage. J'ai beau souper avec le maire de temps à autre, il ne décide pas tout par lui-même, hein.

Nous terminons notre verre en silence. Je la raccompagne ensuite à la porte et elle se dirige vers le coffre de sa voiture. Elle l'ouvre et sort un bac contenant des plants divers.

— Tiens, dit-elle, en le déposant près de moi. Avec toutes mes excuses.

— Merci, je l'apprécie.

Elle me fait un signe de la main et remonte dans son auto. Je la regarde partir et je fixe même l'horizon quelques secondes. Eh bien, je n'aurais pas cru qu'elle viendrait me présenter ses excuses. À croire que la première impression qu'on se fait d'une personne peut changer. Je tourne les talons et je passe au poulailler voir Biquette et ses copines. Je les nourris et reste un moment en leur compagnie. Quand je sors, je vois le camion de Cédric qui se stationne, suivi par la voiture de Liam. Les trois sortent de leur véhicule et se joignent à moi.

— Il fait tellement beau ! s'exclame Judith. On a apporté tout ce qu'il faut pour faire des Aperol Spritz. On pourrait prendre l'apéro dehors et se commander un truc pour le souper. Ce serait agréable de manger tous ensemble.

— Bien sûr ! On a plein de trucs à fêter. J'ai des choses à vous raconter. Mon après-midi a été très mouvementé.

21

Environ trente minutes plus tard, nos verres d'Aperol déjà vides, j'ai mis tout le monde au courant de mon aventure. Je surveille particulièrement la réaction de Liam à mon annonce concernant la terre. J'espère que le fait que ma mère lui ait coupé l'herbe sous le pied ne nuira pas à notre début de relation.

— Comme ça, tu es la propriétaire de la maison ! s'exclame Judith.

— Techniquement, ma mère l'est.

— Ça veut dire qu'on peut fouiller pour trouver le trésor ?

On croirait entendre une enfant qui se prépare à participer à une chasse. Je l'ai rarement vue aussi excitée.

— Oui, ça veut dire ça.

— Oh ! C'est parfait ! Viens, Cédric.

Elle saute sur ses pieds et entraîne son copain à l'intérieur. Seule avec Liam, je peux enfin le sonder réellement.

— J'espère que tu n'es pas trop déçu de la tournure de la situation.

— Eh bien, oui et non. C'est vrai que je voulais la terre, mais je dois avouer que j'ai fait mon offre plus parce que je ne voulais pas que Destinée s'en empare qu'autre chose. Bien sûr, ça aurait représenté un actif intéressant pour moi, mais ce n'est pas si dramatique. Au bout du compte, ça me fait plaisir que ta mère l'ait achetée. J'ai plus d'argent dans mon portefeuille et j'ai plus de chances de te convaincre de rester dans la région. Ça, c'est avantageux pour moi !

Il se penche vers moi et me donne un baiser. Je suis vraiment soulagée. Il faut dire que ma mère, par son acte impulsif, va me permettre de faire des choix plus éclairés concernant mon avenir. Je n'aurais pas aimé me sentir piégée au bout de ces huit semaines et être obligée de décider rapidement si je reste ici ou si je retourne à Montréal. Les relations à distance ne sont pas reconnues pour être un succès, en général.

— Marie-Ève, viens ici !

J'entends mon amie qui crie. Je me lève, suivie de Liam.

— Vite, viens dans la deuxième chambre.

Je marche d'un pas plus rapide. Est-elle encore tombée sur la souris ? Non, elle aurait un ton plus paniqué et Cédric est avec elle. Elle n'aurait pas eu de raison de réclamer ma présence ainsi. Nous entrons et nous dirigeons vers la chambre vide. Judith est installée près du vieux matelas, une liasse de vingt dollars à la main. Un sourire victorieux s'étire sur ses lèvres.

— Tu n'es pas sérieuse ! Il y avait vraiment de l'argent ici ?

— Il y en a un paquet là-dedans. Je ne sais pas ça s'élève à combien.

Je me lance vers elle et je fouille fébrilement l'intérieur du matelas. Un trou y a effectivement été percé pour accueillir les billets. Je n'arrive pas à y croire. Je lève la tête vers Liam et Cédric, qui assistent à la scène. Le plombier a les bras croisés et observe Judith d'un air suspicieux.

— Dis donc, lui lance-t-il. Tu as un radar à argent ? Si tu l'avais vue, ajoute-t-il à mon intention. Elle s'est précipitée dans la cuisine pour trouver une paire de ciseaux et elle est venue ici au pas de course. On aurait cru qu'elle savait où chercher.

Je me tourne vers l'intéressée, qui baisse les yeux. Ma parole, elle a même rougi.

— Judith ! Tu as fouillé ! Avoue…

— Oui, bon, je l'avoue. J'ai fouillé. Rappelle-toi notre première journée. Quand j'ai vu le matelas, je t'ai dit que les vieux avaient tendance à cacher de l'argent là-dedans.

— Et tu es allée regarder le jour même ?

— Mais non ! J'y ai repensé quand tu m'as parlé de l'argent caché. Qu'est-ce que tu croyais que j'allais faire de mes dix doigts pendant ton absence ? Tu me connais mieux que ça !

— Comment tu as fait pour garder le secret ?

— Je sais attendre, tout comme toi !

Elle fait référence à cet éloge de ma patience qu'elle m'a fait plus tôt dans la semaine.

— Bon, bien c'est Clémence qui va être contente de renflouer son portefeuille. Après tout, elle a dépensé tout un montant pour prendre possession de cette terre.

Judith serre jalousement sa pile de billets contre elle.

— On n'est pas obligées de l'en informer. On doit suivre le rêve de Mme Lanthier. Et peut-être se payer un ou deux petits extra avec le reste ?

— On verra. Ne te fais pas trop d'illusions. Ça coûte cher, entretenir une terre.

À quatre, nous transportons tous les billets au salon et nous les déposons sur une table où nous commençons le décompte des richesses de l'ancienne propriétaire. Pendant que Judith et les garçons s'occupent de calculer le total global, je laisse mon regard errer au loin, sur le champ. Le soleil se couche à l'horizon, donnant une teinte rosée à la terre. Ce que je vois est très beau et j'imagine fort bien l'endroit tout vert, florissant. Non, être agricultrice n'est pas simple. Mais entourée d'amis, je suis certaine que je pourrai réaliser le rêve de Mme Lanthier et faire de sa fermette un endroit de rassemblement agréable, comme elle l'aurait souhaité de son vivant.

— Alors, Lulu, tu as trouvé ton argent ? Tu vas enfin commencer ton projet. J'en suis bien contente.

Toutes les têtes se tournent vers Mme Caron qui, fidèle à elle-même, tient son paquet de cartes.

— Maintenant que tu t'es décidée, on joue !

Elle a raison, je suis décidée. Jouons !

Danger ! Filles sur le chantier

Catherine Bourgault

L'idée était parfaite : acheter à quatre le chalet d'enfance de Claudia et y célébrer le mariage de Sophie. Seulement, personne ne s'attendait à le trouver dans un état aussi pitoyable. Résolues à le retaper, Claudia, Mahée, Marielle et Sophie demeurent confiantes. Après tout, pourquoi ne seraient-elles pas capables de manier une perceuse ou une scie ?

Les travaux sont bientôt interrompus par l'arrivée de deux inconnus avec qui les ouvrières en herbe doivent cohabiter temporairement. Reste à espérer que ces messieurs ne retarderont pas les rénovations, alors que le grand jour approche et qu'il n'y a plus une minute à perdre.

Alerte à la prudence : la vie de chantier comporte son lot de défis, de risques… et de désillusions !